FOLIO POLICIER

Patrick Pécherot

Une plaie ouverte

Gallimard

Retrouvez Patrick Pécherot sur son site Internet :
www.pecherot.com

Né en 1953, à Courbevoie, Patrick Pécherot publie son premier roman, *Tiuraï*, en 1996. En 2002 il obtient le Grand Prix de littérature policière pour *Les brouillards de la Butte*, premier volet d'une trilogie sur le Paris populaire de l'entre-deux-guerres. En 2008, *Tranchecaille*, polar dans les tranchées, obtient le Trophée 813 du meilleur roman noir francophone. En 2011, avec *L'homme à la carabine*, roman collage, il brosse le portrait d'André Soudy, le plus jeune membre de la bande à Bonnot. Flâneur impénitent, il signe, en 2012, un *Petit éloge des coins de rue*, invitation à la balade dans les quartiers du quotidien. *Une plaie ouverte*, paru en septembre 2015, a obtenu le prix Transfuge du meilleur polar français. Les romans de Patrick Pécherot ont tous paru aux Éditions Gallimard.

« C'est de ce temps-là que je garde au cœur… »

JEAN-BAPTISTE CLÉMENT

ACTE I

AVRIL 1905

« C'est une image que je poursuis, rien de plus. »

GÉRARD DE NERVAL, *Sylvie*

Ce matin, c'est le craquement de la glace sur le lac qui l'a tiré du lit. Il l'attendait. Depuis des jours, il l'attendait. Il y avait eu le daim, en lisière de forêt, immobile dans la buée de son haleine. Il y avait eu les bernaches, leur grand V dans le ciel comme un retour de cœurs battants. Il y avait eu la stalactite fondue à la gouttière. Le dégel du lac était logique. Inéluctable. Il l'a écouté craquer comme on s'étire après un long sommeil, le bois de la cabane en écho. Le temps est venu, il a pensé, ou quelque chose d'approchant. S'il devait le formuler à présent, c'est ce qu'il dirait. Le temps est venu.

Au creux du lit, l'Indienne n'avait pas bougé, ses yeux ouverts dans la pénombre. De nouveau, le lac a craqué. Un son net et long à la surface fendue. Une amarre qui casse. Il aurait dû parler mais les mots détonnent dans ce qui est tout de même du silence. Il s'est levé. Dehors, la nuit pâlissait.

Quand il a tisonné le poêle, les braises ont éclairé la pièce. La table, le banc, la huche. Des choses qui font une vie. Il a effleuré le dulcimer, sur le rocking-chair. L'instrument a résonné de tout ce que l'homme ne voulait pas entendre et qui pesait trop lourd, puis il s'est tu. Les chanterelles, d'abord, et le bourdon qui prolongeait sa plainte. L'homme a fermé les yeux. Des airs lui venaient, mélancoliques, comme ceux des boîtes à musique quand on les remonte avec le temps. Et les *Heya, heya, hey* que l'Indienne entonnait parfois, le dulcimer sur les genoux, les doigts formant les accords, sa main droite en va-et-vient qui faisait gémir les cordes.

L'homme a ouvert la porte. Il est sorti dans la nuit qui blanchissait.

C'est une sacrée histoire que celle-là. Vraiment. Pourtant, espérer qu'il la raconte serait aussi vain qu'attendre le retour d'un mort. L'homme, s'il a existé ailleurs que dans la fumée d'une pipe ou les sornettes d'un vieux, on se contentera d'en chercher la trace. Rien, ou presque, ne garde son empreinte. À croire qu'il marchait sur des semelles de vent. Comme l'autre, qu'il aurait connu jadis et qui, pareillement, a tout brûlé derrière lui.

Pour commencer, puisqu'il faut un point d'appui, un registre fera l'affaire. Celui-là n'a rien d'officiel – il s'agit d'un livre de comptes – mais il mentionne un nom : Dana. Valentin Louis Eugène Dana. L'état civil ne nous apprendra rien. Il est des Dana aux quatre coins de France et si Valentin Louis Eugène en est natif, l'association des prénoms ne correspond à aucun d'eux.

Une photographie retrouvée le montre jeune et de belle tournure. Deviner sa taille est difficile – il est assis –, on l'estimera moyenne. La chevelure est sombre, fournie. Elle dégage le front et retombe, derrière les oreilles, en un mouvement qui accentue le romantisme vaguement maladif du visage. Le regard possède ce flou propre aux myopes. La moustache, à la mode de l'époque, recouvre la lèvre jusqu'aux commissures. Une bacchante « à la gauloise », de nature à flatter un jeune homme. La photographie, sur son verso, est signée Étienne Carjat, 10 rue Notre-Dame-de-Lorette, Paris, 1871.

Si l'on ajoute trente-quatre années à la date du portrait, nous aurons une vague idée de Valentin Louis Eugène Dana contemplant son dulcimer. Les logiciels de vieillissement, utilisés au cinéma et par les services anthropométriques de la police, en donneraient une image plus précise. Mais, en 1905, les procédés balbutiants de la retouche photographique ne le permettent pas. L'homme, condamné à mort par contumace le 1er juin 1871, garde pour l'éternité l'aspect de ses vingt-cinq ans.

Une femme dont le nom figure sur le livre de comptes pourrait en dire davantage. Mais Martha Canary repose au cimetière de Mont Moriah, à Deadwood, Dakota du Sud. Avant de mourir, rongée par l'alcool, dans la chambre sordide d'un hôtel minable, elle aura vécu mille vies. Dans son chariot à mules, elle a parcouru l'Oregon Trail, la ruée vers l'Ouest où vingt mille pouilleux ont laissé leurs os. Elle a vu les hommes périr et les bêtes crever sur la piste, les convois verser dans les ravines, les gosses morveux au ventre gonflé, les femmes mettre bas sans autre recours qu'une cuvette ébréchée, un linge crasseux et le souffle du bon Dieu. Elle a vu les campements, les toiles de tente claquer au vent, les gamelles, sur leurs feux de fortune, cuire la bouillie de maïs et les haricots charançonnés. Elle a vu pousser des bicoques, des hangars, des saloons et des rues. Débouler les hordes de trimardeurs, journaliers, pousse-mégots, aventuriers de tout poil. Terrassiers, mineurs, prospecteurs brûlants de fièvre, trappeurs plus sauvages que les ours, charlatans, vendeurs d'onguents, arracheurs de dents, bouilleurs de cru, gratteurs de banjo, putains plombées comme des cartouches, prêcheurs analphabètes, lanceurs de dés, joueurs de cartes et de tout ce qui peut se biseauter, se piper, se maquiller pour estourbir les trois picaillons qui s'accrochent encore à vos lambeaux de poches. Elle a fréquenté les écumeurs des plaines et les a écumées. Elle a chevauché pour le Pony Express et parmi les éclaireurs effrangés du 7e de cavalerie. Ses poings ont cogné dur, sa bouche a craché du jus de chique et toutes les injures que la terre peut recevoir. Elle a fumé plus de mauvais tabac que la gueule emboucanée du dernier dur à cuire des coureurs des bois. Elle a piqué des deux, les Indiens aux fesses, et fait le coup de feu. Elle a porté les pantalons, le stetson, la cartouchière et, parfois, la crinoline et l'ombrelle. Elle a cavalé le mâle mais son grand amour a fini une balle dans le dos, à la table de jeu du saloon n° 10 de Deadwood. Alors, elle a lampé des verres, vidé des bouteilles, liché des goulots. Elle est tombée mille fois raide dans la sciure à crachat des planchers de bars, les coins sombres et la gadoue des rues. Jusqu'à ce que sa soif de bière, de whiskey, de ratafia et de tout ce qu'un alambic peut distiller se change en remontées de bile et en reflux gastriques.

Elle a menti, aussi, et enjolivé ce que sa pauvre tête avait sauvé dans le naufrage de sa vie. Voilà pourquoi on ne peut affirmer qu'elle a connu Dana. Toujours est-il que leurs noms figurent au livre de comptes du Wild West Show. Le grand carnaval cirque créé par William Buffalo Bill Cody quand il fut fatigué de massacrer les bisons.

On a prétendu que Martha Canary n'avait jamais fait partie du show. Son nom sur le registre viendrait d'une confusion. Un hasard. Mais le hasard suffit-il à expliquer la présence de deux fantômes dans un même livre ?

Une chose est sûre, avant de claquer le foie pourri et les poumons mités, Martha Canary n'aura jamais manqué d'aider un homme en détresse. Que Dieu la bénisse et que nul ne l'oublie. Martha Canary, dite Calamity Jane, couchée dans la terre de Mont Moriah, près de Wild Bill Hickok, son amour à elle.

On n'imagine pas, aujourd'hui, ce que fut le Wild West Show. La plus énorme machine de cirque, exhibition, grand spectacle, fête foraine et *entertainment* qui sillonna les États-Unis, franchit les océans et fit résonner les sabots de ses chevaux, les colts des cowboys et les cris des Indiens jusque dans les villes éblouies de la vieille Europe. Bien avant les mâts télescopiques des plus grands chapiteaux du monde, bien avant les reconstitutions en son, lumière et pyrotechnie, bien avant les écrans géants du cinématographe et les effets spéciaux, bien avant ce fatras prodigieux et scintillant, le Buffalo Bill's Wild West Show avait enflammé les points cardinaux. Roulottes aux longueurs de péniches, wagons casinos, chariots chargés de décors, de gradins, de toiles, de cordages, de cages, de bêtes, de fourrage, de viande séchée, de tonneaux d'alcool et de barils de poudre… De quoi pétrir la pâte à chou de la légende, la saupoudrer de perlimpinpin, changer l'Histoire en pièce montée et décrocher la timbale de dollars, devises étrangères et billets à ordre qui fait de tout citoyen à l'esprit d'entreprise un businessman honoré.

William Frederick Cody aimait les affaires autant que les armes. Il doit à ces dernières son surnom de Buffalo Bill. Demi-solde de l'armée des États-Unis d'Amérique, éclaireur, engagé par la Kansas Pacific Railway pour chasser de quoi nourrir les ouvriers du chemin de fer, il honora son contrat pour la plus grande satisfaction de ses employeurs, des cuistots brûlant leur couenne aux roulantes et des ventres creux qui trimaient sur les voies. Par conscience professionnelle, pour la jouissance de voir culbuter une tonne de muscles dans un nuage de poussière sanglante, et parfois au seul motif de garder la main, il perpétra quelques-uns des plus grands massacres de bisons de tous les temps. Que l'animal, pacifique, serve l'écosystème, qu'il soit sacré chez les Indiens, qu'avec le respect dû à Mère Nature ils en prélèvent la seule quantité nécessaire à leur survie avait peu d'importance. Avant d'inventer les shows démesurés, Buffalo Bill aura préfiguré l'industrie de la viande, son aberration écologique et son modèle de consommation. Grâce lui soit rendue, il ne pouvait rien savoir de tout cela. Il ne savait pas davantage que tout est vanité, qu'il retournerait ruiné au néant et que son chemin croiserait celui de Valentin Louis Eugène Dana dont il ne connut pas plus l'existence que celle du dernier de ses palefreniers.

Si l'on en croit les lunes, le calendrier des hommes et leurs livres de comptes, Valentin Dana rejoint la troupe de Bill Cody une première fois à l'été 1901, en qualité de charpentier. Cette année-là, le Wild West Show participe à l'Exposition panaméricaine de Buffalo, dans l'État de New York. Bouffie, hagarde et délirante, Martha Canary y titube vers la tombe. Robert Parkner, journaliste au *Helena Evening Herald*, écrit : « Il serait plus raisonnable qu'elle résidât dans quelque musée à dix sous. Comme attraction secondaire, elle ferait un bon numéro. »

Le semainier du shérif atteste d'une altercation survenue le lendemain entre Robert Parkner et un employé du Buffalo Bill's Wild West Show. Ce dernier aurait menacé le journaliste de le transformer en « attraction secondaire » avant de le contraindre, sous la menace d'un revolver, à manger une page du journal. L'homme n'a pu être retrouvé. Aucun témoin de la scène n'a cru bon d'intervenir. Le barman du saloon où s'est déroulé l'incident aurait déclaré que « les articles à chier sont lourds à digérer ».

Robert Parkner dépeint son agresseur comme un individu à l'accent étranger et au visage grêlé « par un jet d'acide, une attaque de petite vérole ou une saloperie du genre ».

À Buffalo, envahi par les nuées de boit-sans-soif, pickpockets, arnaqueurs et entôleuses s'abattant comme des taons sur la foule de l'exposition, le shérif a d'autres bestiaux à fouetter qu'un plumitif mangeur de papier. Le journaliste a vu sa plainte atterrir au panier après que le marshal lui eut demandé s'il avait encore faim, auquel cas il pouvait toujours la bouffer.

Dans le récit de ses quelques jours passés avec Calamity Jane, la romancière Josephine W. Brake néglige l'incident de l'*Evening Herald*. Chargée, par des maquignons en mal de publicité, d'extraire Martha Canary de son gourbi pour l'exhiber à Buffalo, elle était trop occupée à dorer son propre blason. Ses carnets évoquent en revanche le souvenir d'un « *little frenchie* » hantant la mémoire confuse de Calamity. Soucieuse de coller aux goûts de son public, Josephine Brake suggère un épisode sentimental ancien, unissant la pionnière de l'Ouest sauvage à un jeune proscrit de la belle France. « Une plaie secrète, à jamais ouverte au cœur de l'aventurière. »

Aucun des témoignages recueillis par Matthew J. Velmont, détective à l'agence Pinkerton, ne l'accrédite. La déposition de Robert Nilsen, shérif de Deadwood, conservée aux archives Pinkerton, résume l'opinion de ceux qui ont connu Martha Canary :

« Elle n'était pas en bois. Surtout pas en bois de rose. Mais, sauf votre respect, l'amour, pour elle, avait d'autres parfums. Il pouvait sentir le cuir, la graisse à fusil, le cigare ou le bourbon. Les quatre ensemble, parfois, et bien d'autres odeurs qui traînent dans les bordels ou le vent du large. Peut-être même, à l'occasion, le gant de crin, le savon noir et l'eau mousseuse d'un bon tub. Il pouvait tout sentir, sauf une chose : la tisane d'une foutue brodeuse d'histoires pour ouvrages de dames. »

Si les éléments qui ont pu être réunis confirment la présence de Valentin Dana et de Martha Canary à Buffalo, en 1901, rien ne permet d'affirmer qu'ils s'y sont rencontrés ni, à plus forte raison, qu'ils s'y sont retrouvés.

Peut-être le whiskey qui coulait à flots dans la caravane a-t-il noyé les mémoires, peut-être le temps les a-t-il obscurcies. Peut-être, enfin, les nombreux cirques, troupes et convois forains qui sillonnaient le pays, plantaient leurs barnums dans les mêmes foires et s'y tiraient la bourre n'ont-ils cessé d'échanger employés et attractions, mêlant les hommes et leurs histoires dans le grand mouvement produit par la concurrence, l'offre, la demande, le marché du travail et la libre entreprise. Tout cela pour dire : on ne trouvera personne qui s'accorde sur une version. Et rien pour étayer l'existence de Dana.

Avant de travailler au Wild West, c'est dans le Rocky Mountain Show de Tom Hardwick que Phoenix Buckstin lançait des couteaux. Il est formel : en 1901, Jane y maniait la winchester. Mieux valait rester hors de portée. L'alcool vous abrutit jusqu'à ne plus savoir par quel bout tenir un fusil, et le manque vous secoue la main comme la tremblante du mouton. Afin de l'affermir avant ses exhibitions, Martha refaisait le niveau. Elle savait la dose exacte qu'il lui fallait pour ne pas s'assommer. Jusqu'au manque suivant elle pouvait donner le change. Une torture quand le corps n'est calmé qu'en surface. Son esprit pointé vers la bouteille comme sa carabine vers la cible, elle était plus tendue qu'une gâchette. Un courant d'air pouvait la faire dévier. Aussi, un garçon de piste veillait à garder le barnum fermé quand elle se produisait. Mais Dieu, qui devait la tenir en grande estime ou, plus sûrement, n'était pas pressé de la voir zigzaguer au paradis, guidait le bras de Calamity. Elle n'a abattu aucun de ses partenaires. Sur la fin il fallait les tirer au sort ou chercher plus soiffard qu'elle. Mais le public était là, inconscient du danger, ou peut-être à cause de ce drôle de truc qu'elle possédait et qui la faisait aimer.

Pour ce qui est de son passage au Wild West Show, Phoenix Buckstin penche pour une confusion avec le Rocky Mountain. Martha Canary aurait écrit son nom sur le registre du premier pour enjoliver sa légende, le Wild West tenant alors le haut de l'affiche. Aussi bien, Buffalo Bill Cody a pu l'engager quelques soirées par charité, l'ayant commandée jadis comme éclaireuse. C'est du moins ce qu'il prétend. Qui saura ? Soldat légendaire, prodigieux chasseur, brasseur d'affaires avisé, William Cody est aussi un fieffé bonimenteur.

À Buffalo, les deux shows figuraient au programme de l'Exposition panaméricaine. Phoenix Buckstin se souvient de la présentation qu'on y fit d'un étrange appareil à avaler la poussière domestique ; son inventeur, David E. Kenney, l'avait baptisé « aspirateur ». Il se rappelle avoir parié que le rasoir mécanique présenté par la firme Gillette ne détrônerait pas de sitôt le bon vieux coupe-chou. Mais c'est l'incident consécutif à l'article de l'*Evening Herald* qui lui laisse le plus vif souvenir. L'histoire du journaliste contraint de manger son article avait fait le délice des forains, comme les *donuts* font celui des enfants. Il ne se rappelle pas, en revanche, avoir eu vent d'un Dana. Le visage sur la photo ne lui dit rien. Mais si elle date de trente ans, mieux vaudrait recourir aux grigris indiens. Que devient un visage quand trente années sont passées dessus ?

Le comptable du Wild West ne sera pas plus utile. La mémoire la mieux ordonnée n'est qu'une armoire. Trop pleine, il faut l'alléger. En commençant par l'inutile : les palanquées de Dana employés à la petite semaine ou moins encore. Leur mention sur les livres de paie, rigoureusement mis à jour, répond aux obligations légales, aux exigences d'une saine gestion et à celles de l'archivage. Au-delà, rien n'astreint à retenir quoi que ce soit de tous ceux que l'entreprise a employés. Considérant que l'effectif moyen monte à huit cents âmes, certaines pourvues d'une famille, que le turnover est fréquent et le travail pour partie saisonnier, on conviendra que la mémoire bien rangée d'un comptable ne peut contenir tous ceux dont il a un jour calculé le salaire. Sur la ligne correspondant à celui de Dana en 1901, l'absence de la mention « solde de tout compte » notifiant les départs souligne la brièveté de l'engagement. Trop court pour donner lieu à retenues, amendes, avances et mouvements divers qui nécessitent une balance en fin d'exercice. Quand le besoin s'en fait sentir, et une exposition comme la panaméricaine en suscite de multiples, on embauche à la journée. La somme portée en paie le confirme. Comme elle l'atteste pour Martha Canary. Mais si une telle figure tient une place de choix dans une armoire-mémoire, on comprendra qu'il n'en soit pas ainsi d'un Dana.

Les registres de 1905 indiquent un second engagement. D'une autre durée, cette fois, il couvre la tournée européenne du Wild West Show. Chose curieuse, le solde de tout compte n'y figure pas davantage. La tenue d'un livre de paie est trop minutieuse et le comptable trop consciencieux pour envisager un oubli. Seule hypothèse plausible : le nommé Dana n'a pas clos son compte. Le cas est rare. Dans son armoire à mémoire, le comptable en conserve un. Celui du nain Smalto qu'un sommeil éthylique dans la roulotte des fauves avait fait disparaître sans plus de traces que le lapin escamoté du prestidigitateur. La sombre vérité, découverte des mois plus tard, avait donné lieu à une annotation « décédé » et à l'affectation du salaire non perçu à la caisse de secours mutuel. Rien de tel pour Dana.

Le caissier serait mieux à même de se remémorer le nom des employés, les voyant tous défiler à son guichet. Hélas, il sera difficile de l'interroger. Il a rejoint les anges acrobates et les séraphins jongleurs du grand chapiteau céleste.

« Un Français ? On voit de tout ici. Bisons, loups, pumas, Peaux-Rouges. Pourquoi pas un Français. » Le gars appartient à l'équipe des charpentiers. Il ressemble à une poutre maîtresse qui se serait laissée aller à gondoler. Il salive en parlant comme s'il allait cracher sa chique, mais il ne crache rien. Pas même un bout de renseignement qu'il aurait mastiqué des heures durant dans son lent mouvement de maxillaire pareil à celui des vaches lorsqu'elles ruminent. Un Français, il en a connu un. En Louisiane. Ils sont cousins, pas vrai ? Le Français taillait des cercueils et possédait deux mains gauches.

Il faut attendre quelques allers et retours de maxillaire pour apprendre l'histoire des mains. On se doute que l'homme ne vous prend pas pour une bûche.

« Deux mains gauches. Du moins, c'est ce qu'on disait parce qu'en apparence ses mains étaient comme les vôtres. Dieu seul sait comment il les maniait pour en faire ce qu'il en faisait. Rien de ce qui en sortait n'était d'équerre. Il ne connaissait que le biais et aurait raté les pieds du Christ s'il avait dû y planter le clou. Un don, probablement. Ou un truc du genre. Le voir fourbir ses cercueils était devenu une attraction. On ne trouvait pas grand monde pour s'y faire enterrer mais on lui passait commande pour la surprise de ce qu'il allait bricoler. Chapot. Voilà, il s'appelait Chapot. Tout bien pesé, c'est assez loin de Dana. Chapot, on ne prononce pas le "t", là-bas. Est-ce que les Français ont tous des noms pareils ? Ce Chapot-là était grêlé. Une de ses mains gauches l'avait aspergé de la lasure destinée à un boulot. Son visage avait cloqué comme le sapin de ses cercueils quand il les vernissait. Les cloques avaient percé, lui laissant des trous. Deux mains gauches et des trous, c'était vraiment une attraction. Il aurait pu s'engager au Wild West. On a de fameux clowns, nous aussi. Votre Dana n'était pas clown ? Charpentier, vous m'avez dit. Il taillait des cercueils, aussi ? Non, ça ne va pas. Un charpentier avec deux mains gauches aurait fait long feu, ici. Et quand bien même, en 1901 Chapot ne faisait plus rire que le diable. Un duel, monsieur. Oui, un duel. Avec deux mains gauches. Fallait-il qu'il soit marrant. On l'a flanqué dans un de ses cercueils. C'était bien le moins. Taillé en biais, le couvercle laissait voir la moitié de son visage. Avec les trous dedans. Quand on l'a descendu en terre, on a entendu rigoler. On a dit que ça venait des enfers. Moi je crois que c'est de la blague. Les grêlés, ils en voient passer à longueur de journée, en dessous. C'est monnaie courante. Décharges de chevrotine, variole, éclats de minerai, chenilles processionnaires, venin de crotale, frelons, griffes de femelles… Les raisons d'une gueule trouée ne manquent pas. »

Au fil de sa mémoire remoulée, le type pourrait en donner des dizaines. Jusqu'aux épines de cactus qu'il a vues cribler le visage d'un cow-boy de Laredo jeté dans un champ de nopals pour apprendre à garder la bouche cousue.

« La bouche cousue, oui monsieur… »

L'espoir de retrouver la trace de Valentin Dana en suivant celle du cirque s'effiloche. C'était le dernier. Aucune des histoires qui courent les grandes terres, aussi nombreuses que des chiens de prairie, ne le mentionne. Aucun écho torché par un obscur localier du *Clairon de Buffalo*, du *Phare de Salt Lake* ou de *La Voix de Tombstone* ne signale son existence. Il faudrait questionner le vent, le hurlement des loups ou le silence des vieux à l'approche du soir. Mais l'enquêteur le plus opiniâtre, le détective le plus tenace, le chasseur de primes le plus acharné est encore trop pressé pour écouter le vent.

Matthew J. Velmont n'est pas le plus mauvais détective de l'agence Pinkerton. Il aura parcouru des lieues, fait le pied de grue dans des relais de diligence, poireauté dans des gares désertiques. Il aura crotté ses bottes à la boue de ce qu'il faut bien appeler des villes, il les aura blanchies à la poussière des trottoirs en planches et au sable des sentes. Il aura dormi dans des puciers et dans des lits douillets. Il aura interrogé des légions de charpentiers, de garçons de piste et d'employés de cirque de toute catégorie. Il aura appris comment dresser un mât, monter un barnum et bander un filin plus fort que la corde d'un arc. Il aura arrosé des cow-boys en virée, payé le mousseux d'entraîneuses avinées, torché le schnaps de fermiers aux yeux de fjords, trinqué avec des pianistes et des croupiers. Il aura épluché les procès-verbaux et les livres de semaine de près de cent shérifs, des collections de feuilles de chou invraisemblables. Il aura usé ses yeux sur les avis de décès et les avis de recherche, consulté les registres de l'armée, les cadastres, les titres fonciers des concessions minières. Ses filets lancés jusque dans le trou du cul du Nouveau Monde n'auront remonté que l'exaspérante présence du vide. Et le sentiment de chasser un fantôme.

Les fantômes, à Prairie Home, Ohio, ils s'accrochent aux pierres. Le vent a tout emporté des hommes et de leurs rêves d'égalité. Prairie Home, Point Hope, La Réunion, New Harmony, Social Freedom, Mutual Aid. Libres communautés de pionniers prophétiques, semeurs de songes et gobeurs d'étoiles. Ils viennent d'ici, de là, de n'importe où et d'ailleurs. Leurs bras sont noueux, leurs mains calleuses et leur porte ouverte. Dans leurs bagages mal ficelés, ils ont transbahuté des couvertures, la lampe à pétrole, des marmites, des draps rapetassés, des semences. Et par là-dessus l'harmonica, un bouquet de fleurs séchées, la Bible, pour ceux qui savent lire, et les écrits de Fourier ou ceux d'Owen. Ils citent en vrac saint Paul, Proudhon, John Brown. Il n'y a ni juif, ni grec, ni blanc, ni noir, et la propriété c'est le vol. Leurs théories sont bricolées comme des outils de fortune. Leurs trois acres de terre, ils les cultivent comme ils peuvent, les pognes meurtries par la charrue. *Yepee ya ho!* Au cul de la rossinante, le soc s'ébrèche sur les cailloux. Dans les sillons, les corbeaux font des balthazars de grain. Mais malgré les jours sans pain, les coyotes bouffeurs de poules, la fatigue et la toux des enfants, ils ont au cœur une idée de liberté plus vaste que les plaines. Ils n'ont jamais fermé leur grange à un esclave en fuite, à un hobo, à un pasteur errant. « Frappez et l'on vous ouvrira. »

Dana est-il passé par Prairie Home ? Dispersée, la communauté. Son fondateur, Valentin Nicholson, est retourné à la poussière un an avant que Matthew J. Velmont n'entame sa traque pour le compte des Pinkerton et de leur lointain client. Un détective n'aura jamais le pouvoir de faire parler les morts. Nicholson, lui, s'y employait. Comme d'autres propagandistes du socialisme originel, il pratiquait le spiritisme, enrôlant les esprits dans le combat pour l'égalité. Qu'aurait-il dit de Dana ? Velmont ne le consigne pas dans les rapports qu'il adresse à ses employeurs. Faute de mieux, il approche quelques tourneurs de table. Il ne perd guère plus de dollars qu'à un tapis de poker sans savoir davantage s'il le doit à une mauvaise étoile ou à une bonne arnaque. Il entend tour à tour lui parler, d'outre-tombe, Étienne Cabet dont le *Voyage en Icarie* inspire les communautés, Victor Considérant dans son phalanstère texan, le chef indien Sitting Bull, le poète Walt Whitman et de nombreux inconnus que les réincarnations successives ont conduits de la mer Rouge, ouverte devant Moïse, aux rivages de l'Atlantique. Leurs révélations sur Dana raviraient les colporteurs de fil et d'aiguilles, de flacons d'eau de Cologne, d'almanachs et d'illustrés, mais elles lui semblent d'un piètre intérêt pour son enquête. Un nom, prononcé d'une voix rauque par une médium aux yeux révulsés, avant qu'elle tombe en syncope dans son salon tendu de noir, retient son attention. Gustave Cluseret. Le souvenir laissé par le militaire français dans l'histoire américaine, son rôle dans la Commune de Paris, sa condition de proscrit... Velmont, sans révéler sa source hasardeuse, suggère que Cluseret aurait pu guider Dana dans les milieux communautaires américains.

Après avoir traîné son sabre et ses galons de la Crimée à l'Italie garibaldienne, Gustave Paul Cluseret, officier émoulu de Saint-Cyr, chercheur d'aventure et de gloire, rallie l'armée de l'Union lors de la guerre de Sécession. La paix revenue, il s'embarque pour la verte Irlande et combat dans les rangs des insurgés fenians. Condamné à mort par l'Angleterre, il rentre en France, côtoie Michel Bakounine, rejoint l'Internationale ouvrière, la Commune de Lyon, puis celle de Paris. Il en devient délégué à la Guerre avant d'être démis et emprisonné, accusé d'incompétence et de malhonnêteté dans le grand foutoir communard. Lors de la répression versaillaise, à nouveau condamné à mort, il se carapate et retourne aux États-Unis où il demeure jusqu'à l'amnistie.

Si l'on grattait sa carapace crasseuse, le type aurait de la gueule. Mais avec sa face craquelée, la taie sur ses yeux, son corps d'échalas et ses gestes trop lents, il ressemble à un de ces automates fatigués adossés aux baraques foraines. Sa voix est un rouleau mécanique. Au moins une voix parle-t-elle enfin de Dana. À condition de prêter l'oreille aux mots mâchés comme des grains de maïs, on entendra confirmer qu'il est bien celui de la photo. Le type s'en souvient d'autant mieux qu'il ne restait rien de la communauté quand le Français est arrivé. 1871 ? Peut-être. Ou des années après. Il y a longtemps en tout cas. On n'avait jamais vu plus de cinq ou six mangeurs de grenouilles parmi les cent cinquante âmes de Prairie Home au bref temps de sa splendeur. Le type, lui, n'a plus quitté le coin. Quand on a bien traîné sa carcasse, pourquoi la trimbaler ailleurs ? Les humains sont partout les mêmes. Et il n'a plus assez de dents pour en casser sur le pain rassis des foutaises. Les phrases de ce genre, il les ponctue de « Bien sûr », de « Vous voyez, monsieur » et d'autres formules qu'on attend d'un automate forain. Entre deux jets de salive, il dit encore que les communeux français étaient connus à Prairie. Que l'océan ne sera jamais assez vaste pour empêcher les oiseaux de le survoler et que le sable avait recouvert jusqu'au souvenir de la communauté quand Dana a débarqué. Peut-être un beau parleur lui avait-il fourgué une combine faisandée. Cluseret ? Pourquoi Cluseret ? Évidemment l'homme le connaît ! Beaucoup de monde le connaît. Cluseret a combattu pour l'Union et y a gagné ses galons. Mais savoir si Dana en parlait, c'est en demander beaucoup. Ils étaient français tous les deux, proscrits pareillement, mais la colonie a caché tant de fugitifs. L'homme lui-même en fut un. Il a suivi l'*underground railway*, la grande cavale des esclaves noirs. Aidés par les abolitionnistes, quakers, mennonites, socialistes et un tas d'autres espèces, tant de Nègres s'évaporaient des plantations qu'on évoquait un chemin de fer souterrain. Le réseau de passeurs, d'hôtes et de ravitailleurs accomplissait des merveilles. On ne parlera pas de miracles, les miracles appartiennent au Seigneur. Mais Il devait bien mettre Sa glorieuse main à la pâte. Lui, les saints en marche, les prophètes qui portent la bonne nouvelle par-delà les champs de coton. Et *let my people go*.

Pour sûr si le Français est venu ici, Cluseret avait pu le renseigner. Lui ou un autre. Mais un qui n'avait pas foulé le sol de l'État depuis des lustres, parce qu'à Prairie Home la nature avait repris ses droits. Dana s'y est quand même refait une santé avant de filer vers l'Ouest. L'or ? Non, il cherchait autre chose. Quoiqu'un peu d'or n'a jamais flanqué la vérole à une créature respectueuse des Commandements. À cette époque, on parlait d'une communauté qui avait réussi, du côté d'Harrisburg, en Pennsylvanie. En partant, le Français a laissé un livre. Des poèmes à ce qu'il paraît. On peut prendre le bouquin, lui ne sait pas lire. Un temps viendra. Il ne le verra pas mais, oh oui, un temps viendra.

Roulés par les vents, les buissons de *tumbleweeds* parcourent des miles et disparaissent comme ils étaient venus. Des colons les suivent, flairant, dans les fumées des villes industrieuses, la venue d'un monde où les gestes seront enchaînés, décomposés, cadencés au rythme des chronomètres, horloges, pointeuses, coups de gueule des contremaîtres, de l'organisation scientifique du travail, des bureaux d'études fordistes, de leurs nuées d'ingénieurs, de concepteurs, d'ergonomes et, plus bourdonnantes encore, celles des comptables, traceurs de courbes, de graphiques, de statistiques bientôt reliées au cordon de la Bourse et à ses envolées mirifiques.

Eux ont dans les yeux des espaces infinis, des lopins partagés, des temps suspendus, et dans les veines un sang qui bat au mouvement des saisons. Ils mourront à la tâche, grelottant de typhus, sous une volée de flèches indiennes ou reviendront de tout. Bouffés par la réalité, leurs rêves finiront comme un pancake rongé par les souris. Leurs projets en miettes, l'évidence barrant l'horizon, ils se prendront le bec. La rage au cœur de s'être tant aimés, certains se haïront. D'autres iront voir ailleurs si l'herbe est plus verte, la terre plus grasse et l'homme meilleur.

À Philly, il paraît l'être. Libres, égaux et pacifiques, les quakers y ont jeté l'ancre. La foi transmise deux siècles plus tôt par George Fox, prédicateur errant et père de leur communauté, en a fait des exilés. Ils tutoient les rois, n'ont d'autre maître que Dieu et ne tremblent que devant Lui. Chassés d'Angleterre, ils ont fondé le deuxième État de l'Union et l'ont baptisé Pennsylvanie, hommage à William Penn qui les y a conduits. Bannissant armée, pistoleros et fusils, ils ont mêlé leur tabac à l'herbe des calumets dans la douceur de la paix. Les Indiens ne toucheraient pas un cheveu de leurs scalps. Diderot les tenait pour un peuple « grand, plein d'intelligence et de sagesse », Voltaire aimait leur « gouvernement sans prêtres » et les anarchistes en font de lointains cousins. Si le foutu Nègre de Prairie Home ne s'est pas payé la tête d'un détective à peau blanche, les tordus dont le chapeau rond ornera bientôt les paquets de corn flakes expédiés jusqu'aux confins du monde ont bien pu héberger Dana.

Si on avait demandé à Matthew J. Velmont de révéler deux des pires choses que son cul ait endurées, il aurait cité la selle mal tannée d'un cheval cabochard et la fourmilière croisée, un soir électrique, à la frontière mexicaine. Il n'avait pas encore supporté, des heures durant, le banc de bois bancal d'une église quaker. Il lui aura fallu ranger ses armes au râtelier, déguster la citronnade glacée, avaler la tarte aux pommes – « la meilleure que j'aie jamais mangée, madame » –, subir la conversation décousue d'enfants collants comme du sirop d'érable. Enfin, monter au Golgotha : la messe quaker. Elle ne ressemble à rien. Sans rite, ni curé, ni pasteur, qui cherche Dieu le trouve en lui-même. La première heure passée, en silence, à se tortiller d'une fesse à l'autre, la parole se libère. À chacun son tour, la libération prendra plus de temps qu'il n'en faut au diable, assommé, pour décaniller. Quand tous les fidèles auront vidé leur sac, Satan sera depuis belle lurette rentré aux vestiaires comme un boxeur sonné. *Glory hallelujah !*

Avant que Matthew J. Velmont ne trouve quoi répondre à la compagnie, curieuse de ses impressions, les sourires l'interrogeront sur ce qu'il vient de subir. Célébration, médecine de l'âme ou bizutage ? Sous des dehors austères, le quaker est facétieux. Ses bourrades à décorner un bœuf apprendront à Velmont qu'il est aussi chaleureux. Jamais il n'hésitera à tendre la main à son prochain, ni la joue gauche si on le frappe sur la droite. Et bon sang ! Ce truc en a désarmé plus d'un. Battu comme plâtre, il faut en avoir pour ne pas riposter. Le quaker en a. Il encaisse mais ne plie pas. Et ne comptez pas sur lui pour dénoncer son semblable à la justice des hommes. Les Amis, puisqu'ils se nomment ainsi, abriteraient les frères Dalton, William Bonney et Sundance Kid s'ils demandaient asile avec à leurs basques les shérifs du pays, leurs adjoints, les milices des bons citoyens et une armée de chasseurs de primes pour faire bonne mesure. Les desperados n'auraient qu'à se défaire de leur arsenal, baisser le ton et respecter le nom du Seigneur. Après quoi, ils auraient le droit de se meurtrir le derche à l'église en attendant que la chevauchée pétaradante de leur âme fasse place au silence. Et si l'un d'eux s'agaçait de devoir, à l'heure de la parole, endurer jusqu'à celle d'un idiot, on lui rappellerait que les mots, comme des pépites, cachent leur or dans la boue.

Voilà pourquoi, en quittant la communauté, son cheval pansé et du pain dans ses fontes, Matthew J. Velmont n'aura pas appris la moindre chose sur celui qu'il cherche mais se sentira lourd de questions sur son propre compte.

Ce n'est qu'au soir d'une chevauchée hypnotique où d'insolites pensées métaphysiques se mêleront aux courbatures qu'il trouvera l'or dans la boue. Une minuscule pépite crachée par la plus simple en esprit des brebis du Seigneur. Aby Oakley, que partout ailleurs on aurait reléguée à la gamelle des bredins de village. Aby Oakley, au regard de ciel pur et au sourire ravi. Aby Oakley que les Amis écoutaient avec autant d'attention que si elle avait été William Penn lui-même. Aby, encore émerveillée par les habits de lumière et les cheveux d'ange de « tante Annie » à Buffalo.

Annie Oakley. Le programme du Wild West Show la montre étincelante dans le blanc scintillant d'une tunique corsetée. Visage d'apparition, chevelure de cascade, stetson auréole. « *Ladies and gentlemen*, voici Annie Oakley, la plus fine gâchette de l'Ouest. Elle fait sauter le sceptre du roi de pique à une distance telle que l'œil humain ne le distingue même pas. Pour accomplir ce prodige, il faudrait celui d'un lynx. Ou d'un Indien. Mais, outre une vision exceptionnelle, et pour tout dire unique, un tel exploit requiert une concentration extraordinaire et une main si sûre que vous lui confieriez votre dernier-né. Confieriez-vous votre dernier-né à un Indien ? Allons, assez parlé. Entrez, *ladies and gentlemen*, entrez, Annie vous montrera pourquoi Frank Butler en personne, le plus fameux tireur de l'Union, a mis chapeau bas devant elle… Si bas qu'il l'a épousée. Le chef Sitting Bull l'a surnommée Watanya Cicilla, petite femme au tir sûr. Elle a été reçue à la cour de Guillaume II d'Allemagne et de bien d'autres têtes couronnées. Elle est là, ce soir, parmi nous, pour vous. *Ladies and gentlemen*, Aaannie Oooakley ! »

Les balles d'Annie Phoebe Oakley n'ont jamais percé que des cartes à jouer, des pièces de monnaie et des cœurs en carton. Cow-girl d'opérette aussi exquise qu'une fleur en sucre, mais d'une adresse à figer tour à tour le plus rapide des tireurs à sang froid et le plus allumé des chercheurs d'embrouilles, la petite Annie n'en est pas moins quaker. Ses talents aux odeurs de poudre l'ont éloignée de la communauté, on ne lui en veut pas. Ses bang-bang sont des jeux d'enfant trop vite grandi. Chez les Amis on ne corrige pas même les gamins turbulents.

À l'été 1901, Annie était à l'affiche du Wild West. Elle se souvient des visites de Martha Canary. Comment les oublier ? « Chacun de ses pas était souffrance, chaque tremblement épine dans sa chair. Il fallait l'entendre hoqueter ses exploits passés pour saisir ce qui la poussait à hâter son passage sur terre. C'était une grande misère de la voir descendre le cours de son existence pareille à un radeau ivre sur le Mississippi. Les jours où elle parvenait à chevaucher ses démons, elle se produisait au Rocky Mountain Show. Mais Cody l'a aussi embauchée au Wild West. Deux soirs de naufrage à tanguer sur les vagues de sa gloire, sa renommée claquant comme un pavillon en loques sur une épave. Pendant ces soirées, elle a suscité tant de douleur et de pitié que Cody n'a pas pu lui avouer : le rideau ne se lèverait pas une troisième fois. Tom Hardwick, le patron du Mountain, l'a reprise. Elle l'a suivi, docile, sans comprendre que les deux boutiques n'en faisaient pas qu'une, ni qu'elle détonnait dans le Wild West. Hardwick lui a assuré quelques représentations, des figurants abattant le gros du travail, puis il a jeté l'éponge lui aussi, ou c'est elle qui n'est pas revenue. Trop morte pour se souvenir qu'on l'attendait. Mais qui l'attendait hormis des ombres ? »

À la réflexion, Hardwick en personne n'est peut-être pas venu la repêcher, mais c'est tout comme. « Un Français ? Quel Français ? Dana ? Ce serait son nom ? Venu de Pennsylvanie ? Bien sûr je connais les Amis. Je suis quaker. Du moins je l'ai été. Que cherchez-vous au juste, monsieur ? »

«Nous y sommes, c'est ici que repose Martha Canary. Voilà longtemps qu'elle n'avait pas reçu de visite. Ses obsèques étaient pourtant grandioses. Grandioses, c'est le mot. Deadwood n'avait pas vu tant de monde depuis… À dire vrai, Deadwood n'avait jamais vu tant de monde. Nous avons peu de morts célèbres. Mont Moriah est un cimetière familial. Ou de passage, c'est selon. À côté de Martha, vous pouvez voir la tombe de Wild Bill Hickok. Une de ses dernières volontés était d'être enterrée près de lui. On n'a jamais su ce qui les unissait, au juste. Mais si une chose est certaine, c'est qu'il aura été le grand amour de Martha.»

La légende se tisse comme un *quilt*, ces étoffes cousues de pièces disparates par les femmes quakers. Le fossoyeur peut en dérouler des longueurs. À la demande, au gré du jour ou pour entendre sa propre voix résonner dans le silence des morts. Avec son bagout, il a de quoi les vêtir de neuf et faire d'un souvenir défraîchi une tenue repassée. La sienne est celle des dimanches. Justement, nous sommes le jour du Seigneur. Et c'est tout de même idéal pour s'entretenir de ceux qui l'ont rejoint.

Le fossoyeur se nomme Charles Robinson. Il porte un costume de velours à la mode des campagnes. Inusable et taillé pour l'aisance. Un de ceux qui font une vie, revêtus pas plus qu'il ne faut. Il arbore aussi des croquenots qui ne craignent pas la glaise, des bacchantes jaunes de tabac et un visage boursouflé comme une terre incendiée. La variole. En 1878, elle a ravagé Deadwood. Deux ans. Des cadavres par centaines, la puanteur, le rideau noir des mouches sur les corps entassés, les croque-morts suant de fièvre, le manque de bras, de docteurs, d'infirmières, de trousses, de fioles, de tout. Des cauchemars croûteux, vésiculés, hémorragiques, des enfants aux yeux clos, brûlants. La mort gavée comme une soûlarde. Charles Robinson avait dix ans. Dans la cabane où l'on confinait les malades, un ange s'était posé à son chevet. Calamity Jane. «Elle est restée des jours dans ce cloaque où personne n'osait entrer. Seulement elle et le toubib au cuir si vieux, si dur et si parcheminé que la camarde n'y aurait pas risqué un croc. Dieu garde Calamity en Sa sainte grâce, elle n'a jamais lâché la main d'un mourant. Elle a recueilli bien des râles et des derniers soupirs, c'était comme si elle en faisait des bouquets. L'âme s'envole plus légère au-dessus d'un champ de fleurs. Bon Dieu ! La cabane ne sentait pourtant pas le myosotis, mais Jane vous emportait ailleurs. Vous connaissez cette chanson qui parle de cerises et de rossignols en fête ? Non ? Elle vient de France, à ce qu'il paraît. Allez savoir où Jane l'a apprise. Je ne l'ai jamais entendue que par elle. Je serais bien en peine de la fredonner. Ma mémoire n'a gardé que ça : des rossignols en fête. Je mourais et les rossignols me conduisaient au paradis. Sacrée Jane. Sa chanson, elle m'en a bercé des heures durant, à ce qu'on m'a raconté, et moi je ne me souviens que des rossignols. »

Au terme des années de traque qui l'ont conduit aux confins du pays et de la quête mystique, Matthew J. Velmont se résout à un constat. Valentin Dana n'existe pas. L'annoncer au client des Pinkerton dont les émoluments tombent avec la régularité des virements bancaires facilités par le télégraphe tarirait une source de revenus substantiels. Pourtant, là n'est pas la seule raison du silence de Velmont. Le détective s'est trop cassé le cul sur le dos des chevaux, les banquettes en bois du chemin de fer et celles, mal suspendues, des diligences de la Wells Fargo pour se satisfaire d'une évidence. Il a trop goûté au tord-boyaux des fermes désolées, au jus des cactus, aux infusions d'herbes à rêves et au mezcal des Chicanos pour ne pas entrevoir des choses derrière les choses. Les rides creusées sur son visage, les crevasses de ses mains, le gris de ses poils, les douleurs qui le tiraillent aux mauvaises saisons, les cicatrices barrant son torse, tout lui rappelle une vérité. La virginité apparente d'une piste ne signifiera jamais que nul ne l'a empruntée.

L'inexistence de Dana en fait une chimère. Et après ? Ces bestioles sont aussi réelles que les ragondins, les aigles des montagnes ou les chiens sauvages. Notre ancêtre Adam a donné un nom à chacun des animaux de la Création. À quoi lui aurait servi de nommer ce qui n'existe pas ?

Le livre de comptes du Wild West Show, le delirium de Calamity Jane, les spectres de Prairie Home, la voix des défunts et celle des quakers conduisent vers Dana aussi sûrement que l'étoile a guidé les mages vers Bethléem.

Velmont efface dans les cendres du bivouac les signes qu'il y avait tracés. Bientôt, il dormira dans un vrai lit.

ACTE II

PARIS

« Combien de mensonges devenus aujourd'hui des légendes et qui seront peut-être un jour de l'histoire ! »

MAXIME VUILLAUME, *Mes cahiers rouges*

La Seine emporte des tourbillons de nuit. Un rayon de soleil perce la brume, réchauffe le sommeil étoilé d'un poivrot et file vers la Cité. C'est l'heure du bouillon matinal. La soupe en bolée fumante, le pain noir et le premier tabac qui grésille dans les pipes.

Sur les vitres de l'estaminet, le rayon de soleil luit comme un sou neuf. Marceau le regarde se poser sur la table, fait mine de le choper. Raté. Le sou n'ira pas dans sa poche. Un de plus. « Ou de moins. Ça dépend d'où on se place. » La phrase vient de loin. C'est une phrase de dèche et de ventre vide. Marceau frissonne. Tout seul et fatigué qu'il est, à présent.

La Seine, le sou de soleil, l'eau sous les ponts. On peut vieillir si vite ? Les taches sur ses mains. C'est nouveau ? De la rousseur feuille morte. Comme un humus à venir. Ou du sang séché. On lit tant de choses sur les mains.

Marceau a fermé les yeux.

C'était hier.

Il y a si longtemps.

Juillet 1870

Il y avait eu la guerre. Hideuse et bête. Elles le sont toutes, mais celle-ci battait des records. Quand l'idiotie est si crasse on peut dire « j'y étais ». Comme l'autre à Austerlitz. L'Austerlitz de la connerie ! L'Empereur et le roi de Prusse enchamaillés. Des disputes de têtes couronnées. Des scènes de ménage à protocole. L'honneur offensé et le bon droit pour soi. De quoi faire valser les enfants de la patrie. Troupeaux d'hommes lancés sur les routes. Cahotant tête à cul dans le glinglin des bidons et des chassepots. M. Godillot, promu bottier de la nation. Des régiments de pieds à chausser. Grosse affaire. Belle réclame. Le godillot c'est du solide, inusable, dur à la mêlée. Il vous enterrera. On marchait là-dedans comme dans la merde. Les pieds au jus, macérant dans la sueur. Tours, détours, contournements, mouvements tournants, kilomètres avalés, la victoire en chantant puait des arpions.

Août 1870

La guerre tourne mal. Le blé poussé, c'est des morts qu'on moissonne. Il n'en reviendra pas, le gandin qui enjôlait les filles. Les yeux becquetés par les corbeaux, l'internationaliste aux rêves de paix finira charogne. L'imprimeur à bésicles, le fondeur large d'épaules, le métayer tombé dans la grange qu'il fallait tenir jusqu'au dernier, le bouif et sa poitrine creuse… Ils sont couchés en terre. Leur corps ensanglanté. Les os brisés. La face crayeuse. Leurs lèvres retroussées sur des gencives exsangues. Mauvais numéros tirés au sort, bons pour le service et pour le casse-pipe. Gravelotte. Onze mille macchabées, d'un coup d'un seul. Autant de blessés qui les rejoindront.

Septembre 1870

Il pleut sur les morts, sur les vivants, sur les soldats fourbus, trempés, entortillés dans des chiffons. La gueule à feu des canons, les orages d'acier, l'éclair des baïonnettes, le sang chaud des canassons crevés et celui des cavaliers. Bouillasse rouge, fumante. Du boudin d'humanité dégueulant des hachoirs. La grosse étripade. Les civelots terrés dans les villages, les réfugiés sur les routes, la percée prussienne sabre au clair.

La guerre est déjà bien marle. Mais la déculottée… Une chiasse sanguinolente, toutes tripes dehors. Les tourlourous hachés menu, pourrissant, décomposés en bon fumier. Les badernes ébahies. La surprise au monocle. La moustache offusquée de tant de rouerie prussienne. La guerre bouleversant le jeu des soldats de plomb, c'était du dernier déloyal. Ils ne s'y abaisseraient pas. La défaite s'avalerait tête haute. Bardé d'épaulettes et de fourragères, la taille bien prise, le maintien martial, on montrerait que l'avoinée ne change pas le pur-sang en bidet. Pendant qu'on se haussait du col, tout ratapoil, les Pruskos prenaient l'Alsace, et la Lorraine avec. Leurs uhlans déferlaient comme les Huns. La sauvagerie au galop, les villages ravagés, le feu bouté.

Napoléon, numéro III, le cul par terre et la queue basse. Sa suffisance en capilotade. Fait comme un rat. Malade comme un chien. La pierre. Partout. Dans la vessie, les reins, il en devenait minéral. Une statue fiévreuse. La seule qui vaille. Sedan, pour finir. Une armée noyée dans la cuvette. Ramassis d'éclopés, amputés, gueules cassées. Des plaies béantes, de la charpie. Des vaincus, crottés, abattus, affamés, les gros sabots de M. Godillot pris dans la boue.

4 septembre 1870

Marceau marche vers l'Hôtel de Ville. L'Empereur au rancart, on allait respirer. Voir ce qu'on allait voir. La République, d'abord ! Et pour commencer, un gouvernement tout neuf. Enrubanné, le verbe plus citoyen que du papier timbré. Un gouvernement de défense nationale. On pavoisait. Poitrines dressées devant l'ennemi qui n'en finissait plus de marcher sur Paris. Contre nous, de la tyrannie, l'étendard sanglant est levé… Comme un seul homme, on s'est mis en branle. Vers le palais Bourbon, l'Hôtel de Ville. Ouvriers en casquette, bourgeois en chapeau. « À bas l'Empire ! Vive la République ! » Sur le perron, un huissier à chaîne annonçait les ministres. Dans le vif de l'air, leurs noms claquaient comme des drapeaux. Jules Ferry, Emmanuel Arago, Gambetta, Rochefort… On lançait des gapettes au ciel.

20 septembre 1870

Paris est pris en tenaille. Ceinturé, assiégé. Château fort à pont-levis. Rien n'y entre, rien n'en sort. La M. Krupp canonne la ville.

On a fait la seule chose possible, alors, rentrer la tête. Ça ne durerait pas. Nos soldats leur feraient bouffer du tricolore, aux Prussiens. La reculade était feinte suprême. Pensée stratège. On se rassemblait pour bondir. Des lions. Nos généraux à la manœuvre, vieux chefs pétris de courage et d'astuce.

2 octobre 1870

L'artillerie cogne. C'est un jour ordinaire. Quand la canonnade se taira, on ouvrira les fenêtres. Après le bombardement, on les ouvre toujours. Pour rien, pour se sentir vivant ou chasser la poussière. Elle sort de partout vous bourrer le nez, les poumons, l'estomac. On respire poussière, on mange poussière, on crache poussière.

La nouvelle est arrivée dans la poussière : la sortie a échoué. Énième tentative de forcer le blocus. La porte de Châtillon franchie, la troupe est clouée sur place. Plombée, viande farcie. La retraite au clairon pour ceux qui peuvent. Enfumés, loqueteux. La gabegie, la dérouillade et la pensée bien noire d'être pris au piège.

Dix jours plus tard on remettait ça. À Choisy. Même fiasco. La percée brisée. La grêle d'acier, l'étripage et le retour piteux. Les tympans déchirés, la gueule terreuse. Les morceaux d'hommes et de chevaux mêlés. Les copains ouverts en deux qui cherchent leurs mères. Au cantonnement, les rangs clairsemés. Et à l'appel, le silence de ceux qui ne répondraient plus présent.

7 octobre 1870

Gambetta s'est envolé, en ballon. Le ministre de l'Intérieur, dans sa nacelle, partant quérir du renfort, ça fait dernière cartouche. Routes coupées, Paris encerclé, les airs sont la seule voie qui reste. Filins tranchés, le dirigeable a décollé de Montmartre. Il s'est élevé lentement, un courant portant l'a incliné, il a vogué, comme ça, penché, en douceur, vers les nuages, puis il les a rejoints. On l'a vu disparaître le cœur serré. Les renforts, on se doutait qu'on ne les verrait pas de sitôt. Les corps d'armée qui tenaient encore debout, on les sentait bien dans la débine.

Toute la journée, le dirigeable a tourné dans les têtes comme un manège miteux. Il s'est ajouté à la rage d'être en cage qui grossissait.

8 octobre 1870

L'Hôtel de Ville, on y est revenu. Sans vivats ni fleur au chapeau. C'est de la colère qui gronde. Pour que chaque sortie finisse en ratatouille, il faut que le commandement n'ait pas la mesure des choses. Que le gouvernement, même républicain, soit incompétent. On n'est pas maudit, tout de même ! Et on sait se battre. Alors quoi, la jugeote leur manque ? Ou l'ardeur ? Qu'on arme le peuple et qu'on lui lâche la bride !

Dana en était-il ? Fréquentait-il un de ces clubs qui poussaient comme du chiendent sur les talus ? Celui de la Cour des miracles ? De la Reine blanche ?

Le monde remis d'équerre dans une salle enfumée. Des discours de préau, des jactances de taverne. Le brassage du vent dans les caboches. Les mots tirés au ciel comme des coups de flingot. Et, au sortir, la vadrouille sur les boulevards. Parce qu'on n'a pas sommeil. Énervé par l'attente de ce qui ne vient pas. L'idée vague qu'on pourrait retrousser les manches, empoigner un tromblon, dépaver la chaussée. Enfin occuper ses dix doigts. Vivre un bon coup comme on vide une chopine.

Dana, il faudrait se le rappeler comme il était vraiment. Dans ses détails et ses recoins. Le revoir comme il était avant le mort.

Ce pouvait être chez le Père Lamotte, à la barrière d'Asnières. Un village entre champs et garennes. Avant la guerre, on y humait le bon air. L'odeur de terre retournée, bien fumée à la saison. La senteur des vaches à l'étable. Ou celle du bois entassé au bûcher. Au temps des bourgeons, quand le bouquet du printemps vous monte au nez, on s'y rendait le cœur léger sous la chemise. On était fleur, un peu. On s'était piqué un coquelicot à la boutonnière, cueilli au détour du chemin. Un brin d'herbe aux lèvres et des envies de siffler comme un pinson. C'était avant le siège. Le Père Lamotte tenait auberge. Mi-guinguette, mi-relais de poste. On y trinquait au vin bourru ou à celui de Suresnes. Blanc et frais comme une rosée. Le soleil s'invitait gentiment. On avait dressé trois tables sous un cerisier impatient de fleurir. Dana, sur sa chaise paillée, les jambes étendues. La pipe au bec, son long tuyau. Une pipe à fumer dans la lenteur des choses, avec des gestes de doux brigand. Il étudiait les siens. Ses mains, fines à faire rêver. Toujours posées où il fal-

lait. La grâce au bout des doigts. Des mains d'artiste. Ou de faussaire.

Dana, taiseux. Les yeux lointains. Rien ne lui échappe. Qui se doutait ? Son silence, pensé, lui aussi. Un rôle qu'il se compose. Songeur. Un genre. Juste ce qu'il faut de mystère.

On avait dîné de jambon, d'asperges et de compote. Le vin dans les verres amenait des chansons. On avait joué aux quilles, à la grenouille. Avait-on valsé ? En compagnie, le Père Lamotte tournait la vièle. Ce jour-là, Carjat lui avait donné la photo qu'il avait prise de lui quelque temps plus tôt. De se voir encadré, le vieux bichait comme un pou dans la crème. Il avait installé son portrait derrière le comptoir. On avait arrosé l'accrochage au mousseux et, le soir tombant, on s'en était retourné. En bande. Une procession nonchalante et bohème. En tête, la carriole tirée au pas lourd d'un percheron. Assise sur le siège de bois, Manon se retournait pour voir l'auberge s'éloigner au couchant. Manon. C'est Dana qu'elle regardait. Leurs yeux qui se cherchent, leur feinte indifférence. Et cette vibration de l'air... La première fois, ce devait être là. Au Père Lamotte.

C'était encore la paix, son goût de fruit mûr et la douceur des soirs.

14 octobre 1870

L'été a fui. À Montmartre, le raisin pourrit en grappes, on ne vendangera pas.

La guerre aux portes, coupée du monde, la République tente de s'organiser. Les arrondissements sont entrés dans la danse. Le gouvernement a nommé leurs conseils municipaux. C'est du provisoire, il a promis, les élections viendront. Les conseils ont besoin qu'on les épaule. On est partant mais pas dupe. Pas plus chair à couillons que chair à canon. Les conseils se porteront mieux si on les tient à l'œil. On veut dire notre mot, nous aussi ! On a formé des comités de vigilance.

Place de la Corderie, Dana, devant une affiche. « Contrôle populaire de toutes les mesures prises pour la défense… » Il a penché la tête. Il la penche toujours lorsqu'il lit. La pose lui donne un air d'enfant studieux. Le bon Dieu sans confession. Le bon Dieu, il devrait se faire du mouron. Son encens a trop fumé pour l'Empereur, on le ferait bien aux pattes pour lui rappeler l'histoire du veau d'or. Les tiares, les crosses et les trônes fondus dans les moules à canon, il aurait de la gueule, le tonnerre de Dieu.

25 octobre 1870

La Corderie. Encore. Une autre affiche. « Depuis la proclamation de la République, l'épouvantable guerre actuelle a pris une autre signification. Elle est maintenant le duel à mort entre le monarchisme féodal et la démocratie républicaine. Paris assiégé par le roi de Prusse, c'est la civilisation, c'est la révolution en péril. Nous voulons défendre Paris à outrance. » Association Internationale des Travailleurs.

Les murs parlent. Leur voix se colporte aux carrefours, les mots rapportés à ceux qui ne savent pas lire ou aux trop vieux qui n'y voient plus. Les murs bourgeonnent. Fleurs de crépon comme on en gagne au chamboule-tout. Au valdingue, les grosses figures papier mâché ! Le gendarme, le curé et le barbichu qui ressemble tant à l'Empereur que c'est un plaisir de le dégommer.

Les murs proclament. Des lendemains de vaillance et les communes soulevées, « la terre au paysan qui la cultive, la mine au mineur qui l'exploite et l'usine à l'ouvrier qui la fait prospérer ».

La belle histoire des murs. Dana l'écoute. La tête penchée, son air rêveur et ses mains fines, aux doigts longs comme le tuyau de sa pipe. Des mains de fumée. Capables de vous planter une lame dans le cœur.

Le mort ne doit rien au couteau, pourtant. C'est une balle qui l'a frappé. Elles sont plus expéditives. Elles n'obligent pas à emmancher celui qu'on tue. À sentir le surin pénétrer sa carcasse, riper sur un os, entrer dans le gras comme dans du saindoux et fouiller les viscères. Pour larder face à face, il faut soutenir le regard de l'homme qu'on perce. Ses yeux écarquillés, la stupeur de la vie qui s'en va. Il faut l'empoignade, comprendre en une seconde tout ce qu'on efface. Puis, le coup porté, sentir la contraction des muscles, les vibrations dans le couteau. Voir l'homme se relâcher comme après l'amour, lourd au bout de l'eustache planté où ça palpite. Chouriner de dos ne change rien, c'est toujours de la mort au corps-à-corps. Le fusil en éloigne. Il tient à distance. Tout au bout de la chaîne qui l'a fourbi. Celle des métiers, des savoir-faire, des travailleurs à leur turbin et qui l'aiment. L'ouvrage bien fait, c'est de la fierté. Il faut aussi compter la poudre, les balles. D'autres boulots : ceux du plomb, du salpêtre. Ça fait du monde. On se sent moins seul à presser la détente. Les jambes peuvent virer flanelle, le cœur monter aux lèvres, donnée d'un peu loin la mort a moins sale gueule.

Ce mort-là, avant qu'il le soit tout à fait, est tombé en battant des bras comme un corbeau des ailes. L'air de n'y rien comprendre. Pesant, tiré vers la terre quand il aurait voulu s'envoler. Mais quoi ? Plus tôt, plus tard... Il y en a eu tant. Celui-là était un mort comme les autres. Dans la logique des choses. Pourquoi revient-il ? Il s'attarde, contemple l'invisible, perdu dans le vide. C'est un mort pensif. Muet. S'il voulait savoir, vraiment savoir, il franchirait l'océan. La clé de tout est là-bas. Aux Amériques. Avec Dana.

Dana. Derrière lui, Marceau poussait des portes, traversait des cours et des arrière-boutiques, il découvrait des logis fumeux, des appartements en désordre où naissaient des brûlots.

Dana. Il a relevé son col, sa redingote flotte au vent. Le paletot idéal, les souliers blessés... C'était quoi ? Une chanson ? Elle parlait du froufrou des étoiles. Qui la chantait ?

*

Après le Père Lamotte, il y avait eu l'atelier. Rue Hautefeuille. On y accédait par une cour intérieure qui sentait la pivoine et la térébenthine. L'atelier... L'artiste se nommait Courbet. « Il peint sombre. » C'est ce que Marceau a pensé en découvrant les toiles, pas sûr de ses goûts. Mais Courbet choque le bourgeois, c'est l'essentiel. La belle peinture culbu-

tée, il brosse des enterrements de campagne, des casseurs de pierre et des cribleuses de blé. Du quotidien. Des chairs offertes, l'abandon du sommeil. Courbet, le maître à l'odeur de soufre et de lit défait…

À l'époque du Père Lamotte, il tient le haut du pavé. Arrivé. On dit ça ? Arrivé. Courbet trimballe sa panse de sanglier jusque dans les salons. Il boit dru, parle haut, met les coudes sur la table. Il traîne les honneurs à ses basques comme des bretelles défaites. S'en foutre, c'est sa revanche. Sur le mépris, les imbéciles, la vie qui le pousse au cul et le feu sacré qui s'éteint. Les ébauches qu'il ne finira pas, les châssis inutiles, il en ferait du bois de chauffe s'il pouvait ranimer sa jeunesse. Son atelier l'accable quand l'ennui paresse en savates. À d'autres heures, le grand Courbet renaît pour un parterre de disciples.

Posait-elle pour lui, la femme de la carriole ? Manon. Avant Asnières, Marceau ne l'avait jamais vue dans la bande. Ses bras croisés sur la table, le buste penché quand elle rit. Sa gorge blanche. Son chignon d'où s'échappe une mèche qu'elle ne recoiffera pas. Ses lèvres à peine humides de vin. Son regard qu'elle laisse flotter comme un drap. Elle sait prendre la pose. Elle aime qu'on l'admire et feint de s'en moquer. Manon et Dana, leurs yeux se cherchent. Dans un même lointain ou le tout proche. Un verre, une tranche de pain, une pomme. Ils se frôlent. L'après-midi s'étire comme un chat. On a dit des vers. Repris des chansons où passent des bergères sous l'orage et des chagrins d'amour. On parle du monde à refaire, de l'Empire tombé, de l'Italie garibaldienne, de l'insurrection polonaise, des États-Unis d'Amérique et de la République universelle. On voudrait des mots bien sentis, définitifs, fraternels comme des lendemains d'âge d'or. Au creux du jour, on rêve sous le cerisier. Le vert des feuilles, le bleu du ciel et les fruits rouges à venir en pendants d'oreille. Bientôt.

12 novembre 1870

« En octobre dernier j'errais dans la campagne.
Jugez l'impression que je dus en avoir :
Telle qu'une Négresse âgée avec son pagne,
Ce jour-là la Nature était horrible à voir… »

Ronflant comme un roulement de tambour. Plan plan rantanplan. C'est de la rime qui marche droit. Les pieds bien chaussés. M. Godillot fait merveille jusque dans la poésie. Et la Nature, si horrible, qu'en dit-elle ?

« Ami, si tu me vois à ce point triste et laide,
C'est que Monsieur Courbet vient de passer par là. »

Eh bien Monsieur Courbet devrait vous botter le cul !

Rue des Poitevins, pension Laveur, Marceau a son avis, et il le clame. Le pamphlet de Banville allumera sa pipe. Il date ? Qu'importe. Il n'est pas trop tard pour lui apprendre la peinture, au citoyen Banville, Théodore de. La peinture et les mauvaises manières.

Les bonnes ont fait leur temps. Elles craquent aux entournures comme des nippes trop étroites.

Ce soir, la pension regorge. Des artistes aux joues creuses, des potaches chahuteurs, des scribouilleurs, des ouvriers relieurs. Un solitaire à face de mouche qu'on surveille du coin de l'œil. Sur les tables, les chopes s'amoncellent. On parle fort, enveloppé de fumée. Le vent apporte les grondements de la guerre.

Depuis plusieurs jours Dana est invisible. Avant-hier, ils devaient souper à La Marmite, le restaurant coopératif d'Eugène Varlin et Nathalie Lemel, rue Larrey. Il n'est pas venu. Personne ne semblait le remarquer. On avait accroché un vêtement à sa chaise. Il donnait une illusion de présence. Après le repas, Marceau aurait voulu prolonger la soirée. Personne ne l'a proposé.

Quand ils se sont séparés, la solitude l'a plongé dans la mélancolie. Il les a entendus s'éloigner, engloutis par le silence. Paris calfeutré n'était plus qu'édredons et bonnets de nuit. Une ville chandelle morte. Rue Serpente, Marceau crut entendre un écho à ses pas. Les réverbères trouaient la nuit. Il s'est retourné, nulle silhouette dans leur halo.

Rue Hautefeuille, l'atelier de Courbet était éclairé. Marceau s'est demandé si le maître travaillait à la lumière artificielle.

Qu'est devenue la pension Laveur ? Et La Marmite de Varlin ? Certains soirs, porte fermée, on y parlait bas. Pour entendre un autre ton, il fallait pousser rue du Jardinet, chez la Mère Gaittet. Une allée, des maisons basses, un parfum de chèvrefeuille. On y imprimait Le Père Duchêne. *Un méchant canard. Des mots bien sentis, envoyés sans gants. Maxime Vuillaume, Vermersch et ses pauvres rimes, Jules Vallès…*

Non, Vallès c'était avant. Le Père Duchêne *est né de l'insurrection. Le journal de Vallès, lui, s'appelait* La Rue.

Vallès, le poil noir, le cou enfoncé dans les épaules – « J'ai un cou de taureau, moi ! » –, son chapeau en tuyau d'orgue, son paletot dont les pans lui donnaient des allures d'hirondelle en colère. Ah ! la mémoire est bonne encore qui conserve ces détails. Vallès, les doigts tachés d'encre. Où perchait son imprimerie ?

Marceau revoit l'ancien atelier, la presse, le foutoir d'une pièce attenante. L'étagère ployant sous la charge, les chaises dépareillées, la table encombrée qu'il fallait dégager pour s'y poser, les dictionnaires, le précis de grammaire.

Les images déboulent pêle-mêle. Des visages. Vallès, Vuillaume. Gill, sourire soleil, caricaturiste aux cent procès, semeur de rimes et de bons mots. Richard, dont le regard fixe lui faisait deux yeux de verre. Allix et ses lubies… Des silhouettes. Beaufort l'élégant, Cluseret martial, Louise Michel sèche et noire. Et tant d'autres aux noms oubliés.

Des images encore. Les tables dressées d'une brasserie. Aux Cadrans ? Chez Kroeber ? À la Salamandre, boulevard Michel ? Qui avait suggéré d'amputer le nom des saints ? C'était sur la banquette cramoisie. Un soir d'automne, la lumière du jour s'attarde, dorée comme la bière. Sur les tables : des verres, des bocks, des mazagrans. Au fond de la salle, un piano, mal accordé, assez bon pour un refrain repris à tue-tête. « C'est la canaille, eh bien j'en suis ! »

La nuit va descendre. Ceux de la bande la rêvent allumée de lampions. Elle sera incendie.

22 janvier 1871

Quatrième mois de siège. Éclopés, hébétés, les rescapés de la nouvelle sortie refluent dans Paris. Vaincus. Les blessés laissés aux Prussiens. Les morts aux corbeaux dans les champs de Buzenval et les prés de Saint-Cloud. Un festin de charognes sous la neige.

Le gouvernement avait des comptes à rendre, tout républicain qu'il était ! Les discours ronflant comme un poêle ont fait leur temps. Des comptes, c'est ce qu'elle est venue réclamer, la foule, devant l'Hôtel de Ville. Elle ne demandait pas les gardes mobiles, fusils aux fenêtres.

Un pigeon sur une balustrade, la détonation couvre son envol. Le coup est parti de la foule. On dirait que les mobiles l'attendaient tant ils répliquent dare-dare.

La fusillade, les balles qui ripent sur les pavés, les cris. Marceau s'est jeté à plat ventre. Dans son champ de vision : de la fumée, un chapeau renversé, une main qui convulse, un filet de sang. Les battements du sien, dans ses oreilles, s'ajoutent aux clameurs, aux tirs roulants de la façade, à ceux, sporadiques, qui leur répondent. Derrière la fontaine, le bas d'un manteau noir et la crosse d'un fusil. Une femme, agenouillée, recharge. Une balle griffe le pavé, Marceau ferme les yeux. Quand il les rouvre, les images s'enchaînent. Le manteau, la main, la pluie de verre tombée des vitres. Le cadran brisé de l'horloge. Quatre heures cinq.

Dana lui fait signe, Marceau roule à l'abri d'une charrette. Avenue Victoria, un omnibus est renversé. Le cocher a dételé les chevaux. Derrière la barricade de fortune, un homme épaule. Richard ? Un bourdonnement de guêpe, une balle entaille la charrette, Marceau se recroqueville. Une cavalcade, l'espacement des tirs, l'éloignement des appels. Une dernière salve. Un coup de feu en réponse. Puis ce qui ressemble à du silence dans le sifflement des tympans meurtris.

Sur la place, six corps. Sur les murs, des impacts. Recouverts le soir même par une affiche. Encore une. « Quelques gardes nationaux factieux appartenant au 101e de marche ont tenté de prendre l'Hôtel de Ville, tiré sur les officiers et blessé grièvement un adjudant-major de la Garde mobile, la troupe a riposté. L'Hôtel de Ville a été fusillé des fenêtres des maisons qui lui font face de l'autre côté de la place et qui étaient d'avance occupées. L'agression a été lâche et odieuse… Considérant qu'à la suite d'agitation criminelle dont certains clubs ont été les foyers, la guerre civile a été engagée par quelques agitateurs désavoués par la population tout entière, qu'il importe d'en finir avec ces détestables manœuvres, les clubs sont supprimés jusqu'à la fin du siège. Les locaux où ils tiennent leurs séances seront immédiatement fermés. Les contrevenants seront punis conformément aux lois. Pour le gouvernement : général Trochu, Jules Favre, Emmanuel Arago, Jules Ferry. »

24 janvier 1871

Saint-Denis est pilonné. Paris bombardé. Dans leurs casemates sous les remparts, les gardes nationaux attendent les ordres. On charcute, on panse les blessés. À l'Hôtel de Ville, on hésite. Sortir ou pas ? Sabre au clair, baïonnette au canon, tirs de couverture… Arago est pour. Lecomte est contre. Les positions prussiennes n'attendent que ça, il le sait, il est général. Boulanger l'approuve. Colonel, il n'en pense pas moins. Brancion abonde. Le pour, le contre, ça se pèse.

Chez Laveur, la cave fait le plein. À la lueur des bougies. On refait la bataille, le monde et l'Histoire. La guerre, on n'en voulait pas mais elle est là, elle frappe aux portes. On ne va pas les lui ouvrir, tout de même ! Le Kaiser dans Paris, ce serait du pire que tout. Marceau ne l'envoie pas dire. Vallès tonne que se coucher est impossible. Gill sourit à la soubrette et murmure que, pourtant, il aimerait bien. Dana fume. Richard ne cille pas. Marceau ne l'a jamais vu ciller. À croire que ses yeux sont morts. Son regard en refroidit plus d'un, mais c'est une maladie qu'il couve. Logée dans le cerveau. Une affection au nom imprononçable. Elle entrave les globes oculaires. Une saleté. Il n'y est pour rien, Richard, mais là, dans la cave, à la bougie, sous les obus qui dégringolent et les fortins qui tombent, son regard fait tout de même mauvais augure.

26 janvier 1871

La grande disette et le gel à pierre fendre. Les marmites cuisent des racines et les os rebouillis de la dernière vieille poule d'il y a belle lurette. Les boucheries sont canines, félines et pire encore. Plus de chats dans les gouttières. Sur les toits, plus de pigeons, plus de canards au bois de Boulogne. Plus d'éléphant, au Jardin des plantes. Bouffé, Castor. Son copain Pollux avec, pour faire bon poids. Deux gros pépères tranquilles qui ne pensaient qu'à vous donner la trompe. Pot-au-feu ! Et pour les vraiment purotins, les civets de rat. Depuis des semaines ils décanillent comme s'ils flairaient l'heure de quitter le navire.

On en était là. À ronger de l'écorce. Les gencives à vif, le ventre gonflé de vent et, au plus fort de la faim, les maraudes crépusculaires, dans les champs hors les murs. Au risque de se faire plomber pour deux choux-raves par des uhlans embusqués, tranquilles, le carton du soir en amusement. Et, dans les rues, la ronde des crève-la-dalle, rôdant, toussant, flottant dans leurs habits devenus trop grands, leurs yeux caves, démesurés, leurs joues creuses. Crevards. L'estomac diaphane, l'esprit battant la campagne comme un loup affamé.

« On tira z'à la courte paille, on tira z'à la courte paille. Pour savoir qui, qui, qui serait mangé. Ohé, ohé ! »

Le mort, ce n'est pas pour un pâté qu'on l'a estourbi. Quoique par temps de famine, une terrine prend un fameux relief. Gros de tous les pâtés d'une vie. Goûteux, bardés, leur fumet rehaussé de laurier. Des pâtés mises en bouche. Ou en-cas, sur le pouce. Tranchés au fil d'un bon couteau. Il y a mille façons de se goberger de terrines mitonnées. Savourées sur une nappe brodée ou une table de cuisine, la serviette au cou. Dès que bon vous semble…

Quand la fringale a des crocs si longs que la seule idée est de les planter quelque part, on peut mourir pour une terrine. « À cause » d'elle serait plus approprié. Plus juste en quelque sorte. À l'heure de régler l'ardoise d'une existence, le pâté se paie au prix du sang.

Nature morte. Un sujet pour Courbet. Sur la fin, il ne peignait plus que ça. Des poissons pêchés, des pains, des plats, des cruches. À croire qu'il avait fait le tour du reste. Ses natures plus mortes qu'une flamme éteinte. La peinture pour tromper l'ennui. Parce qu'il faut se lever chaque matin. Toujours un peu plus tard quand on pige qu'on est encore vivant et qu'on se prend à le regretter.

Mais le mort n'est pas mort en hiver. Le rouge de son sang sur son habit noir, comme une fleur molle qui lui serait sortie de l'intérieur.

*

À quelle époque Dana a-t-il changé ? Certains jours, Marceau devinait des mondes secrets qui lui étaient fermés. Dana l'abandonnait à l'entrée d'un immeuble où il soupçonnait une double issue. Il trimballait alors un spleen amer qu'il diluait dans un pot de vin bleu. Sur la table, une feuille blanche attendait le billet vengeur qu'il livrait au Cri du peuple. *La tête vide, Marceau trempait sa plume dans l'encrier comme un mauvais biscuit dans une tisane. Les heures passaient à la lenteur d'une infusion.*

Où était Dana, alors ? Marceau songeait tantôt à Manon, tantôt à quelque projet dont il était exclu. Il traînait à la façon d'un malade. Le soir venu, il regagnait son gîte. Espérant qu'il manquerait à la bande, mais sachant qu'il n'en serait rien, il se couchait sans souper et s'endormait à l'aurore.

Dans les jours précédant le siège, les absences de Dana s'étaient faites plus fréquentes. On pouvait encore quitter Paris. Quand avaient-elles commencé ? Depuis son voyage à Lyon ? Pourquoi Marceau songe-t-il à Lyon ? Une conversation ? Un billet de chemin de fer ?

Un hall de gare. C'était un hall de gare. La foule

des voyageurs, les porteurs, les crieurs de journaux, les marchands ambulants… Une silhouette dans la vapeur d'un train à quai. La démarche familière, un infime déhanchement, déjà l'homme a disparu. Marceau remonte le flot des passagers. Le soupir de la locomotive, le claquement des portières, les appels, les sifflets. On le bouscule. Il scrute des visages, trop nombreux. Il y a des moustaches, des barbes et des minois. Des képis, des pantalons garance, des landaus… Des odeurs de fer et de charbon, celles des corps, de la poudre de riz, du tabac.

Le quai s'est vidé. Dans le train déserté, un préposé inspecte les compartiments. Non, personne n'est remonté à bord.

L'après-midi, les heures s'étirent. Marceau ne se résout pas à rentrer. Rue Larrey, bec-de-cane ôté, La Marmite est fermée. Un rai de lumière s'échappe de l'arrière-salle. Deux ouvriers en blouse arpentent le trottoir. Des relieurs. La Marmite est leur cantine. Ils s'arrêtent, surpris. Toquent à la porte. « C'est fermé ? Ils ont pas prévenu ! » Le plus jeune a collé son nez à la vitre, il dit qu'on n'y voit goutte. Au fond de la pièce, la lumière s'est éteinte.

Le lendemain, Dana dîne à la pension Laveur. Marceau s'enquiert de son voyage. Quel voyage ?

8 février 1871

« Ils ont nommé Thiers ! » Chez Laveur, la nouvelle est tombée dans les vapeurs d'un bouillon de queues de rats. La France a voté. L'Assemblée nationale repliée à Bordeaux, Thiers sort du chapeau, allié aux monarchistes : 360 sièges. Les républicains en ont 150, les radicaux de Gambetta 40. La noblesse fait son retour. La province applaudit l'armistice. Paris debout l'insupporte, quatre mois de siège lui font honte, en secret, de son envie de céder. Elle veut la ville à genoux. Que les Prussiens y entrent !

Vallès grimace, Vuillaume est accablé, Gill griffonne. « Au moins, j'aurai pas à me faire la main ! Thiers, je l'ai déjà croqué cent fois, moi. Sans jamais l'avoir vu, encore. Foutriquet, moche comme il est, c'est une sinécure… » Deux coups de crayon : « Hop ! Le voilà. Petit, grincheux, bourgeois, avide de pouvoir comme Harpagon de joncaille… »

1er mars 1871

Les Prussiens entrent dans Paris.

Par quelle avenue était-ce ?

La neige sale, les arbres squelettiques, la chaussée dépavée, le cratère d'un obus. Et eux ? Pour mieux voir, Marceau s'est juché sur une borne. L'image qui lui vient est celle du marbre. Les Prussiens sont taillés dedans. Durs, froids. Impeccables. À croire qu'ils sont faux. C'est du vainqueur parfait. À la parade, pour bien le faire comprendre. Sur leur passage le silence s'est installé. Épais. Ils le martèlent de leurs bottes, des sabots de leurs chevaux, de leurs tambours. Un tintouin militaire de chocs lourds, cadencés, et de roulements d'attelages. La terre tremble. On les regarde défiler, abasourdi. Du crêpe sur les statues et du noir aux fenêtres.

De Bordeaux, l'Assemblée leur a ouvert les portes. Victor Hugo a claqué la sienne, et Garibaldi, et Rochefort, et Clemenceau. Démissionnaires sitôt élus. « Ils sont avec nous ! » on se répète, et ça réchauffe comme l'idée d'un plat qu'on mangera à son heure.

3 mars 1871

Oriflammes et tambours. Les Prussiens s'en vont. L'armistice est signé, mater Paris n'est pas leur affaire. À Thiers de nettoyer ses écuries. Eux repassent les murs d'enceinte et s'installent à l'arrière. Ils forment une grosse mâchoire d'acier prête à se refermer. On les observe à la lunette. Leurs campements ordonnés, les tentes alignées, les faisceaux. Et tout ce qui fait qu'une armée veille au grain.

« Le grain c'est nous ! » « Ils attendent que Thiers nous broie. » La rue gronde. Le gouvernement est vendu, il nous faut la Commune ! Celle de Lyon est tombée ? À nous la main ! Pour commencer, on reprend nos canons.

Le vent se lève. Marceau écoute sa rumeur. Le souffle de l'Histoire le fait frissonner comme un soir bleu d'été.

« … les soirs bleus d'été », qui chantait ça ?

T'en souviens-tu, Dana ?

Les soirs bleus d'été…

18 mars 1871

Montmartre, petit matin. Un piétinement qu'on tente d'assourdir. Un bruit feutré sur les pavés, piqué d'un cliquetis de mousquetons, de boucles et de harnais. Le brinquebalement de toute la quincaille que les soldats trimbalent. Dans le petit matin, on croirait une marée qui monte sans faire de vagues.

Un volet ouvert a claqué rue Berthe. « La ligne ! » quelqu'un a crié. Un coup de feu en réponse, un corps qui s'affaisse et, déjà, le tambour bat la générale. « La ligne ! La ligne prend Montmartre ! »

Les lignards. Depuis des jours, ils campaient au Champ-de-Mars. Replié à Versailles, le gouvernement avait laissé des régiments dans Paris histoire d'y maintenir l'ordre. Chargés de l'envie d'en découdre, les canons de la Garde nationale sentaient par trop la fronde. Versailles avait décrété leur mise au rancart. Des braves pièces de 8, des mitrailleuses, tout un bon arsenal payé par les citoyens. Chaque quartier le sien. Comme une idée du peuple en armes. La République, ça se défend contre ceux qui tournent casaque aussi bien que contre l'envahisseur !

Marceau est rue de Clichy. Ils sont mille, à présent, sur le passage de la troupe. Des boutiquiers, des ouvriers, des harengères, des filles de fabriques et des mioches. « C'est nos canons ! » ils crient. Et ça leur suffit. Leur bien, on ne le prendra pas. Ils ont trimé pour lui. La voilà, la grande idée, sous leur crâne. Quelque chose à eux, acquis ensemble. Sans l'amertume et la grisaille des jours. Quelque chose qui les dépasse et les emplit de fierté.

« Crosse en l'air ! » « La ligne avec nous ! »

Dana a chopé un soldat au ceinturon, il lui parle et l'autre évite son regard. Il y a Vuillaume, et Vallès, et Gill, le doux Gill, sourire aux lèvres, crayon en poche. « Ça prend, les gars, ça prend ! Quelle journée ! » il rigole. On l'applaudit. Il offre ses dessins comme des bonbons. Il chante. « Les soldats avec nous ! » Il a revêtu sa tenue de garde national. Son pantalon flotte au vent. On dirait un Pierrot égaré et on l'aime encore plus.

Les canons, on les avait rapatriés de Neuilly et de la place Wagram où le gouvernement les avait remisés. La belle procession, le boucan sur son trajet. Et la distribution. Belleville, La Villette, Charonne, La Chapelle, les Buttes. Les canons retrouvaient leurs quartiers. Montmartre : 91 pièces, 76 mitrailleuses. Rutilantes, prêtes au répondant. Après six mois de siège, enfermés, affamés, bombardés, il aurait fallu le genou en terre ? La corde au cou ? « Pas de ça, Lisette ! C'est à nous, mon gars, tu comprends ? » Un vieux houspille un bleu-bite tout pâlot.

Plus haut, sur la Butte, un garde national est couché. Il les gardait, les canons. En réponse à son « Qui va là ? », il a reçu le coup de feu de la ligne. Une femme, longue et noire comme une mèche, lui caresse la tête. Il gargouille qu'il a donné l'alarme. « J'ai fait la sommation. » Sa voix est mouillée de sang. Le garde va mourir. La femme le rassure, elle lui dit que tout va bien, qu'il est un brave petit. Près d'elle, un homme ceint de l'écharpe tricolore. Son grand front dégarni, les pommettes hautes, quelque chose d'asiate, des moustaches de chien. Il hoche la tête, navré de cette vie qui s'en va et du pire qu'il sent venir. Envoyer la troupe reprendre les canons, c'était l'allumette jetée sur la poudre. La femme le regarde. « Alors, quoi, Clemenceau… » elle demande comme si elle espérait quelque chose. Elle n'a jamais pu l'appeler par son prénom. Elle et ses fichues manières ! Un hérisson ! Clemenceau ne peut plus rien, lui, tout maire qu'il est. « Pas de folies, Louise. » Elle hausse les épaules. Autour, ça gronde. Une foule hérissée de poings tendus. Un galonné ordonne la dispersion. On le conspue. « En ligne ! » il commande. Les troufions s'exécutent. Il a dégainé son sabre. « Pour la dernière fois : dispersez-vous ! » On lui lance des huées et des crachats. De partout montent des « Crosse en l'air ! » « Soldats, vous ne tirerez pas sur le peuple ! » et des rengaines du même tonneau. Celui qu'on met en perce au matin des grands soirs. Le galonné a levé son sabre : « À mon commandement… » Malgré la fraîcheur, une goutte de sueur perle à son front. Avant qu'elle atteigne sa joue, le premier fusil s'est retourné, canon vers le sol. Le soldat le tient à bout de bras, étonné de son geste. À présent, il y en a d'autres. Un petit rang de flingots timides, le cul en l'air, pareils à des poireaux dans un champ. Ils poussent sous les bravos.

Les barrières ont cédé sous la poussée. Méli-mélo. Civils et fantassins embrassés, il y a des casquettes levées et des képis de traviole. Des matrones aux blagues délurées. Des accolades et des baisers donnés. D'un débit de vin, on apporte des chopotes. « Réquisition ! » on rigole entre les coups lampés et ceux offerts à la troupe. Tous frères au même goulot.

« À la tienne, Dana. Dana ? T'es où ? »

On farandole, à touche-touche. C'est du 14-Juillet en avance. Des soldats ont jeté leur sac. Depuis des mois qu'ils se le coltinent, soûlés de marches et de contremarches au gré des ordres et des contrordres. Baladés par l'incurie de leurs chefs et les canons prussiens. Battus, vaincus, fourbus, ils ont de la revanche à prendre. Ils la défendront, eux, la République qui les chavire et leur offre des fleurs.

Rue des Rosiers. Un mort étoilé. En képi de général. Ça tombe de haut, un général. Avec un tintement léger de médailles. Lecomte. C'était son nom. Collé au mur. La liesse devenue mauvaise. Ah, tu voulais tirer dans le tas mon salaud. Plus facile que de buter les Pruskos. Tu vas y goûter toi, à la mitraille !

Ses soldats le mettent en joue. Lecomte pense que finir comme ça est idiot mais il ne moufte pas. Livide, vieux, droit dans ses bottes. Tout va très vite. Il est terrible le sang qui bout.

« Dana, t'es où ? »

C'était un jour à généraux. Le second s'est fait prendre en civil. Ses galons sous son manteau. Pan ! Un lièvre dans sa clairière n'aurait pas mieux culbuté. Clément-Thomas ! Les noms vous restent quand on se donne la peine. Il a rejoint l'autre au pied du mur. On aurait dit un tableau de chasse.

Encore un motif pour Courbet.

Richard a posé son regard fixe sur les morts. Il est aussi froid qu'eux. Vallès rapplique. Le souffle court, l'œil noir. Il regarde les cadavres, les troufions mutinés et les gardes mobiles qui fument leur pipe. « Imbéciles ! » il lâche. Ils ne comprennent pas. « Thiers n'attendait que ça. »

Il faudrait trier, classer, mais il est tard. Trop de souvenirs reviennent avec le soir. Sur la table où Marceau s'endort, un repas à peine entamé, du vin, un flacon de laudanum.

Il en faut davantage pour chasser les fantômes.

19 mars 1871

Ce fantôme-là est grand, jeune encore malgré la calvitie qui le gagne. Débraillé, la langue chargée de vin et, dans les yeux, un reflet trouble d'incendie qui ne prendrait pas. Était-ce chez Laveur ? À La Marmite ?

L'exécution des généraux, il braille que « C'est très bien ! ». Est-ce Dana qui lui verse à boire ? Non, l'homme n'a besoin de personne pour boire. Il tangue, du gris de mer, à présent, dans son regard qui se mouille. L'incendie, l'océan, il a en lui des déferlantes, des maelströms, le feu grégeois et celui de Dieu.

« Paul, vous ne devriez pas… » La femme a pris son bras. Osseuse, le cheveu pauvre. Des luches. Dit-on encore des luches ? Sa main, sur l'homme, est une araignée. Hier, sur la Butte, elle berçait le mobile agonisant. Ses traits sont durs.

L'homme tangue. Elle répète qu'il ne devrait pas. Les généraux, elle s'en moque. Ils ont eu ce qu'ils méritaient. Mais l'ivresse… Elle en a trop vu dans les taudis. Elle s'est levée : « Je vous raccompagne ! » Elle le couvre de son pardessus. Lui fait mine de résister. Jure, roule les yeux. Soudain ça l'étourdit. Le tangage l'a repris. Il a besoin d'air. « Louise, à la maison ! » il ordonne comme un fêtard à son cocher.

On ne la commande pas. « Il suffit, Verlaine ! Rentrez seul, si vous le pouvez. » Elle use du patronyme, à l'égal des hommes. Elle ne leur cède rien, Louise. Louise Michel…

Verlaine titube. Elle ne l'aidera pas. La tristesse lui est venue, qu'elle planque sous des haussements d'épaules et sa moue dégoûtée. Elle revoit la rue Oudot. Elle y enseignait. La salle de classe au parquet ciré. Les pupitres, les encriers, la craie sur le tableau d'ardoise. Sa blouse noire comme un drapeau. Mademoiselle Louise… Affranchir les petites cervelles, les nourrir du beau et du bon, les libérer de l'ignorance. Elle y croit. Comme elle croit aux pleins et aux déliés… Délier, c'est ce qu'elle veut. Les filles pour commencer, « élevées dans la niaiserie, désarmées tout exprès pour être trompées ».

La petite Mathilde, au premier rang, boit ses paroles. Mathilde, son père, délégué cantonal de l'instruction. « Ins-truc-tiion. Point. » Louise, Mathilde et le vieux, ils s'aiment bien ces trois-là. Quelque chose de droit, solide. Comme un double-décimètre ou une preuve par neuf. Mathilde au joli nom : de Fleurville. Blanche comme le voile d'une mariée. Petite madame Verlaine à présent. Justement, c'est pour ça : « Il suffit, Verlaine ! »

Le poète est hébété. Dans sa tête, les mots ne

riment plus qu'à rien. Lourds, engourdis. La bonne chanson détonne.

« Je vous ramène. »

Comme un enfant boudeur, il se laisse emporter. Index levé, il réclame la parole mais la nuit les enveloppe. Les étoiles… Il fera un poème. « Sur vous, ma bonne Louise. Rien que sur vous. »

« Il suffit, Verlaine ! »

27 mars 1871

La Commune est proclamée. Ils se sont retrouvés à La Marmite. Après les bravos et les cœurs battants, un grand silence est tombé. Leurs yeux brillaient trop pour qu'ils parlent. Ils ont laissé descendre ce qui serrait leurs gorges puis, d'un coup, ils se sont embrassés. Gill voulait les croquer sur le vif mais son crayon ne suivait pas. Il a regardé sa main qui tremblait et il a rigolé : « Trop d'émotion, ça me va pas. » Il a posé son crayon pour attraper une bouteille, il lui a cassé le col d'un coup : « À l'indépendance du monde ! »

30 mars 1871

Il y avait eu Allix. Comment l'oublier ? Ses lubies, ses marottes. Ses idées délirantes l'avaient fait interner. Fréquenter les esprits est un jeu dangereux. Hugo, lui-même, s'en remettait mal. À faire tourner les tables, il arrive que la tête suive. Les brumes de

Jersey, l'exil, le vent rasant les collines, le cri des oiseaux de mer, le mugissement des tempêtes… De quoi battre la campagne. Avec Victor Hugo, proscrit comme lui, Allix l'avait battue. Au jour mourant, rideaux tirés, le salon des Hugo se changeait en un théâtre d'ombres. La veilleuse, le guéridon, la pâleur des visages, les mains qui font cercle, le fluide glacé qui les parcourt. « Esprit es-tu là ? » Fichu truc que le spiritisme. Les meilleures cervelles s'en piquaient. Celle d'Allix était chancelante, elle avait basculé.

Avec sa loufoquerie, Jules Allix s'emboîte dans le puzzle. C'est un soir, chez Laveur. On a décacheté les eaux-de-vie. Gill, hilare, raconte comment Allix, élu à la Commune, a tenté de convaincre Rigault, le chef de la Sûreté, du pouvoir télépathique des escargots. « De quoi hâter la victoire… » Allix, ses yeux en capote de fiacre, illuminé par sa trouvaille. « Scientifique ! » il répète dans la bouillie de son discours, « Tout à fait scientifique ! » Le fluide escargotique ruinera, à distance, les plans des Versaillais. Rigault écarquille les yeux. Allix explique. Détaille. Point par point. Avec des grands « A » et des petits « b ». Il en couvrirait des tableaux noirs s'il s'en présentait. Rigault ôte ses lorgnons, les essuie, les remet, regarde. Personne ne vient signifier la fin de la farce. Allix dégoise de plus belle. Avec ses escargots, la victoire est acquise. Ou peu s'en faut. La télépathie niche dans leurs cornes. Des émettrices. Elles agissent comme le télégraphe électrique.

Rigault connaît son Allix, ils sont élus du même arrondissement. N'empêche, il l'épate. L'autre avoue que sa trouvaille manque encore d'aplomb. Il faut étayer ici, raboter là. Le fond y est, mais la Commune ne doit pas pâtir d'une découverte capitale trop tôt exploitée. Rigault opine. Étayer. Oui. Qu'Allix étaie. Le moment venu, la Commune s'en remettra aux escargots. Maintenant, Rigault a à faire. Il attend Camélinat, le directeur de la Monnaie. Des pièces à frapper. Un impératif. Il préférerait les escargots mais l'intendance a ses exigences. Il ne sera pas dit que la Commune laisse l'administration aller à vau-l'eau.

Gill n'a pas loupé son effet. Vallès se tord. Les yeux impassibles, Richard est secoué de ce rire qui lui dessine deux visages, Courbet se mouche dans sa serviette. Il s'étrangle. Il tousse, crache, il pleure, ses gros yeux larmoyant. « De l'air », il réclame en agitant la main. On lui tape dans le dos. « Des escargots », il bafouille en reprenant son souffle. « Des escargots… Tu entends ça, Dana ? »

Elle était douce la folie d'Allix. Celle qui allait se déchaîner aurait une autre figure. Les escargots noyés dans le sang, brisées les tables tournantes, massacrés les songe-creux rêvant à des lendemains cerise.

Ce soir-là, chez Laveur, Dana avait-il entrevu son plan ? Marceau n'a jamais su comment l'idée avait germé.

Mieux vaudrait ne pas penser qu'une vie peut tenir à quelques escargots. Même télépathes. Mais il est trop tard, l'idée chemine. À petits pas. Comme ceux de Marceau désormais. Le temps se remonte ainsi. La marche raide, le souffle court, la prudence au bout de la canne. Une mécanique aux fils usés.

Les fils, Dana les avait raccordés. Un jeu, au début, pareil à ceux des enfants, « On dirait qu'on serait… ». Un dessin ébauché, comme Gill en crayonnait. Une idée venue toute seule dans le branle-bas des pensées sans suite. Dana l'avait saisie au vol, il l'avait jetée dans son sac à malice. Ni vu ni connu. Son sourire en poudre aux yeux. C'est trop farce.

Dana. Il en impose. Il parle peu, pourtant. L'agaçant niche là. Dans cet entre-deux du silence. Et cet air, indéchiffrable, qui vous renvoie à la certitude de lui être inférieur. On lui en veut, d'abord, de nous ramener à la pesanteur quand on se pensait oiseau. Puis on lui est reconnaissants de nous prendre comme nous sommes. On guette ses faveurs, alors. Des fois qu'elles nous touchent de sa grâce et guérissent nos écrouelles. Et puis il y a Manon. Qu'il la possède est une souffrance tant l'envie qu'on a d'elle est immense. Mais on ne peut lutter, nains que nous sommes. S'en faire une amie, une alliée, au moins, c'est tout ce qui reste. Et ronger son frein, attendre son heure, boire dans sa main puis le calice jusqu'à la lie. Boire jusqu'à plus soif. Les lieux communs, eux, sont à notre portée.

*

L'affiche dormait sous les photos, dans la poussière d'une malle au grenier. Une affiche rouge. Vieillie, sa couleur passée et ses mots comme un air démodé.

« Article 1er – La machine administrative et gouvernementale de l'État, étant devenue impuissante, est abolie.

Le peuple de France rentre en pleine possession de lui-même.

Art. 2 – Tous les tribunaux criminels et civils sont suspendus et remplacés par la justice du peuple.

[…]

Art. 5 – Toutes les organisations municipales existantes sont cassées et remplacées dans toutes les communes fédérées par des Comités de salut de la France, qui exerceront tous les pouvoirs sous le contrôle immédiat du Peuple.

Art. 6 – Chaque comité de chef-lieu de département enverra deux délégués pour former la Convention révolutionnaire du Salut de la France.

Art. 7 – Cette Convention se réunira immédiatement à l'Hôtel de Ville de Lyon, comme étant la seconde ville de France et la plus à portée de pourvoir énergiquement à la défense du Pays.

Cette Convention, appuyée par le Peuple entier, sauvera la France.

AUX ARMES !

Lyon, 26 septembre 1870. »

Au bas de l'affiche, des signatures.

Pour la Fédération révolutionnaire des Communes : Gustave Blanc, Eugène-Bertrand Saignes, Michel Bakounine (Lyon), A. Bastellica (Marseille), Dupin (St-Étienne), Rajon (Tarare)...

Dana en était-il ? Derrière Bakounine, courant le chambard comme on court les filles. Poussés par le grand vent de l'Idée, les aventuriers de la liberté parcourent l'Europe. Don Quichottes enfiévrés, écumeurs de batailles et de révolutions. Ils ont défié mille morts, la cause au cœur. La leur, parfois. Qu'importe ! Désormais, ils sont fantômes eux aussi. Gentilshommes de fortune qui se donnaient rendez-vous dans le chaudron de la Commune. Celle de Lyon avant Paris. Garibaldi s'apprête à les rejoindre.

Il a franchi les Alpes. Débarqué d'Amérique, Cluseret piaffe déjà…

Et Dana ?

« La machine de l'État abolie, des Comités de salut… » C'était ça l'Idée ? Marceau ranime les braises dans l'âtre. Une idée de fantômes. « La justice du peuple. » Un fantôme d'idée.

Le jour s'est levé. Un ciel lavé l'annonce clair. Quelle importance ? Ses jours, à lui, ont le gris des pierres. Plus gris et plus froid, encore, depuis qu'il tisonne sa jeunesse. Une autre idée de fantôme.

Lyon. Dana y a connu Cluseret, bien sûr. L'autre, brandon en quête d'une mèche, son allure yankee, sa mine ravageuse. Bombardé général en chef des armées révolutionnaires. Arrêté, relâché. La décarrade à bride abattue. Des relais de poste où rêver de gloire. Paris, enfin. Portes barrées, forts en armes, les barricades. La Commune est en lutte. Cluseret connaît Varlin. Ils ont partagé le pain sec, l'eau saumâtre et une geôle de Sainte-Pélagie. Il débarque à La Marmite, déboucle son ceinturon… Général, il a de l'expérience, son cœur bat du bon côté. Salut à toi, compagnon. Salut et fraternité !

4 avril 1871

Dana et Cluseret dans la douceur du soir, jardins du Luxembourg. Ils sirotent un moka pavillon de la Pépinière. Cluseret arrose le sien d'une goutte de gnôle. Sa flasque ne le quitte pas, talisman de ses chevauchées nordistes. Elle a contenu cette eau-de-vie que les Indiens des plaines baptisèrent « eau de feu » lorsqu'elle arriva en Amérique dans les malles fatiguées des émigrants de la verte Irlande, chassés par la famine et les coups de trique anglais. Le whiskey qui a parfumé la flasque vient du Kentucky, quinzième État de l'Union. Très précisément du Comté de Bourbon qui doit son nom à l'hommage rendu à la France pour son aide dans la guerre d'Indépendance. Ce bourbon-là est un *straight*. Il a failli disparaître, étouffé sous les taxes introduites par Abraham Lincoln pour financer l'effort de guerre contre les sécessionnistes confédérés. Mais Dieu ne l'a pas permis. Sorti de la boutanche où il roupillait du sommeil des justes depuis quatorze siècles, saint

Patrick a rappelé qu'il n'avait pas distillé l'*uisce beatha* pour des prunes. Et encore moins pour que la folie des hommes en fasse l'instrument de leurs guerres. Sur le sol des États, saignés par les batailles, ses porteurs d'eau-de-vie ont livré aux porteurs de mort le pieux combat des *bootleggers*, ainsi nommés en référence aux bouteilles qu'ils cachaient dans leurs bottes et leurs jambières pour les vendre aux soldats, du Nord comme du Sud.

C'est en chevauchant avec un détachement de l'Union que Gustave Cluseret emplit sa flasque à cette eau-là. Elle n'étancha pas plus sa soif d'aventures qu'elle n'apporta la paix mais elle lui sauva la vie. Le geste qu'il fit pour lamper une rasade dévia le tir d'un sudiste embusqué. La balle s'écrasa contre sa flasque. Cluseret abattit le tireur au jugé. Déçu par les hommes qui ne comprenaient décidément rien à son eau-de-vie, saint Patrick reprit son pieux sommeil. Le Sud vaincu, Cluseret ressentit les premiers symptômes de l'ennui. Les chants d'exil des volontaires irlandais avaient touché son âme. Il cingla vers l'Ulster goûter au malt des fenians républicains, dont les migrants du Clan na Gael avaient combattu à ses côtés sous la Bannière étoilée. Imprégné de feux de tourbe, d'hymnes celtiques et d'Old Bushmills, il prit part aux nuits comploteuses de l'Irish Republican Brotherhood. Fit quelques coups de main et tira autant de coups de feu. À l'échec du soulèvement, l'armée anglaise aux fesses, il marqua de ses bottes la terre détrempée des landes. Il pataugea dans des tourbières. Guetta, au bord des criques, d'improbables esquifs. Trouva refuge dans des masures en torchis, veillé par des paysans massifs et des femmes muettes qui offraient en partage les deux seules patates de leur lopin de terre. Quand il réussit à s'embarquer pour la France, il laissait derrière lui la condamnation à mort prononcée par l'Angleterre. Mais il emportait ses pistolets, son uniforme yankee et sa flasque à whiskey.

Dans les jardins du Luxembourg, en écoutant Cluseret conter son histoire, Dana rêve-t-il à l'aventure ? Il sourit. À l'ombre d'un marronnier, un vieillard en redingote s'est assoupi sur sa chaise. Un professeur de latin ou de rhétorique, la Sorbonne est proche. Le vieil homme ne sait rien des terres à bisons ni du frisson qui vous parcourt en entendant le *John Brown's Body* entonné par une troupe de cavaliers bannière au vent. Il ronfle. Cluseret et Dana se sont levés. Leur pas est ample. Paisible. Deux flâneurs dans les allées, savourant l'instant. Dans le bassin, un voilier d'enfant a rompu son amarre. Maman, les p'tits bateaux qui vont sur l'eau ont-ils des jambes ? Cluseret s'est approché. De son sabre dégainé il repêche l'esquif. L'enfant applaudit. Sa mère sourit : « Dis merci, mon chéri. » L'œil de Cluseret s'est allumé. Les yeux des militaires s'allument toujours devant les jolies mères. « Plus léger qu'un bouchon, j'ai dansé sur les flots. » Dana ? Où Dana prend-il ses vers ? Cluseret s'incline. Son baisemain s'attarde mais l'heure sonne à Saint-Sulpice et Beaufort, son aide de camp, les a rejoints. Uniforme rutilant, bottes astiquées façon miroir, le comte Charles de Beaufort a choisi la Commune. Pour l'idée ou par jeu. Il y promène des manières d'aristo nonchalant. À Cluseret, il dit « mon général… » en claquant les talons avec l'air de regretter la poussière qui s'y dépose. Cluseret soupire. « Nom d'une pipe ! La Commune n'attend pas. » L'enfant rit : « Nom d'une pipe. » Cluseret roule des yeux, fait son briscard, tout croquemitaine : « Scrogneugneu, mon garçon, scrogneugneu ! » Son sabre raye l'allée. L'enfant répète : « Scrogneugneu ! » Sa mère, gentille moue, est adorable.

Cluseret a pris congé. Il demande si Dana l'accompagne. L'autre a ce geste de la main qui veut dire *pourquoi pas ?*

Dana. Ses gestes de danseur. Lui si gauche, encombré de son corps. Emprunté. Il avait trouvé le truc, retournant sa maladresse comme un gant. Toute l'aisance dans ses mains. Elles font des petites manigances dans l'air, comme pour tirer des foulards d'un chapeau. Des mains de prestidigitateur. Jamais agitées comme on voit dans le Midi. Posées, calmes. Et soudain, le geste. Étudié. Élégant. L'aisance de l'acteur.

Manon aimait ses mains. Le croirait-on ? Elles l'avaient séduite. Séduite. Le mot bruisse d'un froissement de jupons troussés qui ne lui va guère. Touchée vaudrait mieux. Comme par une caresse. La douceur d'un matin. Ou la grâce sur une épreuve d'artiste. La grâce, c'est ce qui fait son prix, à elle. « Ma valeur marchande », elle souffle dans la fumée d'un cigarillo. Au marché des modèles, sa cote est haute. Elle choisit ceux qui la peignent. Elle dédaigne les barbons décorés. Elle méprise les ratés aux airs d'inspirés. Leur besoin de corps soumis. Leur rage de lui faire entendre raison. De posséder jusqu'au pli secret, au galbe impudique, au grain de peau. Tous frustrés du grand mystère inaccessible. L'acharnement, des heures durant. La pose, garder la pose. La douleur des muscles noués, lancinante. Le corps décrété bon à rien au prétexte qu'il se refuse. Le châtiment qu'ils lui infligent, impuissants à toucher le ciel. Et la déconfiture finale sur le chevalet. Leur plaisir débandé, l'ivresse retombée. Le modèle qu'on envoie se rhabiller comme on l'enverrait se faire foutre. Et pendant qu'on y est…

Le modèle est une Nini ou une Ninon. Elle est bien gentille et bien libre. Elle finira aux Indigents. Décatie. Le sang pourri, la peau sur les os, phtisique. À moins que, bouffie de tord-boyaux, elle crève à la Salpêtrière. Entre les araignées noires et les éléphants roses.

Pour avoir Manon, les barbouilleurs repasseront. Si l'argent lui vient, c'est qu'elle le prend de haut. Le supplice consenti, le maître et le sujet, elle y met son holà. Les tourments de l'artiste ne l'amusent qu'à l'Opéra. « Mourons, mourons », grand air et carton-pâte. Elle n'est pas fauvette des faubourgs bonne à plumer. Elle en impose. Se laisser peindre d'égale à égal écrème les prétendants. Elle a ses préférences, aussi. Elle a aimé Bazille, ses pêcheurs nus, hommes montrés, enfin, quand tant de ses sœurs sont exhibées comme viande à étude. Daumier lui plaît, aussi, mais Courbet c'est une autre histoire. L'affection s'y niche. Bourrue. Elle et lui à la même enseigne. L'une égale l'un. On chuchote qu'elle a tout dévoilé pour Courbet. Une toile sulfureuse. On chuchote tant de choses. Est-ce pour elle que Dana a tué ?

*

Manon, on ne la voit pas aux barricades. On ne la croise pas dans les clubs. Elle s'est posée dans la bande comme un oiseau de passage et elle y est restée. On a prétendu que Courbet l'avait amenée. Il serait logique qu'il l'ait amenée. Elle a posé pour lui. À certaines heures, sous certaine lumière, il la regarde pourtant comme s'il ne savait toujours pas comment la peindre. Manon lui échappe. Il devrait enrager, s'en obséder ou la rejeter, vexé. Non. Il l'a prise en affection. Une tendresse qui lui est née. Elle adoucit la plaie ouverte par le départ de Jo, sa belle Irlandaise.

S'il avait tenté autre chose avec Manon, peut-être aurait-il réussi, mais le plaisir assouvi aurait laissé place à l'amertume. Il serait en peine de l'expliquer et tout à fait capable d'envoyer paître celui qui le questionnerait. Pour comprendre, il suffirait que Courbet se regarde comme il regarde un arbre, un corps ou son propre visage dans le miroir quand il peint ses autoportraits. Il préfère s'en tenir au vague. À quoi bon mettre un nom sur ce qu'il ressent ? C'est de la couleur pure.

Manon et Dana ? Il ne s'en montre pas jaloux. Sa mélancolie, il la garde secrète. Il lui trouvera un ton assorti qu'il posera sur sa palette. Elle sera feuille morte, pluie d'automne, vin de paille. Ou tout autre chose qu'il décidera.

Manon. Ses silences s'accordent à ceux de Dana. Jusqu'au camaïeu. Marceau a lu que certaine dispo-

sition neurologique transforme les sons en couleurs. Quelle est celle du silence ? Change-t-elle quand il cache un secret ?

Nul n'a jamais su grand-chose de Manon. Aussi étrange que cela soit, il en est de même pour Dana. Beaucoup ont prétendu le contraire, flattés de se dire ses amis. Mais le fait est là. Dans les temps troublés qui précédèrent la Commune, il est arrivé, comme un voyageur lointain. Dana a pris place parmi eux si naturellement que nul n'aurait su dire comment. À les entendre, il avait toujours été là. En insistant, ils auraient concédé des demi-vérités. Au vrai sens du mot, ils n'avaient pas connu Dana avant son arrivée mais ils étaient au mieux avec quelqu'un qui, en revanche… Ils auraient cité des noms. À leur tour, ceux-ci auraient juré connaître Dana de toute éternité. À force, ils auraient admis que l'éternité était récente mais, tel autre de la bande étant son intime, cela ne changeait rien puisqu'ils étaient liés à celui-là.

Au fil des questions, des réponses et de leur recoupement, peut-être aurait-on fini par comprendre que l'histoire tournait en rond. Les noms fournis par les uns renvoyaient aux autres dans un mouvement circulaire. Untel désignant, preuves en main s'entend, qui avait parrainé Dana se voyait démenti par celui qu'il vous indiquait. Ce dernier affirmant qu'au contraire Untel lui-même, justement – comment avait-il pu l'oublier ? –, avait introduit Dana dans leur cercle. Pour finir, la plupart restaient accrochés à l'idée qu'ils le connaissaient depuis trop longtemps pour se souvenir depuis quand.

9 avril 1871

Ce soir, un assaut versaillais repoussé, Paris flâne aux Tuileries. Le canon s'est tu, saisi par une envie de beaux jours. Les couleurs du ciel ou les feuilles des arbres, jeunes et si tendres. On s'offre un dimanche maraudé. Goûteux de flânerie, étiré du temps qui se laisse prendre. Les lampions aux branches, les lanternes dans les massifs, brillant de couleurs chaudes. Bien dans le ton. On croirait la paix revenue, la Commune installant la fraternité et le bonheur d'y goûter. Sur une estrade, des musiciens jouent des airs d'opéra.

Rue de Rivoli, un bouquet a poussé sur une barricade. Des fédérés se font photographier. L'espoir au fusil, la poitrine bravache. Dans les jardins, les allées sont bras dessus bras dessous, sourires et bonne lenteur. On est tranquille. Et on le savoure. Comme une framboise, de l'eau fraîche en été ou un baiser. Le pire viendra assez tôt. On peut rêver qu'il succombe à la douceur d'un soir.

On s'attendrit. Si on n'avait pas rayé les saints du vocabulaire, on penserait à François d'Assise. Bien modeste avec ses petites fleurs et son frère soleil. On s'étonne d'y songer, un peu honteux d'une bondieuserie. Puis on se laisse aller. En poussant le bouchon, on imagine sa bure, toute vieille et rapiécée, dans les églises réquisitionnées. Il en dirait quoi, lui, des réunions publiques où les orateuses des clubs féminins prêchent, en chaire, la parole laïque ? Allez, la Commune est arrangeante, elle bouffe du calotin, occupe les chapelles mais libère les autels à l'heure des offices.

Passe un effluve de friture. On se ressaisit. On se dit qu'une soirée de printemps chamboule la cervelle. Tout de même, il fait bien doux.

Richard, carnet en main, note. Il note tout. Il dit qu'il écrit ses *Choses vues* à la manière d'Hugo. Quand tout sera terminé, que la Commune aura vaincu, il en fera un recueil. On le chambre. Faute de pouvoir lever ses yeux au ciel, il se rabat sur son carnet et le referme aussi sec. Tant qu'elles ne sont qu'ébauches, ses *Choses vues* ne regardent que lui.

Un cracheur de feu joue les dragons. D'un coin de nuit monte un air de limonaire. Dana, Manon à son bras. Ils déambulent comme le font les amants. Marceau ne voit plus qu'eux. Ils gravissent l'escalier du Palais. À l'intérieur, des tentures, du cristal et des badauds que les miroirs reflètent dans l'enfilade des pièces. Le peuple a pris possession des lieux un brin fanfaron, la pompe impressionne. Comme une flèche dorée, Beaufort fend la foule et se perd dans les psychés où brille le regard des femmes.

Salle des Maréchaux, campée devant un orchestre, la Bordas est venue de l'Opéra offrir un récital. Pas bégueule. La voix généreuse et le reste à l'unisson. Les tyrans descendus au cercueil, la victoire qui ouvre la barrière… Elle se donne à pleins poumons. À faire craquer le péplum qui les comprime. Un garde lui tend un drapeau, elle s'en enveloppe. Grandiose, sa grosse silhouette boudinée de rouge. Quand elle entonne *La Canaille*, c'est du tonnerre. Les bravos, les vivats, les trépignements. Le raffut redonne du cœur au ventre. Elle n'en manque pas, Rosalie Bordas. Ses morceaux de bravoure, elle les envoie à pleine glotte. Elle fait rouler les « r » comme des baguettes sur un tambour. Elle y va aux trémolos, aux crescendos. Elle a du coffre et de quoi le garnir. Dans leurs niches de stuc, les maréchaux en frémiraient.

Près du buste de Masséna, une porte s'est refermée. Une silhouette entrevue. Cluseret ? Dana et Manon s'éloignent. Que lui susurre-t-il dans le déluge des vibratos et des contre-ut ? Ils se fraient un passage, traversent des salles bondées. Sur le perron, ils se sont arrêtés. Une parole à l'oreille, encore. Leurs hanches se frôlent. Dans l'escalier, une cantinière les aborde : « Pour nos blessés, citoyens… » Dana glisse une pièce dans sa corbeille. Des phrases échangées, un hochement de tête. Ils s'éloignent. Marceau sur leurs talons. La cantinière lui barre le passage. « Hé, là, citoyen, tu oublies nos blessés ? » La cantinière parle d'un assaut à Neuilly, de charpie, d'hôpital… Ses mots se perdent dans le brouhaha.

16 avril 1871

Marceau marche, voilà des jours qu'il marche. Des Tuileries à Montmartre, du Luxembourg à la Villette. Paris est une promenade. Un dimanche quotidien. Une parenthèse ouverte. Tout en baguenaude, les pieds légers qu'on laisse quand même traîner histoire d'aller tout doux, l'humeur bonne comme une tranche de pain. Quelque chose dans les yeux qui fait de la connivence et des bonjours au premier venu. Sur le chemin, les chapeaux se soulèvent comme des couvercles. Chacun le sien. Le cossu au bourgeois, le paysan au faubourien, le canaille au petit crevé, le cabossé au purotin… Ils y portent la main, en automates aimables et contents de l'être. Sur la chaussée, les quatre-saisons reviennent dans leurs carrioles poussées par les marchandes. On fricote en plein vent. Il y a du linge aux fenêtres, des pas perdus partout et des rires aux Tuileries. Dix sous la visite, le lit de l'impératrice et le hareng grillé. On flâne devant les bouquinistes, on pêche au Vert-Galant. Sur les Grands Boulevards, théâtres rouverts, on musarde. Les uniformes s'offrent des pompons, des passepoils et des airs carême-prenant. Les plumes poussent aux shakos. Les poitrines fleurissent. Les barricades font des haltes aux passants.

Les corps francs jouent la chansonnette et la marche en avant. Laissez passer les bataillons ! Escopettes et médailles en chocolat, voici les Lascars de Montmartre, les Vautours de Juarez, les Francs-Tireurs de Paris, les Turcos, les Zouaves de la République, les

Enfants perdus. Il y en a pour tous les goûts et de toutes les couleurs. Fabriques et ateliers fermés, la Garde nationale recrute à tour de bras. Trente sous par jour, panache en prime. La Commune bat son plein, et le tambour en mesure. Celle qui donne le pas, flamberge au vent. Pour les revues de détail on repassera, mais pour monter au front on ne mollit pas ! Dans les lorgnettes, les Versaillais ont remplacé les Prussiens. Chevaux au galop, des estafettes portent des plis, des ordres et les nouvelles venues des forts. On dicte des décrets et des proclamations, on dessine des plans de bataille.

Marceau veut tout voir, tout sentir.

Place Saint-Michel, l'air a des douceurs de printemps. La lumière barbouille la rue. À la fontaine, des zouaves lavent leurs chemises. Des teinturières admirent le spectacle. Les éclaboussures, les clapotis, le linge essoré à pleine pogne. L'homme qui lessive, ça les fait rire. Les trouble aussi, quand ils s'aspergent, torse nu, muscles saillants. De grands gosses qui rigolent et se bûchent à coup de chemise trempée. La guerre est loin, ils l'ont larguée, la défaite avec. L'armistice signé, ils ont rompu les rangs. La Commune est bonne fille qui leur sourit. Ils lui ont pris le bras. Ils ignorent où elle les conduit. La belle affaire. Ils ont tant vu de cadavres… La vie est une poignée de cerises. Elle est baisers et vin rubis. La mort est loin. Ils y repiqueront, s'il le faut. Tout de même, ils préféreraient que ce soit face aux Pruskos mais, de Versailles à Suresnes, c'est la ligne que Thiers reforme. Leurs régiments. Leurs frères d'armes. Ils ont crapahuté ensemble, tremblé ensemble, chargé ensemble. Le même sac trop lourd à porter. Les mêmes souffrances. Les larmes et les rages. Ils ont partagé le pain, le tabac, les jours de faim, les nuits de veille et la peur au ventre. Écrasés d'une même fatigue. Pareils. Ils devraient s'étriper ? C'est ça qu'ils lavent, aussi, à grande eau, dans la fontaine. Les pensées noires et l'avenir incertain.

Que le ciel mette du bleu au tableau, ils ne demandent rien d'autre.

À une terrasse, Gill les croque. Son crayon sur la feuille, mine taillée. Les zouaves, la fontaine, il en fera une esquisse. Un instant suspendu. Le retenir n'est pas pour lui. Courbet, peut-être, ou Corot. Les couleurs plairaient à Corot. Tout à l'heure, à la fédération des artistes, ils en parleront. Pour le moment, seuls comptent la fontaine et les soldats en paix. Les blanchisseuses, aussi. Gill a un cœur d'artichaut. « Nous allions tous les deux dans l'ombre parfumée… T'en souviens-tu ? C'était au temps de la Commune… » Ses vers sont des billets doux aux jardins du Luxembourg. Pour le reste, il dessine. Que faire d'autre ? Ses caricatures, aux unes des feuilles de chou, lui valent des ennemis. Il s'en soucie comme d'une guigne. Les poches vides, les saisies, les procès, il sourit même à la mistoufle.

Gill est désarmant. Il lève le nez, sourit. À Marceau, à Dana, à la rue. Il sourit : « Désarmant, c'est bien, non ? »

Les soldats qui s'aspergent, les blanchisseuses, le ciel. Le mort ne sait rien de la mort.

Ministère de l'Instruction publique. Vallès dicte un décret : « L'orthographe est abolie. » Fou rire. Dana : « Jules, méfie-toi, la réaction est capable de le croire… » Vallès, songeur : « Après tout ce serait peut-être une bonne idée. Le peuple a droit à l'écriture. L'écriture n'est plus propriété des bourgeois. Ni l'orthographe son chien de garde. »

Le bureau de Vallès dans son nouveau journal : *Le Cri du peuple*. Les feuilles éparses, raturées, les textes corrigés, les épreuves épinglées au mur, les rognures de crayon, un cornet de frites.

Sur la table d'un café, Richard écrit. Appliqué. Un libelle ? Ses *Choses vues* ? De temps à autre il suçote la mine trop sèche de son crayon. Il est seul. Il doit écrire depuis longtemps. Sur la table, près de son verre il y a deux fillettes de vin, vides. Richard est assis à contre-jour. Quand il lève la tête, la vitre ne reflète que ses yeux fixes.

Chez Laveur, un adolescent crasseux fait irruption. Une gueule d'ange sous la tignasse pouilleuse. La peau d'une fille. Les bottines éculées, le paletot décousu. L'allure d'un roulier. Trop frêle pour l'être vraiment. Un rôdeur de barrières ? Un escarpe dans la mouise ? Gill soupait, il s'essuie la bouche : « Te revoilà ? Tu choisis un curieux moment pour revenir. » L'inconnu est sale, il pue, il a faim. Gill l'invite, verse le vin. L'autre plonge une cuillère dans la soupière. Il l'enfourne avec un bruit mouillé. Il avale goulûment. Il fait tout ainsi. De mauvaises manières.

Maintenant, il trempe son pain dans la soupe. Un baba bien spongieux. Il l'engloutit, un filet de bouillon sur le menton. La bouche pleine, il demande si « l'ordre est vaincu ». Dès demain, il écrira dans *Le Cri du peuple*. À moins qu'il ne rejoigne les Enfants perdus. Il hésite. Et Verlaine ? A-t-il lu ses poèmes, Verlaine ? Il dit encore qu'il est en grève, qu'il faut devenir voyant, que le monde va vibrer comme une lyre, et d'autres choses étonnantes qui se noient dans sa bouche. Gill s'inquiète de savoir où il dormira. Cette fois, il ne peut pas le loger, sa chambre est prise, Gill est amoureux. Dana a peut-être un lit, il faudrait voir Dana. L'ange crasseux se rajuste, rote, embouche une pipe noire, se gratte, toise Gill, lui demande un dessin : « Inscris mon nom dessus, il me servira de sauf-conduit », et sort.

La Commune publie des décrets, des édits. Du juste et du bon. L'interdiction du travail de nuit des boulangers, la restitution des objets gagés au Mont-de-Piété, le gel des loyers, l'école gratuite, le retour du calendrier républicain… Un tas de choses qui font qu'on administre. Les théâtres s'y sont mis. Rouverts. Rideaux rouges levés. On rigole à la Gaîté, à l'Ambigu-Comique, aux Folies d'Athènes. Molière est de retour au Français. C'est bon de rire.

Des masques à l'Opéra. On joue Verdi. Dans la fosse, des musiciens arborent un ruban rouge. À l'orchestre, Manon, Dana à ses côtés. Altiers.

Sur le grand escalier, Beaufort étincelle. Brandebourgs, épaulettes, boutons de vareuse. Il est doré à l'antique. Le soleil l'escorte, ses rayons astiquent le cuir noir de ses bottes. C'est un tableau de David. Cluseret soupire. Courbet rigole.

Les journaux sortent comme des bourgeons. *Le Cri du peuple*, *Le Père Duchêne*, *Le Mot d'ordre*, *Le Vengeur*, *L'Affranchi*, *L'Avant-garde*… Ils fleurissent aux coins des rues, sur les barricades, dans les cafés. Napoléon avait muselé la presse, la Commune la libère. Quand le Comité de salut public interdira *Le Figaro*, Vallès protestera : « La liberté est sans rivage ! »

Les musées emboîtent le pas. Que le peuple y entre ! Gill est bombardé conservateur du Luxembourg. Lui qui ne conserve rien. La Commune est magique, Gill s'y met. Débarque au musée une fleur au veston. Achetée la veille à une grisette, il ne l'a pas ôtée, à la mode de la lune où il s'absente souvent. Portes poussées, il fait le tour du propriétaire. Surprise ! Les salles sont vides. « Plus rien que des gardiens qui ronflent ou mitonnent leur fricot. Pour le reste : nib ! Le musée a servi d'ambulance, alors les peintures, les sculptures : ouste ! Entassées, à la va-comme-je-te-pousse, dans les caves, le grenier, dehors, ailleurs… Personne ne sait plus où est quoi. Sauf les rats et les araignées, peut-être. » Gill se fend du gros sourire qui le fait ressembler à une de ses caricatures. « Ni une, ni deux ! La Commune m'a donné les pouvoirs les plus complets. Les plus complets, c'est notifié. Je suis estampillé. Je réclame mon bureau, on me l'indique. Tournemire, l'ancien conservateur, est encore dedans, tout pâle. Pas de bile, je lui dis, je ne fais que passer, moi, et je ne suis pas gênant. Restez en place, garde à vous, repos. Je suis un travailleur qui vient aider. »

Deux semaines plus tard, les salles sont briquées, les statues de retour, les tableaux accrochés. « Deux de plus, même. Un sous-bois de Courbet, ça manquait un Courbet, et une croûte de Tournemire. Un éléphant sur ciel orange. Tournemire est fort pour les éléphants. Ah ! Mon vieux, pour un peu, il m'embrassait. »

Vallès ne goûte pas le Luxembourg. Il le trouve vieille barbe et cour d'études. Il garde un mauvais souvenir des siennes. Mais, revu par Gill, il en redemande.

Leurs voix se perdent dans les allées. Emportées par le vent. Elle était joyeuse, la Commune. Ses éclats de rire en réponse aux obus. Le boyau de la rigolade en l'air, chantait Courbet. Use-t-on toujours de cet air-là ?

Rue de Lobau, l'ange sale croisé chez Laveur réapparaît. Il n'a pas trouvé Verlaine. Fagoté comme il est, on le prendrait pour une cloche. Il a sauté les ruisseaux, ronflé sous des porches, dévoré des quignons. Son paletot, déchiré, est maculé de nuit et de bien d'autres choses. Des gardes, à la caserne, lui ont offert le gîte. Ils sentaient fort et le reluquaient. Leurs gueules étaient noires, leurs gestes équivoques. Au matin, il retrouvait la rue, endolori, le cœur au bord des lèvres.

C'est Mazurka qui l'a repéré. Son escouade montait aux barricades. Bataillon des Pupilles, dit des Enfants perdus. Des mômes qui font têtards dans leurs uniformes. Les plus vieux portent leurs seize piges en étendard. Leurs airs dessalés ne sont pas que frime. Ils en ont déjà vu, des vertes et des pas mûres. Quand ils entonnent *La Canaille* ou *La Carmagnole*, ils font un chœur de faussets. On y devine des voix pas muées. Pour se donner du cœur au ventre, ils marchent au pas. Le truc s'apprend vite.

Mazurka, quatorze printemps aux prunes. Chiffonnier dans le civil. Avant la guerre, il guignait sa plaque. Attribuée par la préfecture, elle donne droit au travail réglo. Chiftir estampillé, il se voyait. Le siège a remis son rêve aux calendes. Il aurait pu biffer sur les cadavres mais le dégoût l'a pris. La frousse aussi. Détrousser les morts vaut son lot d'ennuis. Et puis, il n'est pas corbeau. La Commune lui a offert une solde et une panoplie d'homme. Il a signé. Il sait écrire, le registre porte son nom : Pierre Joseph Choureau. Mazurka, c'est rapport à la danse. Celles que lui collait son père quand le sirop le prenait. Le vieux avait le vin rude. Pierre Joseph dégustait. À force de danses, le surnom de Mazurka lui était venu, ses copains sont marrants.

Est-ce à cause des bleus ? Le drôle de loustic rue de Lobau capte son regard. Mazurka a quitté les rangs. Aussitôt, l'autre se fait chien méfiant. Mazurka a sorti un morceau de biscuit de sa poche. « T'as faim ? » L'ange crade a répondu non et il a pris le biscuit. Mazurka a rigolé. « Vu que t'as pas faim, viens avec nous juste pour la balade… » Il n'en fallait pas plus.

Place Voltaire. On brûle la guillotine. La fumée, les flammes, les hourras. Devant le feu de joie, des gosses cabriolent. Hardi. Saute-le ! Les bois de justice flambent. On leur montre le poing. Ils éclatent, on applaudit. « À bas Thiers ! » Un mouflet ânonne « Tabatière ». Une cantinière verse à boire : « À la santé de Tabatière ! » Le mot court, on l'arrose. Le jour de gloire est arrivé. La statue de Voltaire le bénit. Une farandole se forme. Elle a cinq cents têtes et mille pieds. Dans la cohue, deux silhouettes, troublées par le halo du feu. Dana et Manon ? La farandole les chahute. Ils s'en écartent. Elle les masque. Lorsqu'elle s'éloigne, ils ont disparu.

Sans savoir pourquoi, Marceau s'est lancé à leur poursuite. Rue Desmoulins, rue Saint-Maur. Personne. Au Colibri, la gargote du Chemin-Vert, nul ne les a vus. Rue de la Roquette, un convoi funèbre barre la chaussée. Trois tambours voilés de noir précèdent le corbillard. Le cercueil, poêle étoilé, est fleuri d'immortelles. Derrière la charrette des morts, des gardes nationaux, le fusil en berne, une femme en pleurs un moutard au bras. Ils font une petite troupe grave. Au pas du cheval caparaçonné, les tambours couvrent l'écho de la place Voltaire.

Boulevard Richard-Lenoir, la foire aux jambons rouvre ses portes. Dans l'avalanche de ses arrêtés, la Commune ne l'a pas oubliée. « Il n'y a pas de factieux de Versailles qui tiennent, *Le Père Duchêne*, le jour de la foire aux jambons, ira acheter un bon morceau de lard ! » Maxime Vuillaume corrige sa copie.

L'eau qui monte à sa bouche a le goût du sancerre et de la charcutaille. La vraie ! Fini le boudin de tire-fiacre et le saucisson de rat. La République est une fête ! S'il faut laisser sa peau, ce sera rassasié. On meurt mal le ventre vide. Que viennent les Versaillais, ils nous trouveront le chassepot en main, un jambon dans l'autre. La Commune a de la gueule !

Sur le boulevard : des braseros, des tréteaux, des tables de fortune. Des cahutes enguirlandées de crépine. Des chapelets de saucissons. Autour, qui se pourlèchent, des vieilles à mitaines, des hommes en blouse, des luronnes, des loupiots malingres aux quinquets de soucoupes, des forts en bouche et des fédérés. La piquette sent la pierre à fusil. On ne l'échangerait pas contre un grand cru.

Dana, debout, déguste un verre de vin. L'épaule gauche un peu trop haute, dégingandé. Il a l'air de ne savoir où se poser mais à l'examiner, l'impression change. On pense à un équilibriste. Le cirque est à deux pas, rue des Filles-du-Calvaire. Le comité central des gardes nationaux y campe. La piste résonne des discutailles à même la sciure. Des hommes harassés roupillent dans les gradins. L'odeur de crottin, celles des corps et du vin. Le cirque Napoléon, rebaptisé National, n'est pas encore cirque d'Hiver. Plus tard. Quand tout sera terminé. Quand viendra le temps des fantômes. Une photographie y montrera le chef indien Red Horse. Vieilli, absent, secouant ses amulettes comme des hochets d'enfant. Elle montrera aussi Buffalo Bill Cody, le teint couperosé, ses longs cheveux filasse clairsemés. Elle aura été prise en 1905, lors de la venue du Wild West Show. Les

Indiens, la Commune, les photos se mêlent, piquées de taches jaunes. Dana en a-t-il sur les mains ?

16 mai 1871

Place Vendôme. Poléon a fait le plongeon. Quarante-quatre mètres en valdingue. La colonne mise à bas, sa statue en morceaux, il gît, amoché, tout piteux dans le fumier étalé pour amortir sa chute. Un nuage de plâtre recouvre la place, les balcons, les curieux. Ils sont venus en masse voir tomber l'aigle. Napoléon, premier du nom. Le fossoyeur de la République, le pourvoyeur de charniers. Il a baisé le pavé. *Ho ! hisse ! ho ! hisse !* on a crié, quand on a vu pencher le monument, scié à la base comme un arbre monstrueux. Le choc résonne encore. Sans sa colonne, la place Vendôme joue la morne plaine. La fanfare tousse dans ses cuivres. Les terrassiers contemplent leur câble sur son cabestan. Incrédules, c'est eux qui ont fait ça ? Courbet, enfariné, fulmine. « Merde, je ne voulais pas l'esquinter, la colonne. La foutre à bas, oui, pas la casser. Comment savoir qu'elle était en toc ? »

Gill s'étrangle, crie que c'est trop beau, demande qui a volé les douze cents canons d'Austerlitz dont la fonte était censée avoir fait le monument.

La légende impériale est en miettes. Le Petit Caporal a perdu la tête. Elle n'a pas roulé loin. Ça lui donne un genre goguette. Plus du tout grandiose. Sa toge romaine fait jupette. Des grognards, survivants de la Grande Armée, font grise mine. Leur jeunesse meurt une deuxième fois. Il n'y aura pas de troisième. Ils sont vieux, bancals, catarrheux. Un mutilé à pilon s'est approché, larmoyant. « On vient d'insulter celui qui fut le bras de la France. » Il l'a bien ruminée, sa tirade. Tournée sept fois dans sa bouche avant de la réciter. Il l'offre à l'Histoire. Gill se gondole : « Ce bras-là vous a pris une jambe. »

Le soir, chez Laveur, on fait bombance. Courbet, renfrogné, ressasse. Il devait la déboulonner, la colonne, pas la détruire. « J'en aurais fait des bas-reliefs aux Invalides. » Sa grande idée : ériger place Vendôme une statue de la Paix. « Une femme aux puissantes mamelles foulant à ses pieds des canons et des lances. » Au lieu de ça, la colonne en miettes, il la sent déjà lui retomber sur le dos. On le console. Dana lui dit que son art est sans limite. Qu'il a changé l'aigle en nature morte. Le ragoût, le vin dans les verres, le pousse-café… Courbet se détend, se déboutonne, allume un crapulos, ces cigares à deux sous qu'il affectionne. « Tout de même, j'y suis allé fort. »

17 mai 1871

Rue Mazarine. Un attroupement devant une affiche. L'ange sale est revenu. Dans sa poche, un méchant bouquin. *Les Outlaws du Missouri*, de Gustave Aimard. De quoi faire souffler la bourlingue dans une tête de piaf. Ce piaf-là a trouvé Dana. Tous deux lisent le placard sur le mur.

« La Commune de Paris,

Considérant que le gouvernement de Versailles foule ouvertement aux pieds les droits de l'humanité comme ceux de la guerre ; qu'il s'est rendu coupable d'horreurs dont ne se sont pas souillés les envahisseurs du sol français ;

Considérant que les représentants de la Commune de Paris ont le devoir impérieux de défendre l'honneur et la vie de deux millions d'habitants qui ont remis entre leurs mains le soin de leurs destinées ; qu'il importe de prendre toutes les mesures nécessaires par la situation ;

Considérant que les hommes politiques et les magistrats de la cité doivent concilier le salut commun avec le respect des libertés publiques ;

Décrète :

Art. 1er : Toute personne prévenue de complicité avec le gouvernement de Versailles sera immédiatement décrétée d'accusation et incarcérée.

Art. 2 : Un jury d'accusation sera institué dans les vingt-quatre heures pour connaître les crimes qui lui seront déférés.

Art. 3 : Le jury statuera dans les quarante-huit heures.

Art. 4 : Tous les accusés retenus par le verdict du jury d'accusation seront les otages du peuple de Paris.

Art. 5 : Toute exécution d'un prisonnier de guerre ou d'un partisan du gouvernement régulier de la Commune de Paris sera, sur-le-champ, suivie de l'exécution d'un nombre triple d'otages retenus en vertu de l'article 4, et qui seront désignés par le sort.

Art. 6 : Tout prisonnier de guerre sera traduit devant le jury d'accusation, qui décidera s'il sera immédiatement remis en liberté ou retenu comme otage.

À Paris, le 2 prairial An 79 (5 avril 1871). »

Les passants s'agglutinent. « Toute personne prévenue de complicité… un jury d'accusation… des otages… » L'heure est grave. Richard siffle entre ses dents. Marceau ne l'a pas vu arriver. Les otages, Richard juge le coup champion. Un bourgeois trouve ça raide. On le reluque. On veut savoir ce qu'il propose. Les Versaillais serrent leur étau. Leurs prisonniers sont passés à la mitraille, par rangée de dix. Chaque sortie de Paris est un bain de sang. Avant-hier, Flourens, le brave des braves, exécuté au sabre. Agonisant, le crâne fendu… Le bourgeois opine. « Certes », il concède. On lui redemande ce qu'il ferait d'autre ? Il a un geste d'impuissance. Il n'en sait rien, lui. Mais des otages, c'est grave. Et pas bon signe. Ça, il ne le dira pas. Il a fermé son bec. « Toute personne prévenue de complicité… » Comme il n'a pas l'air d'un mauvais cheval, on lui explique. On ne va pas les bouffer, les otages. C'est pensé, stratégique. En avoir sous la main rétablit un semblant d'équilibre. Thiers réfléchira avant de massacrer les nôtres. C'est de l'œil pour œil préventif. Dissuasif, si on veut.

Richard écoute. Ses yeux fixes se posent sur l'un, sur l'autre. Il y trouve à boire et à manger. Tout de même, il insiste : « C'est champion. »

Dana et le gosse ont quitté l'attroupement. Marceau les hèle. Ils vont chez Verlaine, quai de la Tournelle. Le gosse veut rencontrer Verlaine.

Verlaine ? Il se fait discret. La Commune sent le roussi. Les otages, Thiers s'en pourlèche. Patient, Raminagrobis. Il attend. La grosse trouille déclenchée, la réprobation va suivre. Elle appellera le retour de bâton. Thiers l'a prévue, la réprobation. Dana la voit venir, lui aussi. Il se pourrait qu'il la partage. Les mains toujours blanches.

Quai de la Tournelle. Marceau est accoudé au garde-corps. Une péniche lourde de sable vogue vers La Villette. Agitée par le clapot, une guenille tangue à son bâbord.

Roule, roule ton flot indolent, morne Seine.
Sous tes ponts qu'environne une vapeur malsaine
Bien des corps ont passé, morts, horribles, pourris,
Dont les âmes avaient pour meurtrier Paris.

Verlaine. Son balcon donnait là. Au quatrième étage d'un immeuble bourgeois. Monter ? À quoi bon ? Verlaine est mort. Depuis longtemps, Mathilde a fui l'appartement meublé de bois de rose. Dispersés, la commode en citronnier, le piano Pleyel, les bergères aux coussins moelleux, le canapé, les illusions. Gentille Mathilde, ses bravos d'enfant accueillant la République. Du haut de son estrade, Louise Michel la lui avait tant chantée, la République. Inscrite au tableau noir, en belles lettres rondes de pleins et de déliés. Au premier rang, Mathilde copiait la leçon.

Jolie Mathilde. Petite mariée de seize ans, son bonheur tout blanc. Elle joue madame Verlaine comme on jouerait à la poupée. Jusqu'à ce que la mort nous sépare. La mort n'existe que dans les contes, en sommeil paisible au réveil innocent.

11 août 1870, Notre-Dame de Clignancourt, le curé, les orgues, les anneaux échangés. Paul et Mathilde. L'odeur d'encens, les fleurs d'oranger. Et Louise. Louise Michel. Dans la nuit, elle a composé des vers de mirliton qu'elle offre à Mathilde.

Charmante épouse du poète
Jeune fille, beau lys en fleur
Vous savez, le barde est prophète
Et je vous prédis le bonheur.

Petit présent mal ficelé de tendresse.

En mai 1871, Dana est-il venu quai de la Tournelle ? Le gosse voulait voir Verlaine ? Prétexte. Paul n'est qu'un communard à la mie de pain. Son cul posé sur un rond de cuir, sous les combles de l'Hôtel de Ville, il noircit des bordereaux en bâillant. Sa fièvre le prend au soir, dans des gueuloirs d'estaminets. Trop navrant pour Dana. À moins que, justement, dans un bureau terne, à l'Hôtel de Ville…

La péniche s'éloigne. Son sable déchargé, elle repartira vers Rouen ou Caudebec, le noir de sa poupe dans un sillon d'écume. Poussée vers la rive, la guenille tangue. Gonflée d'eau, elle résiste un instant, puis elle sombre, lentement, comme une méduse morte.

Et tu coules toujours, Seine, et, tout en rampant,
Tu traînes dans Paris ton cours de vieux serpent,
De vieux serpent boueux, emportant vers tes havres
Tes cargaisons de bois, de houille et de cadavres !

18 mai 1871

Tout bien pesé, c'est peut-être un rire qui a tout déclenché. Chez Laveur. Il y est à nouveau question d'Allix. Arrêté la veille, trop turbulent pour Rigault, on l'a relâché. Le Comité n'avait rien à lui reprocher. Allix délire mais gère son arrondissement. Rigault faisait grise mine. Rigault fait toujours grise mine. Courbet l'exècre. « Rigault est plus fou qu'Allix et sa folie plus inquiétante. Il se croit en 1793. On a bien fait de brûler la guillotine ! »

Dana a mis Courbet en branle. Et Vallès, et Varlin. Ils ont plaidé : la Commune a d'autres soucis que les escargots d'Allix. Courbet a proposé de les cuisiner au beurre d'ail. Excédé, Rigault a cédé. Qu'Allix aille au diable remettre ses idées en place. Et qu'il emporte ses escargots !

Sur le chemin du retour, Dana questionne Allix. Patiemment. Un mot puis un autre. Ce qu'il veut savoir, il ne le dévoile pas. Il tourne autour. Ses mains se font attrape-nigauds, miroir aux alouettes.

Rigault est un sot. Dédaigner les escargots… Et pour quoi ? Pour qui ? Allix opine, biche. Il vante sa découverte. Être trop en avance, c'est son lot. Son drame aussi. Dana approuve, compatit, imagine Galilée face à Rigault. Si, si. Les escargots d'Allix sont au niveau de Galilée. Il flatte, entortille, il emprunte des chemins de traverse pour mieux revenir à ce qui l'intéresse. Allix se souvient-il de sa tentative d'intéresser Rigault aux escargots ? La question danse dans l'air comme une poussière. Allix la contemple. Dana attend. Il ne brusquera rien. Allix sourit au grain de poussière. La question tout entière est à l'intérieur. Il va y loger la réponse. Bien sûr, il se souvient, c'était à l'Hôtel de Ville. Rigault s'était montré attentif. Mais Rigault n'est pas constant. Peut-être est-il mal conseillé ? Son Comité lui monte à la tête. Allix est contre le Comité. Est-ce la raison de son arrestation ?

Le grain de poussière s'est posé sur le sol. À s'être laissé distraire, Allix l'a perdu de vue. Le retrouver sera difficile. Il a pourtant son importance, chaque atome possède son importance dans le grand ordre cosmique. Qu'une poussière se dépose ici ou là et le monde peut être changé.

Dana a pris Allix par le bras, l'entraîne, l'enroule, il est araignée sur sa toile, serpent python. Il en revient à l'Hôtel de Ville. Ainsi, Rigault a clos l'entretien ? Allix confirme que Rigault a clos l'entretien. « Il prétextait un rendez-vous. Avec Camélinat, le directeur de la Monnaie. » Comme si la monnaie était plus importante que la science. L'objet du rendez-vous ? « Des pièces à frapper. » Depuis la proclamation de la Commune, la Monnaie frappe des 5 francs avec les lingots d'argent que lui livre la Banque de France. Garnier est chargé de la gravure. Un artiste. Il a illustré des poèmes de Victor Hugo. Évidemment, Rigault se moque de tout ça. Rigault ne s'encombre pas de poésie. Hugo… Dana sait-il qu'Allix a partagé l'exil du grand homme ? Le frère d'Allix est son médecin. Et son ami. Ce n'est pas rien. Hugo, tout de même.

Oui, c'est ce rire qui a tout déclenché. Chez Laveur. Ils trinquent à la santé d'Allix. Le maboul est des leurs. Comme les enfants en guenilles, les vieux qui bloblotent, leurs yeux coulants de la vie qui s'en va, les soûlards des jours de paie à la soif si terrible qu'ils assommeraient père, mère, femme et mouflets s'ils leur barraient le chemin, les matrones informes de grossesses, retours de couches et retours d'âge, les silhouettes enchiffonnées roupillant sous les ponts, et tous les éclopés : bancroches, béquilleux, pilonneux, boscots, manchots, amputés du travail et des guerres, contrefaits, les galeux, les poitrinaires, les filles des ruelles et des galetas, celles des bordels et des casernes. Tous ceux que les percées du baron Haussmann ont poussés sur le bas-côté. Ou plus loin. De tous ceux-là, on ne se moque pas. Si on s'en amuse, comme d'Allix, c'est parce qu'on les veut des nôtres et qu'on se croit de leur espèce.

Mais ce soir, chez Laveur, Dana a fendu le masque. Son rire est un message à Manon. Il ne rit que pour elle. Avec elle. À l'écart de la compagnie. Dans un cercle fermé sur eux deux.

Leur liaison n'explique pas ce qui se joue. Autre chose les unit. Jaloux d'en être exclu, Marceau voudrait n'avoir rien remarqué, mais les idées germent. Et, avec elles, le désir brutal de contrarier ce qu'il a surpris. Dana l'a compris. Il jurerait que Dana a compris.

Le rire de Courbet fait diversion. C'est le grondement de la Loue. Marceau s'y jette. Y pêche d'autres lubies d'Allix. Le doigt prussique ! Fameux ! Une troupe d'amazones, gantées, les doigts empreints d'acide prussique, attirant les uhlans pour les empoisonner de leurs caresses ! Tous connaissent l'histoire mais elle est trop belle pour lasser. Marceau raconte, il brode, étire, s'étourdit. Il faut convaincre Dana qu'il n'a rien vu, se délivrer de son regard. Car Dana l'observe. Les yeux aussi fixes que ceux de Richard, il a repris sa pose. Le placement des mains, sa nonchalance et cet air de savoir. Savoir quoi ?

Quand ils se sont quittés, Marceau a proposé de raccompagner Verlaine. Trop de tangage sous les jambes du poète rendait le sol mouvant. Ils ont pris par la cour du Commerce Saint-André. Du café Procope, volet clos, filtraient des voix assourdies. L'étroitesse de l'allée amplifiait le bruit de leur pas. Au sortir de la cour il a semblé se prolonger. Ils ont rejoint les quais par le boulevard Saint-Michel, percé seize ans plus tôt comme une saignée au vieux Paris.

Verlaine reconduit quai de la Tournelle, Marceau a longé la Seine. Au bord du fleuve, deux silhouettes jouaient les ombres chinoises. Dans le lacis des rues, l'écho de ses pas a paru dédoublé. Marceau s'est arrêté sous un bec de gaz. Tout bruit avait cessé. Il a repris son chemin, aux aguets malgré lui. Rue Scup, il a manqué renverser un chiffonnier monté de la Mouffe faire sa moisson nocturne. Dans une puanteur crasseuse, l'homme l'agonissait d'injures qu'il ne comprenait pas. Il s'agrippait. Sa poigne le surprit. Marceau dut forcer pour s'en dépêtrer. Tandis qu'il s'éloignait, le chiftir le poursuivit de ses insultes sans qu'il pût distinguer en quelle langue il les braillait. Elles cessèrent soudainement. Marceau avait parcouru une centaine de mètres quand il remarqua le son à nouveau dédoublé de ses pas. Il empoigna sa clé dans sa poche. Elle avait de quoi cabosser un malandrin. Arrivé chez lui, personne ne l'avait accosté. La porte poussée, il se prit à écouter la rue. Seul le silence lui parvint.

19 mai 1871

Les boulevards se clairsèment. Paris se vide. Le vent balaie les Champs-Élysées désertés. Trop rouge, la Commune fait peur. Les froussards ont décampé. La tripe retournée façon colique. Le fiacre comme un besoin pressant. « Vive la République ! » ils ont lancé en sésame aux postes de garde. « À bas Badinguet ! À bas Foutriquet ! » À bas tout ce qu'on veut. Ils partent pour mieux revenir, n'est-ce pas. Ils ne fuient pas. Ils s'absentent. Voilà, ils s'absentent, soulagés d'avoir trouvé ça. Dans leur sapin cahotant, ils récitent des neuvaines pour ce qu'ils abandonnent.

Dieu seul sait de quoi sera fait demain, mais Son courroux va frapper. Ils Le trouvent déjà patient. Paris réduit en cendres est une question de jours.

La Commune élue, la trouille a monté d'un cran. Connaît-on seulement les braillards sortis des urnes ? Enragés sans foi, sans loi, sans cervelle ou ce qui en tient lieu farci de baragouin. C'est de l'échevelé, de la chienlit, des sauterelles qui s'abattent sur la ville et n'en laisseront rien. La République, on ne la voulait pas hirsute. Celle de Jules Ferry nous allait. Tranquille, brave mère. Débraillée, elle est poissarde. Gueularde, pas gênée aux entournures. Fille publique pour tout dire.

À leur tour, les tièdes décanillent. Déguisés en courants d'air. Poussés vers la sortie par le grand bordel. Les cliques, les ligues, les clubs… La Commune, le grand drapeau des travailleurs, le peuple uni… Foutaises ! Une foire d'empoigne, plus braillarde que celle aux jambons. Avec ça, le tour de patte pour vous assaisonner. Vous plonger la margoulette dans la marmite à grandes idées. Du 1793 en relents. La grande révolution serinée, modèle à suivre. Elle avait mal fini ? Qu'on remette le couvert. On verrait si on se laisserait gâter la sauce au revenez-y. On réchauffe la grosse tambouille : le Comité de salut public. On l'instaure. À lui, le pouvoir. Et des mains fermes pour l'assurer. La suite, on verra.

Ça branle dans le manche. Le Comité et son salut ne passent pas comme lettre à la poste. La majorité a emporté le morceau, Rigault, Ferré, Delescluze pavoisent. La minorité grince. « Ils n'ont pas une idée à eux », a tonné Cluseret. « Toute leur politique consiste à se demander le matin : aujourd'hui, tel prairial, que faisaient nos pères il y a soixante-dix-neuf ans ?» Vallès, Courbet, Varlin, Vuillaume parlent de dictature. Le chambard annonce des jours comptés. Versailles se rapproche. Les ponts franchis, ça canarde dru. La Garde nationale déguste en percées désordonnées. On s'étripe à Courbevoie, à Issy, dans Neuilly bombardé. Des obus s'égarent jusqu'à l'Arc de triomphe. Il en dégringole un parfois, en éclaireur. Éléphant dans la porcelaine. Les premiers temps, on les regarde choir. C'est toujours du spectacle et, tout en bas de l'avenue, vers l'Obélisque, le Guignol continue ses mômeries. Son castelet rassure. Soudain, ça devient sérieux. Les marionnettes se replient sur le Palais-Royal. On les suit. Voilà. Les Champs-Élysées sont vides. Un omnibus changé en ambulance les remonte. Une escouade de gardes nationaux dans son sillage, le pas sonore sur la chaussée déserte.

20 mai 1871

En manque de bras, la Commune rappelle ses gardes nationaux à grands roulements de tambour. Verlaine en est mais goûte peu le tambour. Il s'est fait porter pâle. Les miroirs enfumés des comptoirs ne reflètent plus sa carcasse incertaine. Mathilde soigne son artiste. Il est peignoir et coussins. Brioche et bouillon. L'ennui est un cocon. Doux et chaud. Comme Mathilde.

Hier, elle a éconduit Dana. Le gamin crasseux qui

l'escortait a trop vilaine allure. Peut-on croire qu'un ange soit de mauvais augure ? On le dit des oiseaux qui annoncent le malheur. Tout en elle le crie : celui-là en est un. Alors, non, Paul n'est pas là. Elle ignore quand il rentrera. Dana peut-il l'excuser ? Une migraine persistante que le charivari ne calmera pas.

En refermant la porte elle demande pourtant comment va la Commune. Tient-elle encore la dragée haute aux Versaillais ? Et Louise. A-t-on des nouvelles de Louise ? Mon Dieu, tout cela finira bien un jour.

C'est entendu, dès le retour de Paul, elle l'informera de leur passage.

Quai de la Tournelle, l'eau a coulé sous le pont. Les enfants qui jouent dans l'île Saint-Louis ignorent tout de la Commune. À leur âge, leurs parents n'en savaient que des contes. Ils écoutaient, tremblants, la lecture des Lettres d'une grand-mère. *La comtesse de Ségur les prévenait qu'« il y a encore cinquante à soixante mille communeux disséminés dans les faubourgs de Paris et tout disposés à recommencer les massacres et les pillages ». Le livre refermé, il fallait laisser la veilleuse allumée, le noir est propice aux mangeurs d'enfants.*

Désormais, les petits joueurs de cerceau ont d'autres peurs nocturnes. Le diable noir de Georges Méliès joue ses tours en images animées au cinématographe.

Le cinématographe…

Marceau suit le cours du fleuve.

Le cinématographe… C'était juste avant la Commune. En Amérique. Déjà. À l'Académie royale de Philadelphie, Henry Renno Heyl présentait son phasmatrope, capable de projeter des images photo-

graphiques en mouvement. Le 5 février 1870, précisent les gazettes. Marceau n'avait alors aucune raison de s'y intéresser.

Quai des Célestins, les bouquinistes arrangent leurs boîtes. Hugo, Molière, Mercier et son Tableau de Paris. *Sur un Proudhon, son portrait, peint par Courbet. Rétif et ses nuits, les mystères d'Eugène Sue et, à la lettre V, Villon tutoyant Verlaine. Les neiges d'antan.*

26 mai 1871, elles étaient de braise.

Quai de l'Hôtel-de-Ville. À vingt et une heures, les Versaillais de la brigade Daguerre atteignaient la place, repoussant les francs-tireurs qui s'y accrochaient. Dévoré par les flammes, l'Hôtel se consumait. Façade calcinée, fenêtres éclatées, toit éboulé. Le pavé jonché de débris fumants et de comètes incandescentes. Sous une pluie de cendres, des langues brûlantes léchaient le ciel. Plus rien n'existait que du rouge et du noir, épais, étouffant. Poisseux de pétrole, lourd de la poudre crachée par les cent gueules des cent barils entreposés dans le sous-sol, explosant tous ensemble.

Marceau a fermé les yeux. Ils avaient foutu le feu aux cieux ! Et c'était terrible. Formidable et magnifique. Et nul n'y pourrait rien changer. Ils étaient des dieux.

Quai de Gesvres. Marceau s'est arrêté, chancelant. Une suée soudaine et, aussitôt, le froid du marbre. Le feu et la glace. Et ces taches, devant les yeux. Les cendres ?

Le sol se dérobe. Les sons se confondent. Il vacille. Quelqu'un le soutient. On lui parle. Des mots vides de sens dans le bourdonnement alentour. On l'assoit sur la chaise d'un bouquiniste.

Dana ?

Marceau murmure qu'il l'attendait. Qu'il l'a toujours attendu. Qu'ils sont seuls, désormais. Survivants et vieux. Si vieux.

On a dégrafé son col. Une main force ses lèvres. Un sucre. Ce doit être un sucre. Une odeur d'ammoniac fouette ses narines. Des sels. Il est si faible qu'il lui faut des sels ? Peu à peu les sons s'ordonnent. Les voix, la rumeur de la Seine, le bruissement des branches, les sabots d'un cheval. Dans ses veines, la tiédeur revient. Il a rouvert les yeux. Les cendres se dispersent au vent léger. Qu'il est doux sur son front.

Dana ?

Des visages, penchés vers lui. Oui, il se sent mieux. Une faiblesse. Une simple faiblesse. Il remercie. On hèle un fiacre. Non, il préfère marcher. Marcher lui fera du bien. Du reste on l'attend, tout près.

On l'attend.

Des ombres.

Elles dormaient, comme les marionnettes des Tuileries, leur castelet fermé. Marceau les a réveillées. Elles s'animent. Saluent, tournent, virent. Vieilles poupées. Mitées. Poudrées de fausse jeunesse. Celles que Dana manipulait étaient de chair et d'os. Ses belles mains à la manœuvre.

Ce Dana-là est-il le vrai ou son image contrefaite ? Retouchée par la mémoire, les pensées qui la chamboulent et tout ce que le temps y a déposé. En couches, en strates. Sédiments. Fossiles enkystés. Il faudrait questionner Courbet, savoir ce qu'il peint d'un modèle. Ou Verlaine. Son rêve étrange et pénétrant n'est jamais ni tout à fait le même ni tout à fait un autre. Ou Gill et ses caricatures. Ou Carjat, que voit-il derrière son objectif ? Mais Courbet est mort. Verlaine est mort. Gill est mort.

Quai de la Mégisserie. Dans la boîte d'un bouquiniste, un livre, moisi par les années, L'art de se conduire dans la société des pauvres bougres enseigné aux gens du monde, *par la comtesse de Rottenville. Qui devinera Gill sous le nom de l'auteur ? Rottenville, pseudonyme farceur, clin d'œil à leurs bamboches. Bohème fanée. Leur chandelle est morte, ils n'ont plus de feu. L'éditeur s'est éteint, lui aussi. Seul son nom résonne encore des joies passées, lointain écho de leur jeunesse : Librairie des Abrutis.*

*

C'est là, quai de la Mégisserie, que Marceau avait trouvé les photos. Les tirages papier commençaient à remplacer les plaques sensibles. C'était il y a des siècles. Parmi les vues de Paris et les roses de Redouté, des planches édifiantes : la Commune en images…

La première, il l'avait acquise malgré lui. Comme étranger à son geste. L'assassinat des généraux. Lecomte et Clément-Thomas. Côte à côte. Crânes. Ils regardent la mort en face. Elle va jaillir des fusils qui les mettent en joue. La photographie est truquée. Elle l'a été avec la bonne conscience qu'il n'en est rien. Que les choses se sont ainsi passées. Ou à peu près. Que l'à-peu-près est détail. Et que reconstituer restitue. Fusillés, Clément-Thomas et Lecomte l'ont été. Courageux, tout autant. Qu'on prenne des libertés pour l'illustrer n'a pas d'importance puisque cela est vrai. Ils ne sont pas morts ensemble ? La belle affaire. Ils sont morts en braves et la photo le montre. Ils ont été abattus par leurs soldats ? On gommera les renégats souillant l'uniforme. C'est la Commune qui a fusillé. C'est elle qui sera désignée. Sur le cliché, signé Appert, des gardes nationaux remplacent les mutins. Appert connaissait son affaire. On l'a dit de la police. On a tout dit.

D'autres photos avaient suivi. Seul but de promenades où Marceau se rendait comme à un rendez-vous. Il avait d'abord cherché les scènes historiques. Presque toutes étaient falsifiées.

Lorsqu'il s'était aperçu qu'il ne distinguait plus la vérité de son arrangement, il s'était rabattu sur les portraits. Il avait délaissé ceux des chefs pour les inconnus. Figés à jamais dans l'instant nécessaire à l'obturateur pour capturer la lumière. Pourquoi les a-t-on photographiés ? Pour les archives policières ? Le temps n'est pas venu des fiches anthropométriques. Pour l'Histoire ? On les en efface. Biffés de la mémoire, rayés de la vie, les plus chanceux relégués si loin qu'ils s'oublieront eux-mêmes. On tire leur portrait parce que c'est nouveau. Et pour les soumettre un peu plus. On en use ainsi des animaux, des Nègres d'Afrique et des Peaux-Rouges d'Amérique. Pris en photo comme on prend au piège. Sujets de curiosité, de condescendance et de tout ce qui en fait des êtres inférieurs. Exposés, répertoriés. Leur image recomposée, réduite à ce qu'on attend d'elle. Justifier une hiérarchie de la création, l'ordre qui l'accompagne et toute cette foutue construction sociale bénite au goupillon. C'est aussi contre ça qu'ils s'étaient dressés. Redressés serait plus juste. Voilà ce que les Versaillais avaient tenté d'effacer avec leurs pelotons, leurs geôles et leurs boîtes à images.

Marceau avait fini par remiser les siennes. Photographiés, les visages n'étaient pas plus vrais que les mises en scène. Il avait tout enfoui. Enfermé dans un de ces coffres à souvenirs qu'on garde pour ne pas mourir et qu'il faudrait ne jamais rouvrir. Jamais. Il y fouille à présent, bat les photos comme des cartes. Les tons ont passé. Les noirs éclaircis, les gris délavés, bientôt le grain des peaux se fondra au papier. Les visages s'effaceront. Ne restera d'eux que des ombres pâles.

Marceau en tire une au hasard.

*

Une femme. Elle porte un béret d'artilleur marin. Entre ses doigts, un crapulos. Mauvais tabac, mal roulé, pestilentiel. On a voulu signifier qu'elle ne valait pas mieux. Qu'elle est fruste, sans une once de goût ni quoi que ce soit qui fait la société. On lui a fait prendre la pose, la mine hommasse. On l'a cherché, ça aussi. Pour bien montrer qu'elle déroge à l'ordonnancement des sexes. Autant dire à celui du monde. Elle le paiera. En attendant, on lui compose la gueule de l'emploi. Une gueule à avouer des torgnoles. Reçues, données pour peu qu'on l'asticote. Une femme qui va aux barricades est mégère. Harpie, souillon et ce qu'on imagine. La voix éraillée d'avoir beuglé, toute rogomme et tesson de bouteille. Gueule d'empeigne, on dit. Elle ne laisse pas sa chopine et en remontre aux soiffards. Il faut la voir, poivre et teigneuse, entamer un bras de fer. Elle raconte tout ça la photo, sans rien connaître de vrai. La femme, elle, se nomme David. Hortense David. Née le… On ne sait plus. Arrêtée par les Versaillais, condamnée à perpétuité par le conseil de guerre pour avoir fait le coup de feu. Pour mieux la camper, on l'a assise à califourchon sur une chaise. Comme un homme. À moins qu'elle l'ait choisi, pas dupe. Pour leur cracher au visage.

En voici une autre. Christine Dargent. C'est ce qu'indique l'inscription. Même tenue, même cigare, même gueule. À croire qu'elles sont sœurs. Ou que l'artiste manque d'imagination. Elle, on l'a placée debout. Une main en poche. Poissarde comme l'autre. Condamnée comme elle à perpète et à ne plus être qu'un cliché : la pétroleuse. Prise au piège photographique. Peut-être s'y est-elle jetée d'elle-même. Tête baissée. En bête furieuse. Elle criait que leur monde allait crouler. Qu'elle lui donnerait le coup de grâce et que, du plus profond des enfers, elle s'en jetterait un derrière la cravate pour fêter ça. Cul sec. C'est la canaille. Elle en est. Et allez vous faire foutre ! Voilà ce que raconte l'image.

Mais rien n'est peut-être voulu. Consciemment

voulu. Peut-être n'a-t-on rien ordonné au photographe. Où poser son appareil, ce qu'il devait montrer, l'idée lui est venue naturellement. Parce que dans l'ordre des choses de telles femmes n'ont pas d'autre visage.

Louise est la suivante. On l'a prise en uniforme de garde national. Sous la photographie, quelqu'un a écrit « Louise Michel, plus féministe que féminine ». Voilà le crime. Du moins ce qui l'aggrave. « N'avez-vous pas plusieurs fois porté un costume d'homme ? » le juge lui a demandé. Vraiment demandé. Sans rire. Sans que l'énormité de la question lui reste dans le gosier. Sans même songer qu'elle vient du fond des âges. Qu'on la posait quatre siècles plus tôt à une bergère coupable d'avoir revêtu l'armure. « N'avez-vous pas plusieurs fois porté un costume d'homme ? » Louise n'est qu'une communarde parmi d'autres, mais au procès elle leur en donne pour leur argent. Elle est chatte sauvage. Hargneuse. Coups de griffes et coups de crocs. Elle ne veut pas d'indulgence. Aucune. Elle dit qu'elle ira chercher la mort si tel est son lot. Elle dit ça, Louise, et d'autres vérités qu'elle a répétées comme les leçons rue Oudot. Elle parle haut. Elle tient tête. Grandiloquente, cassante, farouche. Elle agace, elle fait peur, aussi. Une mauvaise bête. Sur les bancs du public, Mathilde, frêle et pâle, les yeux rougis. Sa chère Louise se donne en spectacle et se livre en pâture.

« Presque Jeanne d'Arc, étoilant le front de la foule imbécile… Louise Michel, c'est très bien. » Verlaine a fini par lui faire, son poème.

*

La photo du mort, Marceau l'a tirée comme une mauvaise carte. On n'ouvre pas impunément les coffres. Il la regarde. Il n'a nul besoin de la regarder pour la décrire mais il la regarde. La scène est reconstituée. Une de plus. Toutefois, s'accrocher à sa falsification serait illusoire. Les corps étendus, les visages aux yeux vides, tous sont vrais. Le mort est là. Il retrouve son nom. Marceau le lui rend. Il l'avait enseveli avec les souvenirs dormants dans le coffre. Amédée. Le mort se nomme Amédée Floquin. L'Histoire n'a rien retenu de lui. Cadavre accessoire, il gît parmi les autres. Mais pour Marceau il s'en détache avec une netteté singulière. La photo a été retouchée : les corps détourés, recadrés, le décor rehaussé, rien n'altère la réalité. Le mort est là. Pour l'éternité. « Quelle honte ! » Il a dit ça avant de mourir. « Quelle honte ! » Sans savoir qu'il prononçait ses derniers mots. Il ignorait qu'on allait l'abattre. Il ne faisait qu'être là. On ne vous tue pas pour ça. On ne meurt pas d'être un passant. Rue Haxo, ce n'était même pas son quartier. Un besoin d'escapade ? Le désir de fuir ? Aux derniers jours de la Commune, Paris était une nasse. Lui n'avait rien à craindre, pourtant. Anonyme. Effacé. Sans grade et guère plus d'opinion. Le goût de la mesure, des habitudes et de ses grimoires à l'Hôtel de Ville. Est-ce là qu'il avait rencontré Verlaine, ou sur le quai, au soleil de midi ? L'œuf dur épluché sur le mouchoir à carreaux, le couteau prêté, un éclat de lumière dans le courant, un bouchon dansant sur l'eau, la prise d'un pêcheur… Un mot s'échange pour mille raisons. On s'est dit « Merci ». Ou « Je vous en prie ». Il y a le clapotement du fleuve, l'appel d'un marinier, le cri d'un goéland. Tout ça fait du lien. Il ne tisse pas grand-chose mais, tout de même, c'est de l'agréable. On goûte le ronron, la quiétude comme un engourdissement. La Seine sent la tiédeur et l'étoupe. Quand l'heure sonne, on se lève à regret. « Belle journée », on soupire. Elle l'est. L'idée de la laisser là en gâche un peu la fin.

On retourne au bureau. Plus tard, un autre jour, dans un couloir, il arrivera qu'on se croise. On se reconnaîtra. On se saluera pour l'usage mais le bonjour réveillera l'envie de lumière sur la Seine. Chez un bouquiniste, Amédée aura trouvé une plaquette de Banville ou de François Coppée. Un en-cas est meilleur avec François Coppée. Verlaine en dira un passage. Les glouglous de l'eau et la douceur du quai feront le reste. Au soleil, la trace brillante d'un escargot rappellera ceux d'Allix. Amédée contera l'histoire. Verlaine sourira : « Rigault n'est pas fantaisie. » La remarque réjouira Amédée. Elle donnera à son déjeuner un goût d'école buissonnière. Rigault pas fantaisie… Il approuvera. Complice. Ça aussi le ravira, comme un poisson d'avril au dos de l'instituteur.

La Commune est espiègle. Amédée a rajeuni, le voilà printanier.

Il va bientôt mourir.

Pour l'heure, et ce qui importe, Amédée Floquin savoure l'agencement des jours et des chiffres dans ses registres. Il a le teint frais, la mine bonne et le gilet tendu sur son estomac d'honnête homme. Affairé, consciencieux, fidèle à son poste, assidu à la tâche, il sert le pays. Il le sert sous la Commune comme il l'a servi sous l'Empire. Indifférent aux couleurs du pouvoir ; les couleurs s'estompent avec le temps. Obscur, besogneux, intègre, il voit passer les hommes et les gouvernements comme passent les saisons. L'essentiel est là, dans l'immuable, la permanence des choses, l'exactitude des horloges et des livres de comptes. Le crissement d'une plume sur le papier, le trait tiré, le buvard. Amédée ne désire rien d'autre. La montre, dans son gousset, est fidèle à la pendule au mur du bureau. Quand elle sonnera, il fermera l'encrier, le registre, l'écritoire, décrochera son paletot de la patère. Son cache-col, son chapeau. Une tape pour en assurer le maintien. Un coup d'œil circulaire et la lampe, dont il aura mouché la mèche, laissera échapper un relent de pétrole.

Sa vie rangée comme un pupitre, Amédée l'agrémente d'un brin de poésie. Il l'apprécie le dimanche, en fin de repas. Une rime, bien riche, à l'aise sur ses pieds comme dans des chaussons, vous flatte le palais dans le fumet du gigot. Piqué d'ail, un alexandrin le fait revenir en soupir au moment des liqueurs. Les vers parlent d'herbe tendre où il fait bon s'étendre, de généreux ombrage sous la pluie et l'orage, de champs et de moissons où chantent les pinsons, de forêts giboyeuses où la nature heureuse offre ses chemins creux aux pas lents du chasseur.

Amédée Floquin est bien vivant. La conscience de sa fin est une abstraction. Il mourra, bien sûr, comme tout un chacun, mais de mort lointaine. Cette mort-là ne vous tue pas vraiment. C'est une mort de pantomime, un domino de carnaval.

Comment Amédée pourrait-il s'imaginer sans vie ? Couché, front troué, sur la terre sèche d'un square. La gélatine rosâtre de sa cervelle répandue, figée, comme la sauce du gigot froid. Sa mort a pourtant commencé. Elle a commencé à l'instant où Allix franchissait le perron de l'Hôtel de Ville, le 29 mars. L'horloge de la place marquait quatre heures cinq. La balle perdue qui l'avait brisée soixante-six jours plus tôt avait suspendu le temps. Pour Amédée, il était compté. À quatorze heures précises, tandis qu'il comparait l'heure de sa montre à celle de la pendule, au mur du bureau, Rigault, prétextant son rendez-vous avec Camélinat, congédiait Allix. L'histoire des escargots allait faire le tour de l'Hôtel de Ville. Le soir, couleur d'absinthe, à La Marmite ou aux Cadrans, Verlaine la rapporterait à Gill qui la raconterait aux amis chez Laveur. Une pinte de rire secouerait les ventres. On remplirait les verres, on allumerait des cigares et des pipes. Il y aurait Marceau, Vallès, Vuillaume, Courbet, Dana.

Dana, déjà le signal s'allumait dans sa tête.

Pour que la mort d'Amédée chemine, il avait suffi qu'Allix entre à l'Hôtel de Ville... À moins que la mort n'ait pris la route plus tôt. Bien plus tôt. Quand la raison d'Allix a sombré, à Jersey. C'était un soir de novembre chez Victor Hugo. Le cercle des spirites autour du guéridon, les esprits invoqués, le clair-obscur, la pièce aux lourds rideaux... Mais peut-être la mort marche-t-elle depuis plus longtemps encore. Depuis ce matin de 1818 où Allix vient au monde, à Fontenay-le-Comte (Vendée). Ou bien avant. Depuis la nuit des temps. Les ancêtres d'Allix ne sont pas nés lorsque la mort se met en branle. Elle est comme ça, la mort. Et bien capable, pour ses basses œuvres, d'avoir choisi Dana avant même sa naissance, celle de ses géniteurs et des pères de leurs pères. À moins qu'elle n'ait fait que lancer les dés un soir de printemps. Parce que la Commune sentait le lilas.

C'est dans un jardin public qu'Amédée va mourir. Rue Haxo. Un coin de verdure planté de feuillages. Il fait bon s'y reposer, la pente est raide depuis Belleville. Des enfants y jouent, des vieux, pensifs, réchauffent leurs os. Les baisers d'amoureux ont un goût de violette.

Il a respiré quoi, Amédée, à son ultime seconde ? La douceur d'un bourgeon, la terre qu'il allait rejoindre, la sueur aigre de sa peur, la poudre à fusil ? À moins qu'un fumet de gibelotte venu de chez Débène, le marchand de vin voisin…

L'a-t-il seulement comprise, son ultime seconde ? Pan ! Une balle et sa tête éclate. Ses bras battent l'air. Il résiste un instant à l'impact qui le jette en arrière. Un éclat de pensée doit surnager dans la bouillie de son crâne. Une fulgurance. Un point lumineux qui refuse de s'éteindre. Un influx dans la dernière synapse encore connectée avant l'extinction des feux. Quelque chose comme : ne pas tomber !

Il s'est écroulé en avant. C'est son unique victoire. Déjà, l'allée boit le sang de sa tête qui se vide. La flaque rouge vire au brun. Sur un caillou, une bulle de cervelle tremblote. La photo ne dit rien de tout ça. On voit seulement les corps et l'inscription, au-dessous : « La mort des otages ». Marceau n'en a pas besoin. C'est son passé qu'il regarde. Il a vingt ans. Cinquante et un corps viennent de tomber. Fauchés par la fusillade. La détonation est entrée dans sa tête. Une salve, on croirait l'orage, et la fumée se dissipe. À ses pieds, c'est bidoche et cramoisi. L'abattage. Marceau est ensourdé par la déflagration. Le tumulte se fait lointain. On doit crier, on court. Cinquante et un corps... Le dernier est tombé à retardement. C'est Amédée. « Quelle honte », il a dit. C'est raide en dernières paroles. La honte d'être en retard, si ça trouve. Lui si ponctuel. Non, c'est autre chose et Marceau le sait mais son épaule le brûle. Pourquoi le brûle-t-elle ? On l'attrape par la manche. On le secoue. On lui parle. Quelqu'un dit que les morts jonchent les rues, un de plus, un de moins... Il n'a rien à répondre, c'est raisonné. On le tire à nouveau. Il est statue de sel. Richard ? C'est Richard qui l'empoigne ? Une bousculade. On le lâche. Des coups de feu plus éloignés. Et le sifflement de son oreille dans le silence retombé.

Cinquante corps sur le sol. Plus celui d'Amédée. Une mouche noire dans son crâne béant. Il est tomate écrasée, tout caillots et jus épais. Marceau ne peut en détacher son regard. Les cadavres ne manquent pas, mais celui-là est différent. Ce n'est pas le mort de tout le monde. La main qui l'a fait barbaque est longue, fine. Rien ne la destinait au meurtre. Marceau voudrait que ce n'en soit pas un. Car il y a meurtre et meurtre. Les vrais, commis, sordides, au coin d'un bois, dans une soupente, une ruelle pisseuse aux pavés glissants. Et les pas tout à fait. Ceux à circonstances et à va-t'en savoir. Des qu'on regarde à deux fois avant d'en dire la couleur. Celui-là, il est quoi ? Est-ce qu'il compte, au moins, quand tant des nôtres tombent sous les balles ? Les pensées de Marceau filent désordre. Informes. Ce sont tout juste des amorces, des ébauches de pensées qui se télescopent. Des intuitions que le compte des macchabées lui donnerait raison. Mille fois raison. Cinquante et un cadavres sont couchés. Les Versaillais en étendront trente mille. Mais rien ne fonctionne ainsi. Un seul mort peut tout fausser. Même une hécatombe. Et il est là, justement. Dans le jardin, rue Haxo. Son crâne plein de confiture. C'est un mort qui touche de près. Bien collant. Une glu de mort. Lui seul compte.

Dans ses souvenirs, publiés en 1908 par Charles Péguy et Lucien Descaves, sous le titre Mes cahiers rouges, *Maxime Vuillaume revient sur la rue Haxo. Le cahier qu'il lui consacre n'est pas un inédit. Il a fait l'objet d'un tirage confidentiel en 1873. Trois cents exemplaires hors commerce. Il s'intitule « Un peu de vérité sur la mort des otages ».*

Il décrit la tension, l'enchaînement du drame, l'inéluctable quand tout dérape. Mais sur la mort d'Amédée, Vuillaume rapporte ce qu'on lui a dit. Ceux qui ont parlé ont tordu la vérité. Ils ne mentent pas. Ce qu'ils racontent, ils s'en sont persuadés d'autant mieux qu'ils ignoraient tout de l'affaire. Voilà l'histoire. Telle quelle, elle n'est pas plus véridique que les photos. Pas moins subjective que le plus réaliste tableau. Peint sur le motif ou à l'atelier, il ne rendra jamais le vrai. L'image est passée par votre œil, votre cerveau, votre âme ou un fourbi du genre. Ça représente du chemin pour une image. Et des filtres à traverser, des couloirs à emprunter, des pédoncules, des ventricules, des tubercules. Des hémisphères et des noyaux. Des circonvolutions labyrinthes où les idées naissent, se mélangent et se perdent en route. Sans compter que l'image, quand elle ressort, devra se faufiler entre vos doigts maculés de peinture pour se coltiner la palette, la perspective et la composition. Entre-temps la lumière a changé, on se contentera de son souvenir. Il aura traversé des neurones, lui aussi. Son chemin frayé dans le fatras qui fabrique la mémoire. Il aura barboté dans des substances blanches, des matières grises, des bouillies chimiques d'hormones à émotions. Courbet l'expliquerait. Il le dirait, lui : on saisit ce qu'on croit voir. Et rien d'autre.

Voilà ce que renferme le cahier de Vuillaume. Une vérité toile peinte. Il a interrogé. On lui a répondu. Cinquante otages, cinquante et un cadavres, c'est un problème. Ceux qui témoignent donnent une solution. Le compte pas rond, c'est de l'accessoire. Anecdotique dans le grand rougeoiement de la Commune. Le mort de plus, un mort de trop ? En est-il un qui ne soit pas de trop ? Plutôt que d'y penser mieux vaut s'en tenir aux devinettes. Cinquante otages fusillés font cinquante et un cadavres. Expliquez.

Vuillaume, lui, voulait montrer la mocheté de l'exécution. Qu'un passant reste sur le carreau parce qu'il s'indigne du spectacle, c'était de la laideur en plus. La goutte dans le vase débordant de la folie. Il voulait dire tout ça. Que la Commune méritait mieux. Et qu'il y allait de son honneur de n'en rien cacher. Il l'a fait avec ce qu'il a trouvé. Deux témoins qui racontent.

Nous y sommes ?

Les otages viennent de tomber, dans la foule un quidam n'y tient plus. « Quelle honte ! C'est ignoble ! » Un fusil lui cloue le bec. Le tireur est un rapide. Les cheveux près du bonnet. Il croit descendre un Versaillais ou un vendu. À moins qu'il veuille faire taire la honte qu'on vient de lui jeter au visage. Elle serait trop lourde à traîner. Des otages ne font pas un titre de gloire. Versailles nous y a contraints. On n'a fait que se défendre, et pas de gaîté de cœur… Pour en arriver là, il a fallu se monter le bobéchon. On a tapé sur la grosse caisse des justifications. Tragique nécessité. On se persuade d'avoir pris son courage à deux mains. Pas fiérot devant la besogne mais résolu à s'y coller. Héros, en somme. Il faut l'être pour descendre si bas sans barguigner, parce que la cause le demande. Par là-dessus, il faudrait entendre qu'on fait honte ?

Les témoins de Vuillaume avaient forgé leur histoire. Ils y croyaient. Un vague remords les gênait aux entournures. Mais ils avaient fait la Commune. Jusqu'au bout. Sans reculer ni regarder à leur vie.

Il voulait décrire ça, Vuillaume. Sans blanc ni noir. Avec des couleurs vraies. Il s'est loupé sur le mort. Pour une première fois qu'il mouftait, Amédée l'avait payé cher. Indigné devant le sort des otages ? Son cri avait d'autres raisons de lui sortir du cœur.

Avant d'avaler sa langue, Amédée l'aura eue trop longue. Les poètes sont peu fréquentables quand ils tètent le goulot. Mais s'encanailler change la couleur des jours. Elle devient bleue. Comme un tatouage de marin secret sous la manchette de lustrine. Avec Verlaine, les péniches cinglaient en rafiots pirates. Un restant de gigot prenait des saveurs boucanes, fumées au vent du large. La Commune avait ouvert les fenêtres. Amédée sentait souffler des brises marines et des aquilons. Des mots salés d'océan lui venaient en tête.

Verlaine fait tomber des soirs d'automne équivoques où les belles se pendent « rêveuses à nos bras ». Un verre dans le nez, il envoie tanguer le Parnasse. Il en rapporte des muses à demi nues envoûtant des pirates espagnols.

Amédée prend tout. Le soleil, les ombrages, l'étoile au ciel et les songes inavouables. Il en confectionne des albums coloriages qu'il feuillette en rêvant. Certains jours, la mine chien battu de Verlaine, ses suées, la tremblote de ses mains lui font toucher la tendresse humaine. Amédée se fait Sancho Pança. Bravant la pendule au mur il ramène son don Quichotte beurré au gîte, quai de la Tournelle, où Mathilde l'attend.

Il est proie facile, Amédée. Tout rond, vieux garçon, emberlificoté dans des rêves bon marché qu'il porte comme des tricots de peau. Dans ses brouillards d'alcool, Verlaine le distingue à peine. Dana, lui, va le repérer. Trois jongleries de ses mains acrobates, Amédée est ébloui. Pigeonné. Pour ses tours de passe-passe, Dana dispose d'une partenaire. Manon. Elle joue comme personne le grand air du deux. Éthérée, astre lointain. Ou fragile, blessure secrète et sourire douloureux. Beauté fatale, encore. Ou enfant de bohème étonnée d'être piégée. Elle choisira le costume à tailler au gogo.

Ce sera un soir balthazar, sous les lustres des Cadrans. La lumière du gaz lui donnera le teint fauve d'une gitane ou celui, diaphane, de Mimi Pinson. On sera artiste. Il y aura Courbet, Vallès, Gill, surpris du gros garçon à leur table. Amédée opinera à tout, approuvera son contraire et paiera le tokay. Ils voudront savoir pourquoi il est là. « Un ami de Verlaine », dira Dana. L'autre se rengorgeant, de plus en plus pigeon, jabotera « ami, ami… ». On le pense alors chroniqueur ou libraire… Lui bredouille une phrase creuse où surnage l'Hôtel de Ville. Dana reprend la main. Il fait d'Amédée un proche de Verlaine, esquive, glisse, digresse. Plus taiseux du tout. Sa voix, ses mains… Un charme. Il ouvre des parenthèses, ne les referme pas. Demain la poésie sera quotidienne. Chacune de nos vies sera œuvre d'art. Le beau partout, dans les gestes les plus rudes, le travail, la terre, l'argent, même. Du symbole jusque-là. À temps nouveau, monnaie nouvelle. Spéculation, boursicotage, déboulonnés, comme la colonne Vendôme. L'argent redevient outil d'échange. Sain, honnête et tope là, compagnon !

L'argent...

« Il y avait à la Banque de France une fortune de trois milliards trois cent vingt-trois millions. Que serait-il advenu si la Commune eût pu s'emparer de ce trésor ? » L'article du Matin *date du 11 juin 1871. La question qu'il pose n'aura pas de réponse. Et pour cause. Elle est biaisée. Menteuse comme toutes les bavures d'encre grasse sur les unes des journaux. « Si la Commune eût pu... » Il est là l'obscène, le sous-entendu envoyé comme une lettre anonyme. Elle ne pouvait que vouloir, la Commune, ramassis de racailles. Mais son plan a loupé. L'article ne dit pas pourquoi. On le devine : la Commune ratait tout. Même ses mauvais coups. Trop gabegie. Sotte jusque dans la crapulerie. Il en suggère, des vacheries, ce « eût pu ». Mais voilà, si la Commune ne s'est emparée de rien, c'est qu'elle n'a pas voulu. La Commune c'est Paris mais la Banque c'est la France. Alors, respect. L'argent des dépenses courantes, on le demandera poliment. Des avances, voilà ce qu'elle sollicite, la Commune. Le compte de la ville est créditeur, Paris dispose de neuf millions d'avoirs. Le gouverneur de la Banque peut fournir les picaillons réclamés. Rien que de très légal. Beslay veille au*

grain. Beslay, doyen de la Commune, délégué à la Banque de France, probe, vieux sage proudhonien. Réglo sur toute la ligne. Économe des deniers du pays comme du sang des autres. Pétri de principes, têtu comme un Breton qu'il est, il se méfie des Comités de salut public comme d'une guillotine. Il appartient aux minoritaires avec Vallès, Courbet, Vuillaume… Mais sur la Banque, plus de majorité, plus de minorité. Tout le monde s'accorde : pas touche.

« Il y avait à la Banque de France une fortune de trois milliards trois cent vingt-trois millions… »

De quoi faire gamberger des moins intègres.

22 mai 1871

Trois milliards trois cent vingt-trois millions. Trop lourds pour un seul homme, mais les miettes qui peuvent tomber… Sur le pactole, les neuf millions de l'Hôtel de Ville sont destinés à la Monnaie de Paris. Elle les fondra pour en battre des pièces. Elles sont frappées du 3 avril au 24 mai. Une photo de Carjat montre une table de travail. On y voit André Murat, le chef de fabrication, Joseph Perrachon, le commissaire général, Lampierre, le chef du monnayage, le ciseleur Jean Garnier et le directeur de la Monnaie : Zéphirin Rémy Camélinat. La photographie a été prise le 20 mai. Il reste à Amédée six jours à vivre. Il s'apprête à porter à Camélinat le trajet que Rigault a choisi. À chaque transfert de fonds, on change le porteur. Cette fois, c'est son tour. Voilà, Amédée sort de l'Hôtel de Ville. Il ignore à peu près tout du pli cacheté qu'il transporte. Il est midi à l'horloge du bureau. Amédée ne l'a pas vérifié à sa montre. Il est préoccupé. La Commune bat de l'aile.

Le fort d'Issy est tombé. Accusé d'en être responsable par le Comité central, Cluseret a été arrêté. Depuis cinq jours, l'armée de Thiers a repris l'exécution des prisonniers. Aux portes de Paris, ses soldats canardent les ambulances, achèvent les blessés. Des obus tombent sur Passy. Il est midi. Amédée quitte la place de l'Hôtel-de-Ville. Sur le quai désert où Verlaine ne vient plus, le vent charrie de la suie. L'incendie de la cartoucherie, avenue Rapp, est maîtrisé mais les escarbilles crachées par l'explosion ont étendu un tapis gras sur le pavé. Des décombres on a extrait quarante morts et plus de cent blessés. On évoque un complot, on parle d'attentat. Voilà une semaine, on a pincé des espions, caserne des Minimes. Déguisés en gardes nationaux, ils préparaient un coup contre l'Hôtel de Ville.

Il est midi. Un soleil malade colle au ciel bas. Amédée n'a plus le goût au printemps. Il est mélancolie, tracas et bien d'autres choses auxquelles il ne veut pas songer.

Pont d'Arcole, deux silhouettes. Dana et Manon. On s'arrête. On échange des nouvelles. La cartoucherie, le front… Manon s'inquiète de savoir où va Amédée. On tire vers Saint-Germain. Lui, tapote l'enveloppe sous son bras. Mission spéciale, il dit, regonflé d'importance et de secret. Ils ont le geste entendu de ceux qui n'en demandent pas plus. Le voilà déçu de son effet. Mission spéciale, il en espérait mieux. La Monnaie, il ajoute. Le nerf de la guerre. À sa mine, on devine qu'il est là, le nerf de la guerre. Dans l'enveloppe. Sous son bras. Manon boirait ses paroles s'il en disait davantage. Mais il observe la discrétion de l'émissaire. Mission spéciale, la Monnaie… Manon s'en contente et boit ses silences. Il n'y tient plus : Camélinat, il lâche, un doigt sur les lèvres. Camélinat l'attend, lui, Amédée Floquin qui tient sous son bras un morceau du nerf de la guerre.

«Ah…» Dana lui indique qu'il a compris. Son «ah» pèse son poids de connivence. Les voilà du même monde. Celui des demi-mots et des signes échangés. Carbonari pour ainsi dire.

Camélinat, la Monnaie. Si Manon osait. Elle doit se rendre à Saint-Eustache mais y aller seule, en ce moment… Dana ne peut l'escorter. Il doit voir Vallès, chez Laveur. La Commune perd ses boulons. Cluseret arrêté… Importance haute… Amédée a saisi. Il remet le doigt sur sa bouche, l'air convenu. Tout à fait de circonstance. Ils se comprennent. Que Manon n'ait crainte, il l'escortera, lui, Amédée, porteur du nerf de la guerre.

Dana les regarde s'éloigner. Elle se fait trotte-menu, inquiète. Le soleil pâle, le noir des pavés, le canon au loin. Elle frissonne. Elle a pris le bras d'Amédée. Le sentir à son côté la rassure. Manon sait tout jouer. Plus tard, quand elle aura lâché Amédée, elle aura une idée du nerf de la guerre.

Du moins, c'est ainsi que Marceau voit les choses. Depuis trente-quatre ans, il les voit.

Dans le coffre à souvenirs, une lettre de Camélinat. Vuillaume la reproduit dans ses Cahiers. *Camélinat raconte la livraison des cent cinquante-trois mille derniers francs de la Commune, destinés à la paie des gardes nationaux. Le 24 mai, les deux fourgons, conduits sous bonne escorte par des gardes du train, quittent la Monnaie par la rue Guénégaud. Il est midi quarante-cinq. « Le quai est balayé par les balles et les obus de Versailles », les fourgons empruntent des voies abritées. La progression est lente. Des rues sont aux mains de la troupe. Ailleurs, il faut contourner les barricades qui tiennent encore, montrer patte blanche, revenir sur ses pas pour se frayer un passage. Le convoi met quatre heures pour atteindre la place Voltaire. En chemin, il croise la meute qui traîne Beaufort vers sa mort. « Nous le vîmes, au milieu d'une foule exaspérée, l'uniforme déchiré, la poitrine nue », écrit Camélinat. À seize heures trente, enfin, les gardes livrent les cent cinquante-trois mille francs à la mairie du XX*e*. Dans sa lettre, Camélinat mentionne un incident survenu place Saint-Michel.*

« Un des mulets attelés tomba. Il avait reçu une balle. On coupa les traits et on l'abandonna… Les gardes, se retournant, faisaient le coup de feu. »

Ils croyaient répondre à un tir versaillais. Marceau sait, lui, d'où venaient les coups de feu. Il a eu le temps d'y songer.

24 mai 1871

La Commune vivait ses dernières heures. Le drapeau versaillais flottait sur la montagne Sainte-Geneviève. Un vent sale charriait de la fumée et des rumeurs. On venait de fusiller Beaufort, soupçonné d'espionnage… Dans les décombres, les fausses nouvelles couraient avec les rats. Un fort en gueule braille que Beaufort a trahi ? Dix le jureront. Tous témoins, de première main. Des braves qui se feront étriper dans un jour ou une heure. Comment ne pas les croire ? Beaufort, ses bottes de cuir souple, impeccables, son uniforme en sur-mesure. L'élégance aristo jusqu'aux boutons de vareuse.

Tout a commencé là. À l'épicerie du Bon-Bec. Dans les relents de vinaigre. Là, dans la cave ébranlée par la canonnade. Le conseil de guerre. Fortin, Genton, Gois, colonel des fédérés, Delescluze. Ils ont jugé. Beaufort est dégradé. Au fond, ils ne sont sûrs de rien. Alors, qu'il retourne aux barricades et que le sort s'en charge. Eux ne voteront pas la mort.

Même dans les éboulis du monde, ils ne condamneront pas sans preuves. Si on demandait leur intime conviction, ils diraient que Beaufort est innocent mais la foule dehors… haineuse, grondante. L'acquitter est devenu impossible. Dans la rue la masse s'agglutine, hurlante. Et Beaufort, seul. Delescluze veut le protéger, lui frayer un chemin. Plus personne n'écoute Delescluze. Bientôt on l'accusera d'avoir trahi, lui aussi, et Delescluze ira se faire trouer la peau pour ne plus rien entendre.

Voilà, Beaufort est pris. Emporté. Traîné. Du sang, déjà, sur son bel uniforme. Cent mètres, il surnage, comme ça, dans la marée humaine. Un noyé qui plonge et remonte, et replonge encore. Puis la vague l'engloutit. Quand elle se retire, elle laisse son corps sans vie. La foule s'éloigne, le goût du sang en bouche. Ceux qui rugissent, pris séparément, plus d'un en chialerait. Comme la cantinière qui accusait Beaufort mais voulait le protéger quand elle l'a vu tomber. «Y touchez pas, elle braillait, y touchez pas!» La vague le roulait, énorme, enflée d'une force venue de loin. Du fond de la misère, de l'aigreur des jours, de la rage de tout et d'un besoin de coupable à l'étriqué de la vie.

26 mai 1871

C'était le début de la fin, les Versaillais déboulaient. Depuis des jours, on en avait eu l'avant-goût. Les blessés achevés, les prisonniers abattus. À nous le tour, désormais. On était des rats dans le piège. On se cognait aux murs, aux barricades qui tenaient encore, aux fuyards, aux cadavres, aux volets qui se ferment, aux portes closes. Alors il faut comprendre.

L'agonie de Beaufort les avait enragés. Un traître châtié ne suffit pas. Les Versaillais fauchent les nôtres à pleines brassées ? On crie sus aux otages ! À la Roquette ! On malmène les portes, on secoue les grilles, on pénètre, on en veut cinquante. Pas moins. C'est rond, cinquante. Un garde renâcle, on le braque. On sort les prisonniers des cellules. Cinquante, ils en prennent. Cinquante tremblants mais vaguement confiants encore. Dix curés, trente-six gendarmes et quatre flics en civil. Le compte est bon. On les embarque à Belleville. « À mort ! » on braille, pour couvrir le raffut du canon et oublier sa trouille. Le lointain s'est rapproché. On crie plus fort. « À mort ! » C'est ce qui vient. « Salauds ! » aussi, et « Assassins ! » Il faut qu'ils le soient, les otages, qu'ils méritent leur sort. Les voilà rue Haxo. Ils entrent dans le square. Personne n'y peut plus rien.

Chez Débène, le marchand de vin en face, ça sent la gibelotte. À l'étage, des fédérés sont en ribote. Ils s'étaient promis que la mort ne leur couperait pas l'appétit. Mais la mort c'était la leur, poitrine vaillante et la peau chèrement vendue. Ce qui se joue en bas est différent. Des compagnons se font bourreaux. Qui peut vouloir ça ? L'orage sec d'une pétarade vient d'éclater. Ils avaient beau le sentir monter, ils sont livides. Un second coup de tonnerre. Une détonation isolée. L'odeur de poudre brûlée tombe sur la gibelotte.

Il cherchait quoi, Amédée, en venant ici ? Il avait dû se sentir poire, balourd tombé de haut. Piquer la grosse colère d'avoir été roulé, dupe ridicule. Imaginer Manon et Dana trinquant à sa bêtise. Que leur coup ait foiré n'y changeait rien. Avoir cru aux étoiles et choir sur son cul était lourd à digérer.

Au fil de ses nuits blanches, Marceau a reconstitué l'histoire. Son petit théâtre en tête, il est entré dans la peau d'Amédée comme dans un costume de scène. Il a enfilé la défroque de Dana, celle de Manon. Il a rejoué la pièce, des centaines de fois.

Le grand architecte de l'univers avait sûrement rigolé de les voir tous blousés. Amédée, lui et les tourtereaux, leur coup loupé. L'entrée des Versaillais avait tout chamboulé, le trajet fixé par Rigault était devenu impraticable. Le convoi sorti de la Banque de France, quai de Conti barré, rues dépavées, avait pris un chemin détourné.

Amédée avait fini par piger. Un détail sur l'enveloppe mal refermée, Manon moins empressée. À moins que son propre reflet dans le miroir… Il res-

semble à une caricature de Gill. Manon et lui, c'est croqué : la reine et le bouffon. Les idées d'Amédée s'agencent et avec elles le désir de vengeance. Il va les dénoncer mais à qui ? Paris tombe, château de cartes sous un ciel charbon. Tout est pagaille et courants d'air. On plie, on évacue, on brûle des documents. Et que dire ? Un mot de traviole rend suspect. À l'Hôtel de Ville, on entasse des bombonnes de pétrole. Bientôt le feu rongera les murs. L'histoire d'Amédée ne vaut plus rien. Qu'un coup de fusil, si on la trouve louche, et à lui une gueule d'espion.

Marceau a vu tout ça dans ses nuits d'insomnie. Il pourrait en faire un film comme au cinéma forain. Amédée, dans les tourbillons de la foule, au hasard des rues. Il se heurte aux barricades, il essuie des tirs d'escarmouche, il fuit les silhouettes versaillaises aperçues aux carrefours. De quartier en quartier, il échoue à Belleville. Rue Haxo. Sale, défait, horrifié, il voit tomber les otages. Il aperçoit Dana. La mairie où la Monnaie livre la paie des gardes nationaux est proche. La Commune administre encore, régulière jusque dans sa chute, c'est l'honneur de Camélinat. Amédée a compris. Son cerveau tourne à plein, comme sous l'effet de la caféine que Verlaine ingurgite pour s'aiguiser les nerfs. Le rideau des apparences s'est déchiré. Il faudrait les mots pour dire tout ce qu'il dévoile. Amédée ne les a pas, trop de vacarme, trop de fureur. « Quelle honte ! » C'est tout ce qu'il peut crier dans la première révolte de sa petite existence.

Nul ne saura. Dana lui a clos la bouche d'une seule balle. Dans un jardin.

Marceau a vu tout ça.

Dans ses nuits d'insomnie.

27 mai 1871

On a tant tué dans les jardins. Un brin de verdure met la mort en joie. La rue Haxo c'était de l'amusette. La joie, la vraie, la camarde se l'est donnée dans les bras versaillais. Le sang dégoulinait dans le moindre parc. Aux Buttes-Chaumont, au bois de Boulogne, au parc Monceau et même au Père-Lachaise. Du bon jus chaud. Prêt à cailler en boudin d'homme. Ils en ont vu couler, les jardins. Ceux de l'Observatoire, de l'École militaire, ceux de Polytechnique et du Collège de France. Le grand pompon sanguin aux grilles du Luxembourg. Le raisiné ruisselant jusque dans le bassin. Les petits bateaux naufragés sur la mer rouge et les enfants noyés le bec dans l'eau. La grande vendange d'humains. Par grappes. À la rafale. Fusils rechargés avant de refroidir. Les soldats, des crampes aux doigts à tant presser la détente. Sur les pelouses, dans les bosquets, sous les statues. Sainte Clotilde, sainte Bathilde, sainte Geneviève, sainte Suzanne et les bonnes dames de France, leur robe traînant dans le marasquin, les pieds baignant. Même la reine Berthe qui en a de si grands.

Aussitôt vu, aussitôt pris, aussitôt pris, aussitôt mort. Les files de suspects s'étiraient, arrêtés sur leur mine, leurs godillots, un ceinturon, des mains noires de poudre. Et ceux vendus par le voisin, avec toutes ses bonnes raisons de le faire. La concierge qui a toujours eu un locataire dans le nez, le boulanger à qui on doit trois sous, le mouchard, et même le camarade qui s'est déballonné pour sauver sa peau et passera le restant de ses jours à se persuader qu'il n'avait plus le choix.

Le soir venu ralentissait la danse. À l'heure du rata, le militaire se relâche. Digestion faite, on remettait le couvert en nocturne. Les flambeaux donnaient aux uniformes des tons chatoyants. Enfin, fatigué, on remettait au lendemain ce qu'on n'avait pu tuer le jour même. La nuit sentait la tripe et le ragoût de fosse commune. Ceux qui vivaient leur dernière l'auraient tant voulue jasmin et violettes. Parfums d'enfant, encore, lait doux et sein de mère. Ou quartier d'orange, guimauve de square, bonbon grenadine. Tout ce que rappelait le manège des chevaux de bois si proche. Le petit matin les trouvait transis, abrutis de torpeur, l'haleine fétide de mauvais sommeil.

Le massacre avait duré la semaine. On l'a baptisée sanglante. L'herbe des jardins gouttait d'une rosée sombre. Dans les rues, l'assaut donné, les barricades balayées, les chevaux piétinaient les corps. L'incendie ronflait. Rageur, vengeur. Réponse brûlante au bûcher des cadavres qui fumait, noir de charogne, au Luxembourg. Le feu, partout, en traînées de poudre et de pétrole. Du désespoir en bombonne giclait en larmes noires avant de s'embraser.

Aux dernières heures, grelottant et fiévreux, dans le réduit à immondices où il s'était terré, Marceau avait entendu agoniser un fédéré, le ventre ouvert. Sous le ciel embrasé, il avait prié pour que le mourant n'ait pas eu le temps de voir la femme, applaudissant les Versaillais, lui crever les yeux de son ombrelle.

Comparée à ça, la rue Haxo était café-concert, de la mort d'opérette. Mais voilà, il est des airs assommants. Marceau entend celui-là depuis trente-quatre ans. C'est une gigue macabre tout en piano désaccordé, violon grinçant et tambour crevé. Une vilaine musique. Affublée de méchantes paroles : « Quelle honte ! »

28 mai 1871

C'est fini. Dans les fumées qui s'accrochent aux ruines, on déblaie les gravats. On a entassé les morts dans les charniers, le bruit des pelletées de terre s'estompe. On a achevé la besogne à la Roquette ou à Versailles, les prisonniers en colonne par deux. À gauche, collés au mur, les mauvais numéros sortis des rangs. À droite, les survivants. En sursis. Gendarmes et prévôts s'occuperont de leur peau. Les cours martiales tournent à plein, bourdonnent, tranchent dans le vif et à tire-larigot, dans les parcs, les casernes, les gares. Des galonnés raides comme des cravaches crachent les sentences en frisant leurs moustaches. On décrète, on fusille. Recta. Quand la terre est gorgée du trop de morts qu'on lui enfourne, elle les refoule. Baste ! On les brûle. Les bûchers flambent. Ça craque, os et chairs pétants. L'air charrie des puanteurs de charogne et de crémation. La pestilence, bien pesante, ne décolle plus. Elle traîne en bouffées écœurantes qui collent aux basques et se hissent, suffocantes, jusqu'à vos naseaux. C'est du fumet de macchabée qui vous pénètre, la trouille de la peste par-dessus les haut-le-cœur.

À force, le massacre incommode même la soldatesque. On en a plein les bottes. Fatigué de la basse besogne, on passe le flambeau à la haute justice. Les rescapés sont jugés par fournées, vite pesés sur la balance à fléau. On a beau abattre le travail, on n'en voit pas la fin. Trop de mouchardages, trop d'arrestations, trop de suspects, trop de coupables, trop de tout. Les dossiers s'empilent, on trie. D'abord ceux pris la main dans le sac et les chefs encore vivants. Puis les moyens poissons et ainsi de suite jusqu'au fretin. Tout ça bruit et bourdonne. Remue-ménage à la basoche. Il y a du magistrat assis, debout, du procureur, du président, des avocats aussi, on respecte la forme et le droit. On est bien bon. Les greffiers enregistrent les minutes et les sentences. La mort. Déportation. La mort. Travaux forcés. Réclusion… Les juges ne mollissent pas. La fatigue, à tant siéger, ils en viendront à bout. L'hermine au cou, la robe lourde et la manche large.

Dans les prisons, les cachots regorgent. Dans les

ports, les pontons attendent. Leurs yeux horribles, qui écrivait ça ? Les navires à forçats vont cingler vers les îles, Cayenne, Nouméa… Il y aura les fers, les grilles, l'étouffoir des cales, les déjections, les chairs tuméfiées, le délire fiévreux, le roulis, le tangage, les morts en mer. Et pour couvrir les plaintes, sur l'embarcadère, les bravos des bourgeois. À distance, des fois qu'ils mordent encore, les enragés enchaînés.

1er juin 1871

Marceau est sorti de son trou le sixième jour. Décavé, les yeux perdus au fond de leurs orbites. C'est un môme qui l'a trouvé dans son réduit à ordures. Le môme cherchait son chat. Un matou rescapé des ragoûts de l'hiver. On en avait vu ressurgir des comme lui, méfiants, les côtes saillantes. Celui-là se nommait Tibert. Les beaux jours revenus, il était ressorti renifler la rue. La vadrouille, le zinc des gouttières au doux soleil des toits, les nuits dans les cours. Les caresses, même, quand l'envie le prenait de se frotter à un humain. L'entrée des Versaillais avait remis ses pendules à l'heure de la carapate. Trompant la surveillance paternelle, le petit Charles s'était mis en quête. Il avait vu de fichues choses. La tuerie charroyait de la pestilence et des fracas d'enfer. Les images de géhenne s'échappaient de son catéchisme. Des sarabandes hurlantes, des diables casqués, des agonisants traînés, des tombereaux dégueulant de mortibus, des damnés étripés, des démons sanglants. Charles avait tout vu. Tout. Jusqu'aux pipes plantées dans la bouche des morts, histoire de rigoler. Jusqu'au cul des femmes troussées, leur chair morte et souillée.

C'est près d'un cadavre aux yeux crevés qu'il avait aperçu Tibert. Le chat avait miaulé, les yeux plissés de reconnaissance. Mais il en avait trop vu, lui aussi, de la saleté humaine, il s'était débiné dans le réduit à immondices.

Le môme l'aime son matou, mais le suivre là-dedans, c'est de l'impossible. Un seuil à ne pas franchir. Au fond du cloaque, quelque chose remue. Un frôlement de bête qui rampe. Le soufflement du chat, soudain, tout crachant, hérissé qu'on le devine. Puis la main, sur Charles, qui l'agrippe et l'entraîne dans le noir. Son cri, un acier froid sur sa gorge et aussitôt : «Nom de Dieu, un môme!» La bouche est tout près. L'haleine a l'odeur d'une gueule fermée depuis des jours. Ouverte seulement pour manger ce qui vient. Et mieux vaut ne pas imaginer. «Qu'est-ce que tu fous là?» La lame, sur sa gorge, se fait moins dure. «Je cherchais mon chat», Charles bégaie. Une voix haut perchée. Sa voix? Il ne la reconnaît pas. «Menteur!» La lame redevient tranchante. Un coutelas. Dans l'esprit de Charles paniqué, le mot a surgi. Et avec lui, la vision d'un poignard de trappeur. Charles en a vu des couteaux. À la cuisine, chez le rémouleur, entre les pognes du boucher, dans son livre de contes où saint Nicolas ressuscite les enfants du saloir. Mais le surin sur sa gorge est plus terrible : un coutelas! La dernière image qu'emportera Charles surgit d'un livre d'aventures. Le coutelas de Marceau va l'égorger. Il meurt.

2 juin 1871

Il ressuscite dans un blanc de plumes. Duvets d'oie, drap bordé, taie fraîche. Charles ouvre les yeux dans sa chambre, cour de Vincennes. Derrière la porte, des voix assourdies. On parle de lui. « Sauvé de la folie incendiaire. » « Un homme, au péril de sa vie. » Les voix ont l'écho de la fièvre. Des mots surnagent, des phrases en morceaux qu'il essaie de rassembler. « Le ticket dans sa poche. » L'homme l'a ramené grâce à un ticket dans sa poche ? « La fiche d'une bibliothèque, elle portait votre adresse. » La voix, celle de son père : « Charles raffole des histoires de Peaux-Rouges. » L'homme, sa voix est celle du réduit : « Elles lui ont sauvé la vie. » Son père : « C'est vous, monsieur… » L'homme : « J'ai fait ce que chacun… » Son père : « Détrompez-vous… »

Les voix se mêlent. Elles disent que la folie règne. Que les temps sont terribles. Elles sont bien d'accord là-dessus. Terribles, elles répètent avant de se taire, recueillies.

Une odeur de café, le tintement d'une cuillère. Des soupirs qui font une petite musique de chambre.

Le bruit d'une crémone. On a ouvert une fenêtre. On peut donc les rouvrir sans crainte ? Derrière la porte, on toussote. De la fumée a dû entrer. D'ultimes volutes. Les soldats sont maîtres de la situation, disent les voix… Le calme revenu, il faudra panser les plaies… Plus tard. Plus tard, il faudra. La justice d'abord… Les châtiments… Bien sûr les châtiments. Nécessaires.

Par la vitre, un soleil blanc est entré dans la chambre. Il s'attarde sur la couette et se fond dans la glace de l'armoire.

Le bourdonnement des voix, encore. Celle de l'homme. S'il osait. Mais qu'il ose, qu'il demande tout, le sauveur de Charles.

Un silence. Peut-être espère-t-on qu'il ne demande pas trop.

De l'eau ? L'homme veut se raproprir. Bien sûr, de l'eau. Faut-il qu'ils aient la tête chamboulée. Un broc, une cuvette. Vite ! Et du savon, une serviette. Tout ! Qu'il use de tout ! On ne le laissera pas repartir dans cet état… Bien que ses salissures soient les marques du courage. On échange de la reconnaissance, de la modestie, des usages. Tout ça volette dans la pièce comme des mouchoirs de dentelle.

L'homme peut se nettoyer, dans le cabinet, là. Mais les traces sur ses mains, les marques sur son visage sont des médailles. D'authentiques, celle que la bravoure vous épingle.

Silence.

Un glouglou, le maniement d'un broc.

La voix du père a repris, allegro : « Cela n'empêche pas l'officielle… »

Silence.

« La médaille. Votre courage en mérite une… »

Silence.

« Vous l'aurez, nous ferons ce qu'il faut. »

Le glouglou a repris. Vif comme celui d'une fontaine.

Dans la chambre, Charles s'est rendormi.

ACTE III

PARIS 1898

« […] tous ces rêves ont fui, et bientôt nous serons condamnés à baser notre avenir sur le souvenir. »

GUSTAVE COURBET, *Correspondance*

Cimetière du Père-Lachaise. Marceau remonte les allées. Dans sa poche, il tripote la médaille. Un tic. Il ne s'en sépare jamais. C'est son sauf-conduit. Sa patte de lapin… Merdailles, raillait Courbet. Mais Courbet avait un nom. De l'argent et des avocats. Chacun sauve sa peau comme il peut. Marceau, lui, avait eu le petit Charles. Un miracle sur sa route. De quoi remercier le ciel. Faire siens les orémus et les confiteor, et s'écorcher les genoux aux dalles du Sacré-Cœur planté tout exprès pour expier la Commune.

Le Père-Lachaise. Vallès y est enterré. Allée 66. Les frondaisons d'un if posent sur son buste des touches vert tendre. Jules a fini de cracher ses poumons mités par l'exil.

Le Père-Lachaise. Dernier carré des insurgés. Les combats entre les tombes, les corps-à-corps dans les caveaux, les ossements sortis de terre comme des épis de morts, les blessés égorgés dans les chapelles ardentes et la mitraille le long des murs. Les survivants abattus. Là. Cent quarante-sept. Au commandement. Dana a coupé court. Les voiles mises. Chanceux jusque dans la débine, ou ses traces brouillées depuis le début, il a disparu.

On a murmuré que Manon l'avait vendu. Pour se couvrir. Se couvrir de quoi ? Manon n'avait jamais été inquiétée. À qui l'a souligné on a répondu « Justement », sur l'air de ceux qui savent.

On a dit Dana réfugié aux Pays-Bas, exilé à Genève. Errant dans le Valais, à la recherche d'un déserteur français peintre d'ex-voto. Rôdant au pied du Gothard. À Bruxelles, on l'aurait vu au Grand Hôtel, à la brasserie de Bohême, au café de l'Horloge. Mais on y a vu tant de rescapés de la Commune… À Londres, un gargotier l'aurait logé dans une mansarde, sur Howland Street. À moins qu'à Tottenham Court Road… « La clientèle défile, ici, monsieur, et la mémoire n'est plus ce qu'elle était. Peut-être quelques guinées… » Un infirmier de l'hôpital Saint-Jean, à Bruxelles encore, se souviendra l'avoir croisé, deux ans plus tard, le jour où ce poète français – mais l'infirmier ignorait alors que l'escogriffe apeuré qui l'étourdissait d'explications confuses et d'une haleine chargée fût poète –, le jour où ce poète, donc – comment s'appelait-il ? –, avait amené un jeune homme blessé, au bras, d'une balle de revolver.

Le boscot d'un rafiot sardinier, dont le frère, déserteur d'un régiment breton, avait rallié l'insurrection, a raconté les tours de cartes avec lesquels un Français en rade à Zeebruges aurait acheté son embarquement pour l'Amérique.

La baudruche a fini par se dégonfler. Les récits convenaient pour cent autres proscrits.

Un vent léger berce les arbres du Père-Lachaise.

Division 92, un matou roupille sur le gisant de Victor Noir. Le journaliste, abattu d'un coup de pistolet par Pierre Bonaparte, peut dormir tranquille. Le sculpteur qui l'a pourvu d'une virilité triomphante sous ses pantalons moulants lui a offert une douce éternité. L'entrejambe caressé par les femmes en mal d'enfants qui s'y frottent pour conjurer l'infertilité. Victor Noir est vengé. Ses obsèques avaient été la première secousse à ébranler l'Empire. Cent mille Parisiens derrière le cercueil. Des ouvriers coupant les traits des chevaux pour avoir l'honneur de tirer le corbillard. Dans la foule, Vallès, Varlin, Gill, Courbet. Louise Michel aussi qui n'avait plus quitté le deuil depuis. Dana en était-il, déjà ?

Sur le gisant, le chat s'étire. Un greffier dodu et noir de poil. Le petit Charles aime-t-il toujours les chats ? Se souvient-il du temps où il ne savait rien de la mocheté humaine ? Un temps culottes et sabre de bois. Berlingots et tête en l'air. Un temps cow-boys et Indiens. Découpé en images. Celles de l'*Almanach du monde*, des romans de Gustave Aimard et des folioscopes. Ces petits carnets de photos débarqués d'Amérique qui donnent l'illusion du mouvement quand on les feuillette.

Baraques foraines, cours de Vincennes. La guerre ne tonnait pas encore. Le petit Charles avait sept ans et les genoux couronnés. Dans sa poche, une bille de terre, un bout de ficelle, une image d'Épinal. Dans ses yeux, l'irrésistible envie d'un jouet magique. Pour la troisième fois, il écoutait le camelot seriner son boniment. « Mesdames, messieurs, militaires et bonnes d'enfants, je vous présente le folioscope. Il a traversé l'océan pour arriver jusqu'à vous. Dans les grandes cités américaines on se l'arrache. À Boston, Chicago, New York, il ravit les petits et les grands. À Washington, le président Grant, Ulysse Simpson Grant lui-même, en possède plusieurs. Le folioscope, qu'on appelle là-bas kinétographe, a fait la conquête de l'Ouest. À Tombstone on y joue jusque dans les saloons, mais il s'agit là de modèles que la décence m'interdit de vous montrer. Dans les Grandes Plaines, les montagnes Rocheuses et sur les rives du Rio Grande, les Indiens lui prêtent des vertus magiques. Pourquoi ? demanderez-vous. Eh bien ! Parce que le folioscope insuffle aux images la troublante apparence de la vie ! Regardez bien, mesdames et messieurs, et vous aussi les enfants, le folioscope vous étonnera, vous amusera, vous passionnera ! Son maniement est aussi simple que sa conception est ingénieuse. Trois temps, trois gestes. Un : tenir le carnet – car s'il possède d'étonnantes propriétés, il ne s'agit pas moins d'un carnet –, tenir le carnet, donc, dans la main gauche. Deux : de la main droite, courber l'extrémité des feuilles de manière que la tranche forme un biseau sur lequel se posera le pouce, et que l'index et le médius soutiendront en dessous. Trois : laisser glisser le pouce sur la tranche, ni trop lentement ni trop vite afin d'éviter tout arrêt dans le défilé des figures successives et de sauter des feuillets. Un, deux, trois, les pages défilent et la vie s'anime ! Voyez, sur celui-ci le forgeron bat son fer. Ne croirait-on pas le voir *de visu* ? Sur celui-là, le cow-boy dégaine son revolver. Attention, il va tirer !

Pan ! »

Père-Lachaise. Folioscope de la mémoire. Sur le marbre des tombes, les images s'enchaînent. Dana épaule, tire, recommence. Dana épaule, Dana tire.

Et disparaît.

Il n'emporte rien. Pas un fifrelin de la Banque. Son coup a foiré. Il misait sur le charivari des derniers jours. La grande pagaille, il l'avait sentie venir. Il l'espérait. Comme un rideau de fumée, une nappe de brouillard bien tombée. Et dessous, les picaillons à portée de main. Mais trop de fumée, trop de gabegie, les rues barrées, l'itinéraire chamboulé, ses hommes, postés, qui poireautent, nerfs à vif, et se carapatent sous le vent tournant tout empesté de la mort entrée dans Paris. Ses hommes… Ceux des maisons à double issue où il laissait Marceau en plan. Ou d'autres, recrutés à Lyon. Ceux, de sac et de corde, qui rôdaient sous les murailles depuis des jours.

Dana, devant une affiche. Encore. Il s'en délecte. Dégingandé, le maintien gauchi comme une porte juste bonne à faire entrer le malheur. Il sourit. D'un sourire pareil à celui qu'il adressait à Manon, chez Laveur. C'est à l'affiche qu'il sourit.

« De nombreux repris de justice, rentrés à Paris, ont été envoyés pour commettre quelques attentats à la propriété, afin que nos ennemis puissent nous accuser encore.

Nous engageons la Garde nationale à la plus grande vigilance dans ses patrouilles.

Chaque caporal devra veiller à ce qu'aucun étranger ne se glisse sous l'uniforme, dans les rangs de son escouade.

C'est l'honneur du peuple qui est en jeu ; c'est au peuple de le garder.

Le Comité central de la Garde nationale. »

Le folioscope s'est arrêté.

Dana s'est évaporé.

Catacombes, égouts, champignonnières… Les trous à rats ne manquaient pas. Qui sait, même, si, un soir venu, un charroi de foin mal fouillé par un Versaillais écœuré de trop de baïonnette… La trace de Dana se perd. Il s'est effacé des vivants.

Reste-t-il des vivants ?

« Est-ce que je suis en vie, moi ? »

Noire de voiles, une femme descendait l'allée du cimetière. Elle sursaute. Effrayée par Marceau qui vocifère, elle s'écarte, hâte le pas.

« Est-ce que je suis vivant ? »

Il braille sur son passage. Nom de Dieu, qu'elle lui réponde ! Il ne lui demande pas la lune. Il irait la décrocher même si elle répondait. Mais elle s'éloigne, inquiète, dans un flottement de voiles au vent.

« Mensonges ! » il crie. « Des craques ! Mais moi, moi je suis vivant ! »

Elle a relevé sa robe pour décamper. Son jupon découvre le tricotis de ses pieds sur les pavés. Elle est toute gonflée du noir qui froufroute. Dans l'allée, elle fait la grosse poule qui cavale apeurée.

« Vivant, t'entends ? Vivant ! C'est pas en pierre que je bande, moi ! Vivant ! Vi-vant ! »

La femme n'est plus qu'une tache noire entre les tombes. Une mer de tombes en barques fantômes. Le Père-Lachaise est un cimetière marin qui tangue. Des os remontent des hauts-fonds. Rongés, entortillés, gluants d'algues. On les voit crever la surface et gîter sur l'écume comme des bois de navires naufragés. Marceau s'est accroché à une stèle. Il se laisse emporter par la houle. Naufragé mais vivant ! Oui, vivant, il l'est, et Dana est mort.

Il faut qu'il soit mort.

Au bout de vingt ans, Marceau avait fini par trouver un semblant de repos. Le cadavre d'Amédée le troublait toujours mais ses visites s'espaçaient. Il était devenu un de ces esprits qui font tourner les tables mais qu'on se garde d'appeler. La vie avait repris lentement, comme un feu de tourbe. Sans plus de flamme ni de chaleur. Les temps nouveaux n'offraient pas d'attrait. Même éclairés par la lumière électrique qui remplaçait le gaz. Même sillonnés par les messages de la télégraphie sans fil. On inventait des machines volantes, des moteurs à explosion, des bicyclettes à pneumatiques et d'étonnants appareils à ampoule qui renvoyaient le folioscope à la préhistoire. Marceau s'en fichait. Le petit Charles, lui, n'avait jamais oublié les jouets qui l'enchantaient aux foires de son enfance. C'est dans une baraque foraine que, devenu le jeune Charles Pathé, il découvre le kinétoscope américain d'Edison, capable de projeter des photographies en mouvement à partir de pellicules perforées. Charles a du nez. Il casse la tirelire familiale, acquiert une machine édisonienne et se lance dans la fabrication de films. Il associe à l'entreprise un bricoleur au capital rondelet, Claude Grivolas, dont le projecteur peut envoyer quarante images par seconde sur la rétine dilatée d'un spectateur ébahi. La société Pathé est née. Pour défier l'aigle américain d'Edison, elle prend l'emblème du coq gaulois. C'est sur l'un de ses appareils, baptisé Le Robuste, que Marceau visionne, en 1898, le premier western de l'histoire du cinématographe : *Cripple Creek Bar-Room*. Une minute trente d'images sautillantes. Une seule séquence. Cadrage approximatif. Visages patibulaires, comptoir, pompe à bière. Parmi les figurants, une femme en robe de grosse toile évoque une lointaine silhouette mais Marceau n'a d'yeux que pour le joueur à la table de poker. L'homme est de dos. Les mimiques appuyées des cow-boys indiquent qu'il n'a rien d'un pied-tendre. Gros plan sur ses mains battant les cartes. Marceau prend un coup au cœur. Fines, longues, elles tracent des arabesques dans l'air comme des papillons en vol. Quand elles se posent, elles dévoilent leur jeu. Fin du film.

Sur l'écran – un drap tendu – des taches lumineuses ont fleuri. Claquement de pellicule en bout de course, le projecteur rembobine en ronflant et le jour inonde le barnum qui se vide. Marceau demeure interdit. Quatre séances plus tard, il aura beau questionner le patron de l'attraction – il possède aussi la boîte à rire –, il n'apprendra qu'une chose. *Cripple Creek Bar-Room* provient des studios Edison. Costume m'as-tu-vu, poignet de force, le forain fait jouer un cure-dent entre ses lèvres. Il le récupère, en crache une miette :

« Oui, monsieur. Les studios Edison. Orange, New Jersey, Amérique ! »

On a prétendu que la raison de Marceau avait sombré. Que le laudanum avait fait son œuvre. Faut-il être fou pour croire aux fantômes ? Ceux qui l'affirment sont des esprits forts. D'aussi solides en tiennent pour l'âme. Si elle existe, sait-on où elle voyage ? Hugo prête à rire avec ses tables tournantes, ses visions et ses esprits errants. On l'a dit maboul. Il l'était peut-être. Aussi bien, il captait des ondes. Qu'il en fasse des revenants, la belle affaire ! Dingos Conan Doyle, George Sand, Balzac, Michelet ? Tous spirites. On dira que de leur plume aux nuages le chemin est tracé. Nébuleux, enfiévré, imaginaire. Mais Flammarion, Godin, Edison. Imparable ! Hommes de sciences et de techniques, ceux-là. Edison, justement. Inventer le cinéma ne l'a pas empêché de bricoler une machine à communiquer avec l'au-delà. Ses images en mouvement sont scientifiques, progrès en marche… Quatre siècles plus tôt, l'idée même lui valait la question, les brodequins, le bûcher. Pourquoi son bouzin à fantômes serait-il plus fumeux que le téléphone ou le cinématographe ? On s'interroge. Mais quand Marceau croit voir Dana sur l'écran d'un barnum, on dit que le vent souffle dans son crâne. C'est commode. Marceau, lui, s'en moque, il veut savoir. Pour ça, Charles Pathé est tout trouvé. Dans ses bureaux, rue Richelieu, Marceau est le bienvenu. Il cherche un film ? Le catalogue Pathé lui est ouvert, la maison lui est ouverte, les bras lui sont ouverts. L'avait-il oublié ?

Un film, donc. Une production Edison ? Soit. Charles écrira à Edison. Ces deux-là se tirent la bourre par-dessus l'océan mais ils se comprennent. Sortis du rang à la force du poignet, ils gardent en mémoire le sirop des rues, les odeurs d'escaliers et de patates bouillies.

Pathé tient parole. Sa lettre prend le temps d'accoster aux Amériques mais elle y parvient. Studios Black Maria, à Orange, New Jersey, un coursier la remet à la secrétaire d'Edison. Dûment visée, la lettre atterrit sur le bureau du boss. « *From Charles Pathé ? What does this guy want ?* » Edison grommelle une vacherie sur ces foutus Français dont le coq stupide n'est bon qu'au vin. Entre ses doigts, son moignon de cigare ressemble aux mégots qu'il ramassait, gamin, pour crapoter. Il soupire sur le temps passé, le chemin parcouru et ce foutu siècle où on ne saura bientôt plus ce qu'était la vie à la dure. Il jure le nom du Seigneur, tire une bouffée de tabac puis il reprend la lettre et y épingle une note : « OK. Suite à donner. »

La suite descend par la voie hiérarchique jusqu'à Mary Oldsborn, secrétaire sténo. Elle a le nez mutin d'Ethel Barrymore, des yeux étonnés, un sourire ingénu et des lunettes modèle hublots. Message reçu, elle mord sur sa pause déjeuner et se met en quatre. Elle consultera des archives poussiéreuses, ignorera le grouillot plus roux qu'une bière irlandaise qui la reluque sucer son index pour tourner les pages, tachera de rouge à lèvres et de sauce caesar les feuilles perforées d'un ou deux classeurs et finira par dégotter le dossier *Cripple Creek Bar-Room.* Y figurent le nom du producteur, James White, celui du cameraman, Edwin S. Porter, mais pas ceux des acteurs, embauchés à la journée. Pour mimer l'action en roulant des yeux, quelques machinos ont suffi. Le premier western de l'histoire dure une minute trente. Son synopsis, dactylographié sur un papier pelure, décrit la scène unique du film : un pochard sème le désordre dans le saloon de Cripple Creek avant d'être éconduit à coup de siphon par la barmaid. Lunettes ôtées – nouvelle vanne du grouillot –, Mary Oldsborn plisse le front. Elle maudit la distraction qui l'a fait oublier sur son bureau le courrier de M. Pathé, mais ce qu'elle vient de lire ne colle pas. Il n'y a aucun joueur de cartes au Cripple Creek Bar.

Mary pourrait conclure à une erreur de Charles Pathé, soupirer sur la légèreté des Français et leur manque de rigueur. Mais un salaire à peine supérieur au minimum syndical, une assurance sociale qui lui interdit le mal de dents et des indemnités repas au juste prix d'un hamburger-salade sans salade n'ont pas altéré sa conscience professionnelle.

Joint par téléphone, une autre invention de M. Edison, Edwin S. Porter expliquera qu'il a tourné deux versions de *Cripple Creek Bar-Room*. La première montrait un joueur de cartes en action. Selon Porter, elle était très supérieure à la seconde. Il avait imaginé un gros plan des mains de l'homme dont on ne voyait jamais le visage. « Une trouvaille ! » Mais White, jugeant le résultat sans queue ni tête, avait exigé que celle du joueur figure à l'image. Le type avait refusé. Personne n'avait pu le faire changer d'avis. « En fait de tête, la sienne en aurait remontré à une mule. Il a préféré décarrer sans toucher un cent. » Ed Porter ignorait comment la bobine s'était retrouvée dans le circuit. Seule une erreur d'étiquetage expliquait que la pellicule n'ait pas été recyclée pour récupérer les sels d'argent. « Vous dites qu'elle est en France ? Je donnerais cher pour la revoir. Bon sang, quel truc j'avais mis en boîte ! Vrai, je paierais cher… Et pas seulement pour mon gros plan. La femme, au bar… Je suis le seul à l'avoir filmée… Entre nous, l'installer près des bouteilles n'était pas une bonne idée. Elle se collait aux goulots. Une ventouse ! Elle les a pourtant lâchés pour suivre le type. Aussi sec, si on peut dire… Et alors ? Comment et alors ? Calamity Jane… La barmaid, c'était Calamity Jane. Ça vous en bouche un coin. Il existe des tas de photos d'elle, bien sûr, mais un film, aucun. Sauf cette fichue bobine. Pendant des années, j'ai cru qu'il n'en restait rien… »

Les raisons qui ont poussé Marceau à raviver le souvenir de Dana ont longtemps paru obscures. Retrouver sa jeunesse, solder des comptes, clore enfin l'histoire ? Toutes les explications sont vaseuses.

Quand le joueur de cartes fait danser ses mains au Cripple Creek Bar, Manon va vers sa fin. Elle ressemble à un de ces bouquets séchés qu'on met sous globe en faisant mine d'ignorer que les fleurs ont fané. La Commune enterrée, les amis dispersés, on l'avait vue réapparaître. Elle posait encore, ici ou là. Pour qui la voulait. Elle ne choisissait plus. On la demandait moins. Elle semblait s'en moquer comme jadis des regards. Mais elle ne jouait plus. Courbet sorti de prison, elle l'avait rejoint en Suisse. Ensemble, ils s'étaient ennuyés, sans se l'avouer, sur les bords du Léman. La peinture de Gustave, ses natures mortes, ses poissons morts, tout sentait le vieux. Jusqu'aux clins d'œil qu'il se faisait à lui-même. Jusqu'à son corps énorme, œdémateux, gonflé de mauvais liquide qu'il fallait ponctionner. Rentrée à Paris, Manon avait posé pour ces ateliers où les élèves s'appliquent à reproduire les corps sans chercher à les comprendre. Puis elle n'avait plus posé du tout.

Le vide, autour d'elle, l'indifférait. Elle croisait Marceau, parfois, au café Riche ou au café Anglais. Évitant les lieux qu'ils fréquentaient jadis, ils ne parlaient jamais du passé. L'avenir ne les concernait pas. L'amnistie votée, ils avaient appris le retour de proscrits sans chercher à les revoir. Ils n'avaient pas suivi la dépouille d'Hugo parmi les rescapés de la Commune venus rendre un dernier hommage à celui qui les avait défendus malgré leurs divergences. La mort de Verlaine, dans son taudis d'ivrogne, les avait étonnés. Il était donc encore vivant ? Leur détachement les rapprochait. Ils avaient fini par se donnez rendez-vous, certains jours propices au moka. Ils le buvaient silencieux, goûtant le bruit apaisant des soucoupes et des tasses.

Manon avait longtemps espéré Dana. Une lettre, un message, un signe. Elle s'était résignée. Les années avaient fait le reste.

Marceau savait la patience. Il lui fallait Manon, mais il attendrait. Il l'avait possédée sur le ventre de cent putains. Toujours plus basses. Celles des maisons huppées comme celles des bordels à quinquet, des chambres d'abattage et des bouics à bidet. Les passes furtives, les bouches hâtives, les saillies sous les porches. Il avait tout pris. Les brûlantes, les glacées, les absentes, les écroulées, les buveuses d'absinthe, les éthéromanes, les piquées et les poivrardes, les syphilitiques et les tubardes. Et Manon dans chacune d'elles. Avilie, souillée. Il rentrait au matin, écœuré, la mort dans l'âme, sans comprendre qu'il se punissait.

Pour descendre toujours, il la prenait en songe devant leurs cafés, à même la table, dans les éclats de porcelaine. Son reflet dans les miroirs ne laissant rien paraître de ses pensées.

Un soir cappuccino, elle était venue d'elle-même. Distante. Par lassitude, pour trouver l'oubli ou tromper son propre corps. Elle avait peu donné. Se gardant de recevoir. Pas plus offerte à Marceau qu'aux mauvais peintres. Elle ne lui laissait pas l'illusion qu'il l'avait eue.

Il croyait à sa vengeance. Même mort, Dana la lui volait.

Mais Dana était vivant.

Dana vivant, Marceau en a la certitude. Elle lui est venue des États-Unis. Elle a traversé l'océan dans un sac de courrier à bord du *Lorraine*, cargo de la compagnie générale transatlantique des frères Pereire. Dans sa lettre, dactylographiée par Mary Oldsborn, Thomas Edison regrette de ne pouvoir fournir à Charles Pathé la moindre information sur les acteurs de *Cripple Creek Bar-Room*. La version citée en référence est un rush de travail commercialisé par erreur. Son exploitant serait-il, du reste, disposé à le retourner ? Les studios cherchent à réaliser un film retraçant la vie de Martha Calamity Jane Canary dont l'apparition à l'écran – dans *Cripple Creek Bar-Room* – est à ce jour la seule authentifiée.

Martha Canary. En la voyant dans sa robe de drap noir, filmée par Porter, Marceau n'a pu s'empêcher de songer à Louise Michel. Tout en elles diffère, pourtant. Jane est cabossée par les coups et l'alcool. Louise est un archange dur qui n'aurait gardé de Dieu que le tranchant du glaive. Mais, pour peu qu'on se détourne des apparences, quelque chose les rapproche. Le maintien. C'est ce qui retient l'œil d'abord, mais la tenue n'est rien. La carabine, pas davantage. Le troublant est dans leur superbe, un feu dans le regard, cet air de défier la terre entière et de l'envoyer se faire foutre pour peu qu'elle porte l'ordre établi. Louise, la Vierge rouge, et Jane, le Diable blanc. Chimère. Mais si, en trait d'union, les mains d'un joueur battaient les cartes…

Marceau connaît le pouvoir des images. Leur faculté de révéler le sens caché des choses. Les photos, sur les quais, lui ont enseigné.

Il a vu les étranges clichés médiumniques montrant des ectoplasmes dont la mode a couru après la Commune. L'époque virait bizarreries. Liseurs de boules, marc de café, télépathie. Allix aurait été à son affaire. La mode était à la photo d'esprits. Sur plaque sensible, les fantômes rassuraient. Ils effaçaient ceux des massacres. Dans sa boutique, boulevard Montmartre, Édouard Isidore Buguet, « photographe médium », avait fait fortune. Labellisé par les cercles spirites, ses clichés fantomatiques s'arrachaient. La supercherie découverte avait mis fin à son commerce mais Marceau garde la photo d'un Dana revenant des enfers que Buguet avait bricolée. Pendant qu'il lui tirait le portrait, il lui avait suffi d'interroger Marceau sur le disparu pour livrer une photographie les représentant tous les deux. Marceau dans le fauteuil de pose, Dana debout à ses côtés, vaporeux et méconnaissable. À vingt francs-or le cliché fluidique, Buguet pouvait payer des comparses pour jouer les spectres, déguisement compris. Un jeu de flou et de surimpression se chargeait de donner le change à qui voulait y croire. Marceau, faisandé, n'avait pas regretté ses vingt francs. Les photos de Buguet n'étaient pas plus falsifiées que celles d'Appert. Truquées, elles en disaient beaucoup sur l'époque et son saint-frusquin. Le sort réservé à leurs auteurs était éloquent. Buguet condamné par la justice, Appert couronné de lauriers. Les margoulins du spiritisme ne mentaient pourtant pas plus que les faussaires de l'Histoire. La différence tenait à l'air du temps. Et à leur conscience. Les uns se savaient escrocs, les autres prétendaient témoigner.

Marceau avait appris à déchiffrer les images. Du pigment préhistorique au bromure des plaques sensibles, il savait que la technique ne change rien. Dans son viseur, l'œil du photographe est pareil à celui du peintre. Il fixe ce qu'il veut voir. Qu'Edwin S. Porter ait cadré les mains du joueur de cartes, à Cripple Creek, montrait qu'elles l'avaient fasciné. Dana n'était pas le seul à faire danser les siennes à une table de poker mais leurs arabesques portaient sa marque. Si une quelconque ressemblance rapprochait Martha et Louise, Dana était le fil rouge qui les réunissait.

Marceau n'était pas fou. Du moins savait-il tenir le mors de sa folie, car fous ils l'avaient tous été, qui croyaient renverser le vieux monde. Gill avait fini à Bicêtre. Courbet avait encore donné le change mais la bile se teintait chaque jour un peu plus de vin blanc. Les humeurs qui gagnaient sa cervelle ne lui laissaient plus voir que des truites pourrissant sur les berges des lacs. Verlaine avait sombré, déjeté, bouffi, poète en bouteille, rongé d'un delirium mystique où des serpents grouillants lui dévoraient les tripes. Allix devait la vie à sa démence qui l'avait fait interner à l'entrée des Versaillais. D'autres étaient rentrés du bagne rongés par les fièvres et la décrépitude. Louise surnageait. Cormoran souffreteux voletant de tribunes en meetings. Des trois V restaient deux tombes et une absence. Vermersch s'était éteint en exil, Vallès à Paris, enfiévré par la tuberculose et le réduit sans air d'un nouveau *Cri du peuple*. Quant à Vuillaume, Marceau semblait pour lui n'avoir jamais existé.

Non, Marceau n'est pas fou. La lettre d'Edwin Porter le conforte. Il l'a attendue quatre mois. Dans sa réponse, Porter prie qu'on l'excuse pour le temps qu'il n'a pas vu passer. Il vient d'achever *An Artist's Dream*, sa quatrième mise en scène pour les studios Edison. Elle raconte le songe d'un peintre rêvant que Méphistophélès dessine, sur les murs de sa chambre, les images des temps à venir. Après le premier western, Porter signe le premier film fantastique des États-Unis. Il a puisé son inspiration, il l'avoue, « dans la belle France, patrie du grand Méliès ». Son Méphisto est « un hommage au maître… » Porter a tardé à répondre, il ne refusera rien à qui s'intéresse à son *Cripple Creek* première version. « La seule qui aurait dû être commercialisée », mais il n'était alors que cameraman. Si son correspondant français pouvait l'aider à la retrouver… Lui n'a pas d'autres plans du film, hélas, ni de photos du joueur de cartes. Il se souvient que l'homme devait son engagement à l'un des figurants, électricien des studios. Le type s'était fait ratisser la veille, à une table de poker, par un étranger dont il ne parvenait pas à fixer les mains. Il s'était mis en tête que filmer l'homme aurait permis de voir comment il s'y prenait. « Nous avions besoin d'un joueur habile, l'idée nous a amusés. » Lors du tournage, les acteurs n'avaient pas eu à se forcer pour jouer l'étonnement. « Les mains de l'homme voletaient comme des papillons. » Ed Porter avait eu la bonne idée de tourner la manivelle de sa caméra plus que nécessaire. « La technique offre des possibilités infinies. Elle permet de supprimer des images superflues. Il suffit de les couper, de ressouder la pellicule à l'acétone et le tour est joué. Voilà comment on fait apparaître et disparaître Méphisto. » Porter avait pensé qu'une plus longue séquence des mains révélerait comment le type s'y prenait. Rien ! Sur l'écran, leur vol de papillon vous échappait tout autant. On avait coupé les vues en trop et raccordé le reste. L'homme, lui, était parti emmenant Calamity. Porter avait tenté de la retenir mais il s'était cassé les dents. « Ils étaient venus ensemble, ils ont filé ensemble. » Ed Porter se souvenait qu'ils voyageaient avec une attraction foraine. « Quand Jane était arrivée avec le type, je n'en croyais pas mes yeux. » Il lui avait offert le seul rôle féminin, se proposant de lui consacrer un film entier dès *Cripple Creek* bouclé. Elle avait accepté avant de se récrier. « Fils, il faudra attendre pour m'avoir dans tes bobines. Mon ami veut pas montrer la sienne, je le suis ! » L'homme la couvait comme une nounou. « Elle en paraissait bigrement contente. » Personne, aux studios, ne les avait revus. Porter avait cherché l'attraction qui les avait amenés. Il n'avait trouvé qu'une pancarte oubliée annonçant « Calamity Jane, la reine de l'Ouest, dans son show à couper le souffle ». Sur le plateau, on en avait déduit que, pour refuser de se laisser filmer, l'homme avait quelque chose à cacher. Porter pensait qu'il préférait simplement ne pas exhiber son visage « grêlé de petite vérole ».

La seconde lettre d'Edwin Porter traversa l'Atlantique plus vite que la première. Il remerciait son « cher ami de Paris » de s'être offert pour rechercher « le *Cripple Creek Bar-Room* au joueur de cartes » et sa Calamity. À cette fin, il lui joignait la liste des exploitants français ayant acquis une copie du film. Il espérait qu'elle permettrait de retrouver la bobine.

Le « *Cripple Creek* au joueur de cartes » évoquait un titre de tableau. On commençait à voir des artistes américains exposer à Paris. Courbet en avait accueilli, jadis. Marceau chassa les visions de chevalets et de palettes qui le ramenaient aux heures du Père Lamotte et de la rue Hautefeuille.

Sur la liste de Porter, le sixième nom – Oscar Aubiane – correspondait à celui que Marceau avait vu sur l'attraction foraine. L'adresse indiquait le 17, rue du Lavoir, à Puteaux. Quand le fiacre le conduisant franchit la porte Maillot, le souvenir de l'entrée des Versaillais se ranima. Marceau demanda au cocher de prendre par le bois de Boulogne.

À Puteaux, la rue du Lavoir alternait bicoques et

ateliers. Les percées du baron Haussmann n'avaient pas atteint la banlieue. À travers le portail, le numéro 17 laissait voir un pavillon décati, un hangar attenant et le bric-à-brac de la cour. Une roulotte, une charrette à bras, une niche à chien, des tréteaux, deux fûts à eau de pluie, des rouleaux de corde, des caisses. Le long d'un mur, des décors démontés composaient un tableau qui semblait amuser un clown de cire aux couleurs délavées.

Oscar Aubiane remisait les planches de la boîte à rire. Quand Marceau secoua la cloche du portail, un chien bondit hors de la niche. Il était allemand, berger, et répondait au nom de Bismarck. Lorsqu'il ouvrit, tenant le cabot au collier, Oscar Aubiane arborait toujours son poignet de force mais il avait tombé le costume tape-à-l'œil pour un bleu de travail. La moustache joviale et le ventre bonhomme s'accordaient à son accent gascon qu'il roulait comme un caillou de la Garonne. Il s'étonna que Marceau ne commande pas *Cripple Creek* au producteur au lieu de racheter une copie d'occasion. Marceau prétexta un retrait du film au catalogue et offrit de quoi commander d'autres westerns. Aubiane y vit confirmation de la valeur montante des histoires de cow-boys. Il empaqueta la bobine tandis que Bismarck reniflait le visiteur.

Le lendemain, Charles Pathé mit un bureau à la disposition de Marceau. Chaque jour, celui-ci y retrouvait *Cripple Creek*. Il le visionnait parfois des heures durant, fasciné par les mains du joueur. À d'autres moments, les quatre-vingt-dix secondes du film lui suffisaient. L'homme, sur l'écran, traçait des signes qui lui étaient destinés. Marceau se prenait à l'imiter. Le faisceau du projecteur découpant sa silhouette en ombre chinoise, il répétait les gestes de Dana dans le silence troublé par le ronflement de l'appareil. Il se prit à penser que le projecteur d'Edison et sa machine à communiquer avec l'au-delà ne faisaient qu'un. Le temps n'existait plus, Marceau et Dana se parlaient dans un langage muet qu'eux seuls comprenaient.

Marceau connut alors une période troublée. Il fréquenta la librairie spirite de Pierre-Gaëtan Leymarie, vieux républicain banni par Napoléon III, disciple d'Allan Kardec et de son *Livre des Esprits*. Il compulsa les écrits de Camille Flammarion et de Lodge. Il se perdit dans les poèmes de Victor Hugo inspirés par ses voix intérieures. Lorsqu'il sut que Godin, l'industriel philanthrope, consultait des médiums, il le sollicita. Sa lettre demeura sans suite mais il apprit que Godin avait fréquenté Victor Considérant, continuateur du mouvement fouriériste dont on ne comptait plus les membres parmi les communards lyonnais. Les absences passées de Dana s'éclairaient d'une lumière nouvelle.

Chaque jour, Marceau découvrait d'invisibles fils reliant les uns aux autres. Considérant avait fondé, au Texas, La Réunion, première tentative socialiste de colons phalanstériens partis pour l'Amérique. Il avait soutenu la Commune et les expériences lyonnaises, Godin avait investi sa fortune dans son projet américain… Que les deux cents candidats au bonheur collectif aient depuis longtemps enterré leurs rêves dans la plaine calcaire de Dallas n'y changeait rien. Les fils invisibles menaient à Dana.

Marceau veillait de plus en plus tard dans le bureau prêté par Pathé. Sa reproduction des gestes de Dana devenue parfaite, il tenta de codifier ses propres signes. Il les dessinait sur l'écran en ombres chinoises. Il n'en tirait rien. Privés de leur modèle, ses mouvements restaient gourds. À force de répétitions, il parvenait à copier, jamais il ne créerait. Il comprit qu'il s'égarait. Dana donnait les cartes, il fallait les prendre. Il superposa alors leurs gestes des heures durant, cherchant la synchronie. Il se plaça à bonne distance de l'écran pour que l'ombre de ses mains épouse celles de Dana. Lorsqu'il y parvint, c'est lui qui tenait les cartes. Quatre piques. Deux as et deux huit. Marceau ignorait tout du jeu, de ses combinaisons et de leur nom. Il se renseigna. Le surlendemain, il revenait devant l'écran. Il répétait son rituel les yeux fermés. En les rouvrant, il savait l'histoire des cartes. Wild Bill Hickok, le grand amour de Calamity Jane, avait tiré les mêmes, juste avant qu'un tueur de fortune l'abatte d'une balle dans le dos. Depuis, les quatre piques étaient appelés la main du mort.

La troisième lettre de Marceau manqua désappointer Edwin Porter. Le cher ami de Paris l'informait de son échec. Le «*Cripple Creek* au joueur de cartes» était perdu à jamais. Son acquéreur figurait bien sur la liste mais la pellicule avait brûlé dans la remise où il entreposait son matériel. Elle était condamnée à devenir une de ces pièces uniques que la disparition pare d'imaginaire. À l'appui de son mensonge, pour adoucir la déconvenue de Porter, Marceau suggérait qu'il tenait peut-être, là, le sujet d'un film.

La lettre reposée, Ed Porter sentit sa déception s'envoler. Un film dans le film. Le Français lui soufflait une foutue bonne idée. Il entrevit les progrès techniques, des appareils capables de contenir assez de pellicule pour décupler la durée d'un film… Libéré des contingences qui le cantonnaient au rang de curiosité, le cinématographe raconterait bientôt de vraies histoires. La popularité de Calamity Jane en faisait un sujet de choix. Ses concurrents se le disputeraient. Lui, dominerait la mêlée. Il allait inventer le premier mythe du cinéma. Il ferait du *Cripple Creek Bar-Room* disparu un objet de fantasme. Il créerait, sur une figure de légende, un film légendaire. Que le «*Cripple Creek* au joueur de cartes» ait brûlé était un atout. Un fabuleux outil commercial. Pour porter son film, Edwin Porter se chargeait d'inventer la première campagne publicitaire à la dimension de ce qui serait bientôt, il le pressentait, l'industrie cinématographique.

Il lissa ses moustaches, qu'il portait fournies, dans un geste de contentement. Son verre de whiskey diffusa un parfum boisé. «À la santé du Français!» Puis, son bigophone décroché, il demanda à sa secrétaire d'envoyer à M. Marceau, en signe de remerciement, le dernier roman sur Calamity Jane qui venait de paraître.

Quand Marceau le reçut, le message de Dana décrypté, il avait rangé *Cripple Creek*. La pellicule était un vecteur médiumnique, elle avait agi. Il feuilleta distraitement l'envoi de Porter. *Calamity Jane and the Indians*, par Edward Wheeler. Son anglais lui permettait une correspondance simple, pas la lecture d'un livre. Même un de ces ouvrages populaires qui essaimaient chez les libraires et que des colporteurs proposaient dans les faubourgs. Papier rugueux, à-plats saturés. Sur la couverture, Calamity Jane, chevelure au vent, cheval cabré, défouraillait, un colt dans chaque main. On aurait cherché vainement une ressemblance entre la poupée du dessin et la femme décatie du Cripple Creek Bar. L'image renvoyait, inversée, à celles des communardes. Elles en étaient des négatifs. Les insurgées étaient des pétroleuses, elles devaient en avoir la gueule. La conquête de l'Ouest aurait des héroïnes belles comme des icônes.

À l'intérieur du livre, une illustration capta l'attention de Marceau. Autour d'un poteau de tortures des Indiens faisaient la danse du scalp. Les couleurs gueulardes donnaient au dessin la charge poétique des peintures foraines. Il s'en dégageait un sentiment de déjà-vu. Marceau fouilla sa mémoire et ne trouva rien. Il en était au point où tout fait signe. Les Indiens l'obsédèrent le jour durant. Il les chassa dans le laudanum. Ses rêves furent rouges. Il en sortit hébété, nauséeux. Il vomit le verre d'eau trop vite avalé. Pour calmer l'aigreur de son estomac, il essaya le lait. Il le rendit mêlé d'une bile filandreuse. Il crut avoir régurgité ce plasma psi que les médiums crachaient, sur les photographies de Buguet, comme un placenta buccal.

Il dormait mal, ne mangeait plus, sortait de moins en moins. Paris était une boîte à souvenirs dont l'évocation le déchirait. Il avait beau se cloîtrer, ils l'assaillaient. Ils se faufilaient sous la porte au verrou tiré, sous l'édredon dont il se recouvrait. Ils forçaient ses paupières closes.

Marceau laissa Calamity à ses Indiens. Il rouvrit le flacon de laudanum et plongea dans une mer noire. Enfin, il se noyait.

Quand il refit surface, son visage, dans le miroir, l'effraya. Il ouvrit la fenêtre. L'air frais sentait l'amidon. La rue des Dames baignait dans la brume légère des blanchisseries.

Pour la première fois depuis des jours, il sortit. Les bruits du monde dissonaient. Il attendit qu'ils s'accordent puis il se mit en marche, la tête vide. À plusieurs reprises, il dut s'arrêter pour retrouver un équilibre qui l'abandonnait. Place de Clichy, il héla un fiacre. Le cocher sentait la vinasse et le suint. Marceau s'abandonna au balancement de la voiture. La vie qui défilait par la portière ne le concernait pas. Il ne voyait que des silhouettes lointaines. Il en reconnaissait une, parfois, le cœur battant, mais réalisait aussitôt qu'il se trompait. Boulevard des Italiens, les garçons du café de Madrid dressaient les tables. Les lustres, le rouge des banquettes, les nappes empesées, bientôt le service battrait son plein, réunissant, autour des rôtis et des soles meunières, des dépaveurs d'hier et d'anciens galonnés. La République réconciliait ses fils qui l'avaient mérité.

Boulevard Montmartre les passants semblaient venus d'une de ces toiles impressionnistes que le vent dispersait déjà. Marceau se fit arrêter au numéro 5.

Les photos d'ectoplasmes hantaient toujours la vitrine d'Édouard Buguet mais, sa peine purgée, l'escroc repenti les proposait sous forme de farces et attrapes. Le photographe des fantômes était devenu « anti-spirite ». Le temps effaçait la mémoire et les passions.

Suivant ses spectres, Marceau prit vers Notre-Dame-de-Lorette. Au 10 de la rue, une plaque indiquait l'atelier photographique d'Étienne Carjat. Il s'engagea dans la cour. Les mêmes pavés inégaux, la même boutique aux vitres hautes, le même vert des boiseries. La glycine courait toujours le long du mur. Seul son tronc, plus torse, marquait l'empreinte des ans. Hugo, Gill, Verlaine, Courbet, ils avaient tous poussé la porte de l'atelier. Carjat se plaisait à les laisser choisir leur pose. Surpris, ils se sentaient flottants, gênés d'essayer la plus avantageuse, dévoilant dans le miroir l'image qu'ils avaient d'eux. Le Tout-Paris s'était prêté au jeu sans toujours comprendre ce qu'il impliquait. Marceau entra dans l'atelier. Vieilli, grossi, le photographe ne parut pas le reconnaître. Marceau en fut soulagé. Il lui confia la pellicule de *Cripple Creek*, lui demandant s'il pouvait en tirer des clichés des mains du joueur de cartes. Il repasserait sous huitaine.

Quand il revint, un assistant lui remit les photos en expliquant, comme une leçon apprise, que Carjat avait dû s'absenter. Marceau n'écoutait pas. Il prit la bobine, le carton des tirages et paya.

Rentré chez lui, il ouvrit l'enveloppe. Les photographies ne laissaient aucun doute. Les mains du joueur étaient celles de Dana. Carjat ne s'y était pas trompé. Aux épreuves, il avait joint un portrait. Celui d'un homme jeune, de belle tournure. Sa chevelure est sombre, son visage a le romantisme maladif des héros de roman en butte au destin. Sa moustache tombante ne parvient pas à durcir ses traits. Son regard a ce flou rêveur que donne parfois la myopie.

Dana, tel qu'il était au temps des cerises.

Marceau étala les photos sur la table et s'assit. Le jour blanchissait lorsqu'il émergea. Il s'étira, épingla les clichés sur le mur et traîna devant eux son fauteuil. Sous la flamme changeante de la lampe à pétrole, les mains semblaient décomposer un geste comme le ferait un illusionniste expliquant un tour. Sans les saccades du cinématographe, elles se mouvaient en apesanteur. Marceau l'avait lu quelque part, avant d'atteindre leur proie, les papillons carnivores suspendent ainsi leur battement d'ailes pour planer jusqu'à elle.

Les mains, la lueur de la lampe, Marceau se laissait porter. Le portrait était un message. Le verso mentionnait l'année 1871 sans autre précision. Marceau n'en avait pas besoin. La photographie avait été prise en avril. La Commune sentait le roussi. Ils avaient déboulé dans l'atelier. Vallès, Gill, Vuillaume, Dana. Ils avaient amené Beaufort. « Tu es trop beau, mon capitaine. » Ils voulaient des photos avant l'entrée des Versaillais. Ils s'étaient mis sur leur trente-et-un. Leur image serait peut-être la dernière. Gill s'était fendu d'un bon mot en référence à ses *Portraits après décès*, les croquis mortuaires qu'il avait publiés quelques années plus tôt. Ils plaisantaient, volubiles, nerveux. Gênés de poser devant les autres. L'atelier donnait à leurs voix un timbre qui leur était inconnu. Leurs rires sonnaient faux. Quand ils l'avaient remarqué, ils s'étaient tus. Beaufort avait été le dernier devant la *camera obscura*. Le bras sur l'accoudoir du fauteuil, ses galons en évidence, ses épaulettes captaient la lumière. Ils avaient souri de son air conquérant. Le panache de Beaufort sentait le théâtre mais s'ils avaient voulu s'en moquer en l'amenant chez Carjat, ils n'en avaient plus envie. Que Beaufort brille comme une guirlande ! On ne meurt pas plus mal en rutilant.

Dana avait demandé à Carjat de garder leurs photos. Ils viendraient les prendre quand tout serait fini. S'ils ne venaient pas, il saurait à qui les remettre. La sienne avait patienté vingt-sept ans. Marceau y vit un nouveau signe. Si Carjat avait attendu qu'il se manifeste, c'est que Dana l'avait voulu. La photographie était la suite logique du *Cripple Creek Bar-Room*. Dana réapparaissait, comme un revenant sur les clichés de Buguet.

À midi, Marceau reprit le chemin de l'atelier. Carjat n'y avait pas réapparu. Son assistant expliqua qu'il avait dû prolonger son absence. Une affaire familiale le tenait éloigné de Paris. L'apprenti récitait son texte sans plus de conviction que la veille. La même rougeur aux joues. Marceau le questionna dans le seul but de le voir s'empourprer. Maladroit, hésitant, l'arpette pataugeait. Marceau mit fin au supplice.

C'est en sortant qu'il aperçut le négatif sur verre. L'adolescent à la beauté androgyne qui y figurait était tel qu'en lui-même, lorsqu'au temps des rossignols et des merles en fête il traînait ses guêtres sales dans Paris révolté. Marceau revit le gamin teigneux lapant la soupe de Gill, chez Laveur. Il le revit, dans l'ombre de Dana, devant l'affiche des otages, il le revit quai de la Tournelle, son regard perçant le cœur de Mathilde.

L'assistant dut répéter que la photographie n'était pas à vendre. Elle attendait que son commanditaire la récupère. Il ignorait son nom. La photo attendait depuis tant d'années. Non, M. Carjat n'en ferait pas de copie. Il en ignorait la raison mais, ce qu'il savait, c'est que M. Carjat n'en ferait pas de copie. Sous le portrait, une légende évoquait « l'Enfant sublime… sa tignasse mise à mal par de savants oreillers ». Elle était signée Paul Verlaine.

La légende provenait d'un recueil publié quinze ans plus tôt par Verlaine. Il présentait les Poètes maudits chers à son cœur. Le deuxième chapitre, entre Tristan Corbière et Stéphane Mallarmé, était consacré « à l'enfant de seize à dix-sept ans qu'il faudrait que le vrai public connût ». Marceau, comme le « vrai public », ignorait tout d'Arthur Rimbaud. Il se plongea dans les poèmes que Verlaine reprenait. Il découvrit *Sensation* dont les « soirs bleus d'été » le ramenèrent à Dana. Le « paletot idéal » et les « souliers blessés » qu'il l'avait entendu chanter provenaient de *Ma Bohème*. Il trouva dans l'énigmatique *Bateau ivre* les « Peaux-Rouges criards » et leurs « poteaux de couleurs » du livre d'Edward Wheeler sur Calamity. Postérieur au poème, il ne pouvait avoir inspiré Rimbaud. Mais Marceau savait à présent d'où venait son impression de déjà-vu. Mai 1871, rue Mazarine. Une affiche annonce la prise d'otages. Parmi les passants qui la lisent, Dana et le môme crapoteux… Rimbaud, un bouquin dépasse de sa poche. D'autres Peaux-Rouges, ceux de Gustave Aimard et du Missouri.

Au petit jour, Marceau lisait toujours. Une citation fermait le chapitre. « Ma journée est faite, je quitte l'Europe. L'air marin brûlera mes poumons, les climats perdus me tanneront. » Elle lui parut lumineuse.

Les jours suivants, il apprit que les traces du poète s'étaient perdues dans les sables du désert avant de conduire à la salle commune d'un hôpital marseillais. Rimbaud était mort rongé par l'usure et la gangrène. Mais son parcours recelait des zones grises. Les lettres que Marceau adressa à sa sœur restèrent sans réponse. Il découvrit pourtant qu'après la Commune, « l'Enfant sublime » et Verlaine avaient croisé l'exil londonien de Vermersch. La toile se tissait. Marceau se persuadait que Rimbaud avait cherché à rejoindre Dana. Il se résolut à revoir un fantôme. Cluseret. Après l'amnistie, le général était rentré en France. Élu député, il siégeait à l'extrême gauche du Parlement. Il reçut Marceau froidement. Tout ce qu'il pouvait dire figurait dans ses Mémoires publiés dix ans plus tôt. Il se souvenait à peine de Dana et, s'il connaissait la dégringolade de Verlaine, le nom de Rimbaud ne lui évoquait qu'une image d'alcôve et de pédérastie. Sur son bureau, Marceau eut le temps d'apercevoir un exemplaire de *La France juive*, le journal du polémiste Édouard Drumont. L'antisémitisme se répandait. Drumont savait en faire son miel, pourfendant la bourgeoisie, les banques et les puissances d'argent. L'homme dénonçait la finance cosmopolite, réhabilitait le peuple de la Commune et s'en prenait aux républicains corrompus. Cluseret lui livrait des articles dans lesquels il ferraillait contre les mêmes ennemis… Le grand brouillage commençait.

Le temps de l'ancien proscrit était précieux. Il se leva, signifiant la fin de l'entretien. Il portait toujours beau mais sa raideur le trahissait. Le temps des chevauchées était révolu. Les grands espaces s'étaient réduits à l'Hémicycle et le fracas des combats aux claquements de pupitres.

La semaine suivante, un pli attendait Marceau. La concierge le lui remit, un œil sur le cachet du consulat américain. La confidence qu'elle espérait ne vint pas. Marceau avait déjà traversé la cour qu'elle soupirait encore sur le dédain des locataires. Une main sur la rampe, Marceau gravit l'escalier le souffle court. Chaque palier lui servait de halte. Bientôt il devrait s'en ménager dans l'entre-deux. La respiration sifflante, il ouvrit la lettre avant d'avoir atteint son étage. Elle lui apprit qu'un John Arthur Rimbaud avait sollicité du consulat des États-Unis, en 1878, un engagement dans la marine américaine. Engagement qui lui avait été refusé.

Cette nuit-là, le laudanum fit voyager Marceau à bord de cargos interlopes. Le grincement des coques, le tumulte du vent, les appels des matelots, le chahut des flots, le ronflement des machines… Sa torpeur grondait d'un vacarme marin. Aspergé d'embruns, ses vêtements gorgés de flotte, il arpentait des ponts glissants, des dunettes détrempées. Il s'accrochait à des bastingages poisseux. Les vagues, brisées, mauvaises, lançaient des bouillons d'écume et des paquets de mer.

Il voyait Dana embarquer sur le rafiot. Son capitaine peu regardant aux rares passagers qu'il prenait à bord, la patte graissée, mais tout à fait capable de vendre un fugitif à la première escale. À moins qu'une sympathie diffuse pour la Commune, la parole des gens de mer ou la fantaisie, pour peu qu'une tête lui revienne… Aussi bien, un soir de rhum, à la table de jeu d'un tripot portuaire, les mains de Dana avaient fait voler assez de papillons pour payer son billet. Destination le Nouveau Monde. Rimbaud le rejoindrait plus tard, la route tracée vers les Peaux-Rouges criards.

Marceau navigua toute la nuit. La houle lui tournait le cœur, l'eau froide le pénétrait. Il émergea sur les midis, une sueur glacée mouillait son lit. Il frissonnait. Il voulut se lever mais ses muscles étaient tétanisés, ses membres douloureux. Il songea aux flèches empoisonnées des Indiens. Le corps noué, souffreteux, il attendit que les crampes se calment. La glace de l'armoire renvoyait l'image d'un noyé.

Il se vêtit tant bien que mal et sortit. Le jour l'aveuglait. Les bruits lui parvenaient en vagues sonores. Il lui sembla que des passants se retournaient sur son passage. Il cheminait une main aux façades comme un vieillard fatigué.

Un cocher de fiacre, le pensant ivre, refusa de le charger. Un autre gardait en mémoire le choléra-morbus, il fouetta son cheval. Le troisième ne craignait ni la vinasse ni la contagion. Marceau se fit conduire à la préfecture de police.

Il avait repris quelques couleurs lorsqu'il y parvint.

Le bureau 132 nichait sous les combles. Marceau revit le hall imposant, les dorures allégoriques. L'escalier massif. La rampe polie par le frottement des mains. Les étages aux couloirs ternes et l'enfilade des portes. Au dernier, la peinture s'écaillait, le plancher avait noirci sous les pas. Le banc, le long de son mur, se lustrait sous l'usure.

Bureau 132. Marceau a frappé. Silence. Il toque à nouveau, plus fort. Une voix, à l'intérieur, maugrée, agacée d'avoir à s'élever au-dessus des dossiers empilés. C'est une voix grosse de soupirs las, revêche à l'idée qu'un emmerdeur va pousser la porte. « Entrez ! » Elle lâche ça comme elle dirait d'aller aux pelotes. Marceau connaît la voix, son timbre usé par l'amertume, les réponses aux questions prévisibles et les besognes à abattre. Il connaît l'homme derrière la porte, derrière son bureau, ses dossiers et ses lunettes. C'est un homme de derrière tout. Il est de la coulisse et des arrière-salles. Des ruelles et des réduits. Il est la doublure des rideaux, celle de votre habit, l'écho de vos pas. Autant dire votre ombre quand il s'attache à vous.

Marceau entre. L'homme n'a pas levé le nez de son écritoire. « Tiens », il dit, pas surpris pour autant. Quand il en aura assez de voir Marceau masquer son soleil, il lui fera signe de s'asseoir. Rien ne presse, le soleil n'entre pas dans le bureau 132. Ou si peu. Ce qui passe de ses rayons s'éteint en traversant l'œil-de-bœuf donnant sur les toits.

Voilà, il a demandé à Marceau de s'asseoir. Sa

voix s'est adoucie. S'il était matou, on croirait qu'il va jouer avec une proie. Mais il n'aime ni les chats ni le jeu. Ses années à côtoyer la saleté humaine l'ont desséché. Seul lui importe le temps qui reste à tirer. Il voudrait en avoir suffisamment pour liquider ses dossiers, voir enfin son bureau vide. Il a appris à aimer le vide. Pas de chance, une affaire à peine classée, une nouvelle prend sa place. Il a lu, jadis, l'histoire de Sisyphe. Son rocher à lui est en papier, il n'est pas moins lourd. L'homme soupire. Sous le coude, il a le dossier de Marceau. Il l'a ressorti. Il lui demande pourquoi il renoue avec des amis si vieux. Leur temps est mort. Ils le seront bientôt. Alors, il demande pourquoi. Il dit aussi que Cluseret a beau être un emmerdeur, un coco casseroles au cul, c'est un élu de la nation. Il a son siège à l'Assemblée, sa place à la buvette, son nom dans *L'Écho de la Chambre*. Des choses pas données à tout le monde. Cluseret y a droit. Il a aussi le droit de ne pas être importuné à tout propos. Surtout quand les propos sont vaseux. L'homme a prononcé vaseux avec gourmandise. La boue lui plaît. Si Marceau en avait repéré sur la redingote de Cluseret, il ne manquerait pas de l'en informer, n'est-ce pas ? Son « n'est-ce pas ? » n'a nul besoin d'être répété pour qu'on le comprenne. Tant pis, il le répète.

N'est-ce pas ?

Mais Marceau n'est pas là pour ça. Voyons, que peut-il faire pour lui ?

Rimbaud ?

L'homme est perplexe.

Arthur Rimbaud ? Marceau s'intéresse à Rimbaud ?

Sous son crâne, les neurones dévident un écheveau de relations, d'hypothèses, de possibilités.

Il fait glisser le dossier Rimbaud sur celui de Marceau. Un petit dossier, celui du poète. Le 132 n'est pas le bureau des mœurs et tant que celles-ci se limitent aux artistes, elles ne valent pas de fouetter un chat. L'homme n'aime vraiment pas les chats. Soit, il apprendra à Marceau ce qu'il sait sur Rimbaud. Rien là-dedans ne tire à conséquence. Et le fil appelant une aiguille, il pourra peut-être servir à la sienne.

Ainsi, Marceau est resté l'ami des arts. Courbet, Verlaine, Vallès, Gill…

Ce pauvre Gill. Marceau a-t-il lu l'hommage que Daudet lui a rendu ? Beau texte. Et bel exemple. Alphonse Daudet n'était pas un partisan de la Commune, c'est un euphémisme, cela ne l'a pas empêché d'aider Gill. L'art, n'est-ce pas… L'art s'élève au-dessus de nos petites idées, l'heure est loin où elles prenaient les armes. Le temps a passé, la République porte bien les ans. Adulte, apaisée, apaisante. Ah ! L'amnistie. Belle et grande chose que l'amnistie. Marceau n'en a pas eu besoin. Voilà qui les rapproche. Que sont-ils, tout de même ? Hier ils embrasaient Paris. Les années les séparent et les voici réunis. Ici, dans le temple d'un ordre qu'ils avaient défié. Mais ont-ils été jamais séparés ? Il est des liens impossibles à dénouer. Même distendus.

N'est-ce pas ?

Rimbaud, donc.

Marceau aime décidément la poésie. Verlaine, Hugo… Tiens, Marceau ne s'est pas montré à l'enterrement d'Hugo. Ni à celui de Verlaine… On ne le voyait plus beaucoup ces derniers temps… Sauf dans les baraques foraines. Ah ! Le cinématographe. Croit-il à son développement ? M. Lumière prétend que l'invention n'a aucun avenir commercial, mais Louis, son fils, n'est pas de cet avis. Qu'en pense Marceau ? Son ami, M. Pathé, en tient pour Louis, n'est-ce pas ? Mais il voit plus loin. Jusqu'en Amérique, dit-on. L'Amérique…

Rimbaud, il oubliait Rimbaud. Quoique non, justement, il ne l'oubliait pas. L'homme n'oublie rien.

N'est-ce pas ?

Or donc, venons-en à cet Arthur, paix à son âme, qui semble captiver Marceau…

C'est qu'il bouge beaucoup, notre Arthur… Enfin, quand il bougeait encore… La Suisse, les Pays-Bas, l'Angleterre, l'Afrique… Elle ne lui a pas réussi, l'Afrique… L'emmerdant avec les vadrouilleurs, c'est qu'on les perd souvent. Un jour ici, un jour ailleurs. Ils n'arrêtent jamais. Toujours en mouvement. Comme les images du cinématographe. Monsieur Rimbaud, si « monsieur » il y a, ne tenait pas en place. Ah, il est tout de même repassé par Paris. En 1878, voilà qui nous rajeunit…

Qu'avons-nous là ? Un rapport de police. Daté du 18 août. « Le poète Rimbaud se montre sans embarras au café de Madrid. » Marceau aurait pu le rencontrer. Mais à l'époque Marceau ne fréquentait pas le café de Madrid. C'est dommage car, cette même année, le citoyen Rimbaud sollicite un engagement dans la marine américaine. Mais ça, Marceau le sait.

Il le sait… N'est-ce pas ?

Ensuite nous trouvons la mort du père, la Suisse, l'Italie, l'Égypte, Chypre… Des trous noirs aussi, on ne peut le suivre partout. Pourquoi le ferait-on ? Menu fretin. Vaguement communard, franchement pédéraste… Vagabondage, quelques esclandres, un coup de pistolet, ah, il en est victime. À Londres… Rien qui justifie un quelconque intérêt. Ni qui explique celui de Marceau.

Tout de même, Cluseret, Rimbaud, Carjat… Oui, Carjat. Marceau est bien passé à son atelier ? Allons, qu'il ne se braque pas. Il ne s'agit que de routine. Ces dernières années, les anarchistes ont flanqué la frousse aux honnêtes gens avec leur propagande par le fait. Ravachol, Vaillant, Émile Henry, des lanceurs de bombes, ça secoue le bourgeois. Et ça donne des idées. 3 929 lettres de menace rien qu'en une année. Mon proprio augmente mon loyer ? Je lui expédie une bafouille signée les Dynamiteurs de Belleville. Mon chef de bureau m'insupporte ? Les Vengeurs des Batignolles lui promettront un mauvais sort. Des fariboles, du flan, mais à force le flan indispose. Au final, qui en hérite ? Il demande ça en montrant sa pile de dossiers. Il soupire, concède que Marceau a passé l'âge des farces, que les communards étaient d'un autre acabit... Du moins les authentiques, car entre nous... Il n'insistera pas. Marceau sait ce qu'il veut dire.

N'est-ce pas ?

L'homme ne cille pas. Il ne cillait déjà pas au temps de la Commune. Ses yeux fixes... La maladie a progressé. Elle peut dormir longtemps. Réveillée, elle se déroule comme un serpent paresseux et chemine doucement. Elle traîne. Elle ronge un nerf, une synapse, ce qu'elle trouve en passant. Elle laisse derrière elle de petites ruines, des zones mortes. C'est moche en bout de course. Un jour viennent les chutes à répétition. Un autre, les souvenirs confus. Puis le raisonnement qui s'égare, la parole qui s'embrouille, la tremblote. Le tout ensemble, à la fin. On se renferme sur soi, on se recroqueville comme un fœtus à reculons et on avale son bulletin de naissance sans plus savoir le nom qui est écrit dessus. Richard en est loin, la maladie est parfois très lente. Elle avance, pourtant. Il le sait. Il finira à Bicêtre, comme Gill. Mais avant qu'il ait tout oublié, il aura liquidé ses dossiers, et ceux qu'ils contiennent.

Richard observe Marceau. Il lui demande pourquoi il s'est remis en branle. Qu'avait-il besoin ? L'histoire ancienne doit le rester. Les antiquités ont leur place au musée. Des salles réservées, des vitrines pour elles seules, peu de visiteurs et c'est bien ainsi.

Richard est ennuyé. Depuis vingt-sept ans, Marceau dormait, son réveil le dérange. Marceau comprend, n'est-ce pas ? Le monde est ainsi fait qu'il tourne à peu près rond. Il faut s'en contenter, on n'a pas trouvé mieux. Richard referme le dossier Rimbaud. « Fretin », il redit. « Minuscule poisson mort et enterré. » Ses yeux sont deux billes ternies. « Bon Dieu, tu te souviens ? » il demande tout à trac. Dans la pièce, le jour a baissé, c'est la seule réponse à faire. Richard n'en attend pas d'autre. Il retourne à son écritoire. D'un revers de main, il chasse Marceau comme on balaie une poussière sur sa manche. « Ton Rimbaud n'a jamais mis les pieds aux Amériques, Marceau. Va-t'en ! »

Marceau se lève tandis que Richard souligne, d'un trait de crayon, son nom sur son dossier. Il l'entend lui conseiller de se rendormir puis il retrouve le couloir. Il n'a pas fait trois pas que la voix traverse les murs. On dirait qu'elle crie, il ne se souvient pas d'avoir entendu Richard crier auparavant, mais on dirait qu'il crie.

« Mon auberge était à la Grande-Ourse. Mes étoiles au ciel avaient un doux frou-frou… Quelles foutaises ! »

Les jours suivants, les prises de laudanum se rapprochèrent. Sur sa mer opiacée, où gîtaient des bateaux ivres, Marceau rejoignait Dana, les fantômes de Buguet et des Indiens peinturlurés. Il accostait des contrées lointaines. Des paysages mouvants déroulaient leurs plaines molles, des montagnes ténébreuses et des marais putrides. Les mains de Dana les survolaient, papillons noirs rapaces. Marceau pataugeait dans des bourbiers aux vapeurs de gangrène et de cervelle répandue. Il cherchait, dans le sirop d'opium, des visions de saint et des révélations.

Du plus loin, Dana lui parlait. Il gueulait muet dans sa langue des signes. Il annonçait son retour.

Entre deux prises, Marceau, cachectique, traînait dans Paris. On le voyait tuberculeux, syphilitique, cancéreux. On le pensait rongé, pourri, Job sur les cendres du fumier. On s'écartait de la contagion. Ça tombait bien. C'est personne qu'il voulait voir. Les morts, seulement.

Il reprenait les chemins évités, les rues du passé. La cour du Commerce Saint-André n'avait pas changé. Pavés bombés, échoppes, copeaux, café Procope. En été, elle se parfumerait de jasmin et de tabac virginien. Plus lourds dans l'air flotteraient la colophane du luthier, le merisier de l'ébéniste en vis-à-vis.

Au sortir de la cour, Marceau ne reconnut pas l'allée du Jardinet. Une rue l'avait balafrée. La mère Gaittet avait fichu son camp. À Thiais, cimetière des pauvres. Plus d'odeur d'encre sous ses fenêtres quand le vent y furetait, fouineur.

L'atelier de Courbet, rue Hautefeuille, ajourait toujours l'immeuble bourgeois, mais un barbouilleur académique avait remplacé l'ours déboulonneur de colonne et de badigeonneurs décorés. Effacée, la rue Larrey. Le boulevard Saint-Germain l'avait boulottée. Les rares vieillards qui flairaient encore la tambouille de La Marmite mangeraient bientôt les pissenlits par la racine.

Marceau errait. La gorge nouée. Une boule en travers. Grosse de tout ce qu'elle contenait. Les visages, les voix, des phrases et des rires déchirés. Des balades à la lune, des étoiles, les chansons en tête. Des nuits blanches et des matins de rosée.

Jardin du Luxembourg. Les statues, des silhouettes. Des piafs et des amoureux, becquées gentilles. À fendre l'âme. Marceau s'est laissé tomber sur un banc. La boule, dans sa gorge, a crevé. Et c'est de l'eau sur son visage. « Seulement de l'eau », il sanglote. Hoquetant, secoué, il fait polichinelle au bout de son fil. Un enfant le dévisage. Une grisette passe, cornet d'oublies en main, son geste suspendu. Elle a du sucre sur les lèvres et des printemps à venir. La bonde est lâchée. Marceau chiale. Il est vieux. Môme perdu, veau sans sa mère. Le cinéma dans sa tête ne cesse pas de tourner.

Marceau se réveille dans un bourdonnement. Il pense aux abeilles, aux ruchers du Luxembourg. Pas d'abeilles dans son lit. Son lit ? Des voix émergent. Elles disent qu'il reprend connaissance. On tapote son oreiller. Une odeur de bouillon, l'air de la rue, une fumigation. Une des voix a dit « pour chasser les miasmes ». C'est distinct, à présent. Marceau ouvre les yeux. Deux silhouettes dans la lumière trop vive. Il fait signe d'éloigner la lumière. Quelqu'un ferme les persiennes. Ses yeux accommodent. Sur la chaise, près du lit, la trousse d'un médecin.

« Terminé, le sirop ! » La voix est autoritaire. Une voix forte de science et de prescriptions. « Vous n'aurez pas toujours la chance qu'on vous ramasse à temps. » Sur la table de nuit, le flacon de laudanum.

Crissement d'une plume sur du papier. « Pour le docteur Blanche. C'est un ami. Il dirige une clinique. Il vous aidera. Il connaît la musique. »

Le toubib a coiffé son chapeau. « Voilà, qu'il avale ça trois fois par jour en attendant. Ça devrait l'aider à tenir. » L'autre voix remercie. C'est une qui baisse d'un ton devant l'autorité et ceux qui la portent en sautoir. La concierge. Elle déblatérera plus tard. Dos tourné.

Des pas, la porte qu'on referme et la concierge revient dans la chambre. « Si c'est pas malheureux. Vous ne teniez plus debout. Votre ami a eu un mal de chien à vous monter jusqu'ici. » Marceau demande qui est son ami. La bignole l'ignore. Comment veut-il qu'elle le sache si lui-même… « Non, il n'a pas laissé de carte. Pas de nom, rien. À part de quoi payer le médecin. » Elle n'est plus du tout modeste, sa voix. C'est une ortie qui se redresse, le vent passé.

Quelle tête avait l'ami ? Est-ce qu'elle sait ? Elle n'a pas pour habitude de dévisager les gens. En tout cas, il était homme du monde. Un monsieur. Ça la change, si Marceau voit ce qu'elle veut dire.

Ce qu'il voit Marceau, c'est le pourliche empoché par la pipelette. Son « monsieur » sent le trèfle. Un généreux, ça devrait éclairer sa lanterne.

Pathé ? Non, Pathé aurait attendu son réveil. Alors, qui ?

Sur le mur, les mains de Dana ont bougé.

Marceau ne rêve pas, l'effet du laudanum s'est dissipé. Les mains de Dana ont bougé. Les photos de Carjat ont changé de place. Peu de chose, quelques millimètres, le cliché central a été dérangé. Le mur laisse voir les marques de l'épingle qui le fixait.

La concierge s'éclipsait. Marceau la retient. Hors du lit, il est château branlant. Sa main sur elle la surprend. Elle croit à un malaise. « Recouchez-vous ! » Il n'écoute pas, il veut savoir si l'homme est resté seul avec lui. « Votre ami ? » elle demande. Il a bien fallu, elle courait quérir le médecin. Une chance qu'il soit resté, son ami. Marceau peut s'estimer heureux. Dans son état, la prudence… Marceau se fout de la prudence. Il se fout de la pipelette. Il l'entraîne vers la porte. « La potion… » elle insiste. « Le docteur… Trois fois par jour. Faut que j'aille vous l'acheter. Vous n'êtes pas en état de descendre. » Sa main se tend, rapport au coût du remède. Marceau la repousse. « Plus tard, plus tard… » Sur le palier, sa main vide, la concierge en est pour ses frais. Mettez-vous en quatre, vous ne serez pas déçu. Depuis le temps, elle devrait savoir, l'humain n'est pas reluisant. Les bêtes sont plus reconnaissantes. Marceau peut se fouiller, il ira la chercher, sa potion ! Son ami, au moins, a des manières. C'est pour ça qu'elle tiendra sa promesse. Elle va le surveiller, Marceau, puisqu'il lui a demandé. Tout de même, avoir un ami pareil et ne pas s'en souvenir.

La concierge partie, Marceau a fait l'inventaire de sa chambre. Seule la photo sur le mur a été déplacée. Peut-être l'inconnu l'a-t-il simplement raccrochée parce qu'elle était tombée. Ou qu'intrigué par les mains il a voulu les voir de plus près. Quoi d'étonnant ? Tout le reste y est. Le portrait de Dana par Carjat, le coffre aux souvenirs, le livre de Verlaine où il présente Rimbaud.

Rimbaud… l'Amérique… Qu'il n'y soit pas allé ne change rien. Il avait préparé son voyage. Richard est un crétin. Les argousins le sont tous. Fouinards, retors, méthodiques, mais bêtes ! Incultes, surtout. Le voilà, le mal. La culture au ras des écrase-merde.

Au rapport, les faits, les dates ! Sorti de là, le vide. Des baudruches. Des adjudants de semaine gonflés d'air. Rimbaud aux Amériques ? Négatif, c'est établi, attesté ! Tel jour ici, on le signale, tel autre là, on l'aperçoit. Marseille, l'Afrique… Ah ! L'Afrique… Là, on le perd. Évidemment. L'Afrique, n'est-ce pas… Imbécile ! Plus de traces, soit, mais le continent noir est loin des Peaux-Rouges. Fussent-ils criards. Fussent-ils.

Rimbaud n'a pas gagné l'Amérique ? Et après ? Marceau le voit, sur un dock de Londres, contempler l'amarre rompue du steamer qu'il comptait prendre. L'argent de la traversée tombé de ses poches crevées. Il le voit à La Haye, les joues rougies par l'air du large et le regard trouble d'un matelot batave. La goélette ne l'a pas attendu. Il voguera sur d'autres eaux. Marceau le voit, les ongles rongés, lorgner la cagnotte d'un tripot portuaire et l'eustache du malabar qui la surveille. Il le voit recompter ses billets dans un bureau maritime, sous l'œil las d'un caissier de la Transat. Il bafouille que c'est impossible, que la somme y était, mais le type sera toujours celui à qui on ne la fait pas.

La Commune perdue, le coup manqué, Dana enfui. Que faire si ce n'est prendre le vent ? L'essentiel est qu'il souffle. Verlaine, bien sûr Verlaine. Pauvre Lélian, popote, geignard, l'aventure dans l'encrier comme un bateau en bouteille. Les bouteilles, que Verlaine les siffle ! L'Amérique en cale sèche, lui, Rimbaud, sera courant d'air, sable du désert emporté par le sirocco. La poésie avec. Dispersée. Elle a déserté les livres. Choses mortes. Elle est sous la semelle des sandales, dans le balancement des chameaux, la poussière des chemins. Elle est dans les tatouages mauresques, la poudre à fusil, le tintement des bracelets. Le vent la charrie. Il suivra ce vent-là. Il emporte avec lui le frou-frou des étoiles.

En descente de laudanum, Marceau est extralucide. Voyant, lui aussi. Rimbaud en Afrique, à sa façon, rejoint Dana. La fuite, l'errance, l'infini des espaces. Le violon des romans, le chiqué des images. Leurs routes se ressemblent. Les océans ne comptent pas, les latitudes importent peu. Leurs soirs d'été ont le même bleu. Les bourres n'en saisiront jamais la couleur. Desséchés qu'ils sont par la logique. Leur horizon bouché par les barreaux, les salles de garde et les procès-verbaux. Les faits, les dates ! En colonnes, par deux. Addition, soustraction, conclusion. Irréfutable. Rimbaud n'a jamais mis les pieds aux États-Unis. Trait tiré, l'affaire est classée.

Imbéciles. Celle de Dana l'était tout autant. Dossier clos. Casé, rangé sur le rayonnage d'un obscur sous-sol de la préfecture de police, du Palais de justice ou d'une annexe. Une porte marquée Archives. Un dédale salpêtré. Des gratte-papier au teint de suaire, les yeux rouges de mauvaise lumière. Travée D. Affaire Dana. Cachetée, tamponnée, filigranée. Foutaises.

Dana, le vrai, s'est réveillé. Comme la maladie de Richard. Il chemine, lentement. Comme elle.

Il arrive.

« Pas en état de descendre. » La bignole ne changerait jamais. Gluante ! Guette-au-trou ! Quand Marceau traversa la cour, il la devina dans sa loge.

La rue lui fit l'effet d'un vulnéraire. L'apothicaire créchait à deux pas. Il poussa jusqu'à l'officine. En le lorgnant par-dessus ses bésicles, le potard lui délivra la prescription du médecin. Marceau l'empocha et descendit vers Saint-Ouen. Le pavillon de l'octroi marquait la porte de Paris. Barrière franchie, les fortifications faisaient place au champ de manœuvre. Depuis que le préfet Poubelle les avait relégués aux banlieues, les chiffonniers y remplaçaient les militaires à l'exercice. L'achalandage du pauvre ne souillerait plus Paris. Le marché aux puces entassait ses rebuts au pied des murs de ceinture. Cabanes en planches, cartons et braseros, le royaume des chiftirs baignait dans les fumées et les relents d'humide. Entre un ferrailleur et un marchand de graisse, Mazurka tenait boutique de nippes. « À la belle toilette ». Elles valaient dix, ses frusques. Les mettables au décrochez-moi-ça, le reste en tas. Élimé à corde, le chiffon trouvait encore preneur. Deux sous le sale, quatre le propre. Au poids, le reste ferait du papier.

C'était le royaume des courants d'air, la cahute de Mazurka. Il y fourgonnait, mitaines aux mains, trois couches de fripes sur le dos. Son museau taché de son s'était plissé de rides. Elles lui faisaient la tête d'une musaraigne.

Il semblait surpris de voir un bourgeois. Ils s'aventurent peu sur la zone. Il chaussa les lorgnons qu'il avait remontés sur son front et son visage se déplissa comme un tissu sous le fer. « Monsieur ? » il dit, manière de s'enquérir du pourquoi de la visite.

Son crochet de biffin était posé sur ses chiffons. Au regard qu'il lui jeta, Marceau sut qu'il l'avait reconnu. « Monsieur ? » il répéta. Sa voix avait blanchi. Marceau fut le premier à saisir le crochet. Il regarda Mazurka comme un qui ne comprend pas. L'autre reculait. Marceau se sentait vieux. Il tendit le crochet : « C'est ça que tu veux ? Prends… » Mazurka hésitait, son museau replissé. Marceau haussa les épaules : « Je m'en allais, les poings dans mes poches crevées / Mon paletot aussi devenait idéal… » Mazurka le jaugeait. Un verre de ses bésicles, fêlé, lui balafrait l'œil.

Marceau récitait toujours. « Mon unique culotte avait un large trou… » Il dit que le poème devait plaire à un biffin. Il dit que Mazurka s'en était bien tiré. Il dit qu'il avait été heureux de l'apprendre. Il ne mentait pas. Il en avait été heureux. « Les Enfants perdus… » il dit encore, lointain. « Tu te souviens ? »

Mazurka ne pigeait pas. De quoi devait-il se souvenir ? Il se plissait de plus en plus. Une grosse réflexion. Et l'inquiétude.

Marceau ne lâchait pas le crochet : « Bien sûr, tu te souviens… » Dehors, le vent s'était mis de la partie. Un basson. « Rimbaud. Tu t'en souviens, pardi… » Mazurka opinait. Marceau parlait de Dana, d'un transfert de fonds… C'était décousu. Autant que les fripes. Mais si Marceau cherchait du souvenir, Mazurka lui en donnerait. Du Rimbaud, du Dana, autant qu'il en voulait… Mais le transfert, là, il butait, on le voyait à ses plis. Tout à fait musaraigne. Sa mémoire, il en raclait le fond, les coins reculés. Le crochet en main, Marceau l'encourageait, un mot après l'autre. Les gardes nationaux, la solde. Oui ! La solde, ça, Mazurka se souvenait, il l'avait perçue, la solde. La Commune était réglo. Sans elle, il serait mort de faim. Elle était réglo sur tout, la Commune. L'arnaquer ? Une bien sale pensée. Un tour de cochon joué au peuple. Un crime, autant dire. Dana avait… Pas possible… Marceau lui en apprenait de belles ! Il tombait des nues. Loin de se douter… Trop tralala, lui, trop petite tête, personne ne l'aurait affranchi… Rimbaud ? Il trempait là-dedans ? Quelle histoire ! Rien. Rimbaud non plus ne lui avait rien dit. Nib ! C'est qu'ils n'étaient pas collés, tout de même. Enfin, Marceau voyait ce qu'il voulait dire… Arthur n'avait pas moisi. La bougeotte, il l'avait perpétuelle. Et puis, il ne trouvait pas Mazurka assez poème. Pas Verlaine pour un liard… Maintenant, à y repenser, des choses revenaient. Des détails. On ne prête jamais attention aux détails… Tiens : « Je est un autre. » Rimbaud disait ça : « Je est un autre. » Ça ne signifie rien… Ou ça explique… Cet autre-là c'était le Rimbaud des coups en douce. Mazurka ne l'avait pas deviné… L'Amérique ? Ils en avaient causé. « L'Arthur traînait un bouquin d'*outlaws*. Des genres de bandits. Ceux du bouquin étaient du Missouri. Le type qui l'avait écrit avait roulé sa bosse : chercheur d'or, marin, déserteur, il avait vécu avec les Comanches. Arthur m'a assez bassiné avec les Peaux-Rouges. Les Indiens, c'est quelque chose, je ne dis pas, mais c'est les Versaillais qu'on se coltinait sur le sentier de la guerre. »

Mazurka reprenait son souffle. Marceau avait posé son crochet, étonné de l'avoir gardé en main. Il avait le regard de la grande fatigue.

Sa voix surprit Mazurka et sa question plus encore. Marceau demandait si *Les Outlaws du Missouri* parlait de la main du mort. Marceau parti, Mazurka chercha longtemps ce qu'il avait voulu dire.

Cluseret, Richard, Mazurka, restait Vuillaume. Maxime maniait toujours la plume. Il la trempait dans l'encre de *L'Aurore*. Un nouveau journal. Il y avait retrouvé deux anciens de la Commune. Arthur Ranc, un condamné à mort, comme lui, amnistié, comme lui, et Clemenceau. Marceau prit le chemin de la rue Montmartre.

À l'heure des sorties de presses, le quartier du Croissant sentait le labeur et le papier noirci. Du Sentier à l'Opéra, les imprimeries faisaient tourner leurs rotatives. *Le Petit Parisien*, *Le Gaulois*, *Le Matin*, *La France*, *L'Illustration*, *Le Figaro*, tous perchaient là, dans le même carré, les mêmes rues, les mêmes immeubles parfois. Jusqu'à la *Gazette des chemins de fer* et *La Cote Desfossés*. À l'aube, les crieurs filaient, musette bourrée, paquets sous le bras, brailler les nouvelles aux passants. Des carrioles décarraient vers les kiosques. Manches relevées, les typos faisaient la pause avant de revenir à l'huile de coude. Fatigués, les nuiteux retrouvaient la rue et le premier jus au comptoir. Bientôt, les rédactions prépareraient l'édition suivante.

Rue Coq-Héron, rue Bergère, rue du Croissant, rue de la Grange-Batelière, les quotidiens affichaient leurs unes. *L'Aurore* logeait rue Montmartre. Marceau s'engouffra sous son porche, évitant la voiture d'une messagerie et son percheron. Le concierge leva le nez de son journal encore frais et le mit à sa fenêtre. Les bureaux étaient au troisième, mais ces messieurs n'y étaient plus, on aérait. L'étage en avait besoin, la conférence de rédaction s'était prolongée. Grosse affaire. M. Zola en personne y avait participé. À cette heure, les journalistes qui n'étaient pas rentrés se coucher prenaient leur petit déjeuner aux Typographes, la brasserie d'en face.

Ils sentaient le café, le vin blanc et le tabac gris, les Typographes. Avec par là-dessus des relents de chien mouillé. Des parfums qui vous enroulent, font naître des idées embuées et des envies de banquettes. Vuillaume occupait la sienne en fond de salle. Le temps n'avait pas effacé l'expression moitié rêveur, moitié dandy qui avait fait tourner de jolies têtes. Son compagnon, bien que jeune, affichait une calvitie précoce, une barbiche Empire et un embonpoint de bon vivant. Sous ses lorgnons à l'ancienne, ses petits yeux auraient percé un mur. Vuillaume n'avait pas touché à sa tasse. Une bouffée de passé chavira Marceau. Vingt-sept ans après le temps des cerises, Maxime laissait toujours refroidir son jus.

Marceau se planta devant la table. Penchés sur une feuille raturée, les deux hommes ne le voyaient pas. Il surprenait des mots à la volée. Il était question d'un capitaine Dreyfus et d'un article qui allait faire du bruit. Marceau toussa. Sans résultat. Un garçon, plateau en équilibre, l'écarta pour servir une commande. Marceau vint se placer à contre-jour. Son ombre porta sur la table, Vuillaume leva enfin les yeux. Et laissa sa phrase en suspens. Marceau, immobile, demeurait silencieux. Vingt-sept ans les séparaient. Une vie. Si loin, le Père Lamotte, La Marmite et la pension Laveur. Si vains leurs rires et leurs espoirs. Si morte leur jeunesse. Cendres et poussières. Vuillaume voyait tout ça, lui aussi, et Marceau décati. Une fin de tout.

Marceau sentait monter l'envie de pleurer. Il était venu chercher quoi, qu'il ne sache déjà ? Il n'entendit pas Vuillaume prononcer son nom, il n'entendit pas le garçon de café gueuler quand il le bouscula, il n'entendit pas le carillon de la porte quand il se rua dehors. La rue lui sauta au visage avec ses passants, ses fiacres et ses livreurs de journaux. Tout ce dont il se foutait.

Marceau passa les jours suivants à essayer de fuir le laudanum.

Charles Pathé s'inquiétait. Son ami ne venait plus aux studios. Il espérait que rien de fâcheux… Pathé venait de recevoir de nouveaux films sur l'Ouest sauvage. Ed Porter les avait envoyés à l'intention de Marceau. Ils le distrairaient. Pourquoi ne pas les visionner ensemble ? L'un d'eux montrait une incroyable tireuse à la carabine. Elle se produisait dans le show de Bill Cody dont tout le monde parlait. Pathé n'avait jamais vu de tireuse aussi rapide. Il n'avait, il est vrai, jamais eu l'occasion de croiser beaucoup de pistoleros. Hormis ceux des folioscopes… Trêve de plaisanterie, Pathé espérait la visite de son ami. Son jour serait le sien.

Marceau replia la lettre. Le lendemain, il était chez Pathé.

Ed Porter faisait bien les choses. Il avait agrémenté ses films de ce whiskey qu'il prisait tant. « Le parfum du Tennessee pour son cher ami de Paris. » Porter le lui expédiait dans cette drôle de bouteille rectangulaire que le distillateur, M. Jack Daniel, venait de concevoir. En remerciant à nouveau Marceau pour son idée de « film dans le film », il précisait que « le “Jack” était le whiskey favori de Calamity Jane ».

L'« incroyable tireuse » qui vidait le chargeur de sa winchester dans la poitrine d'un roi de cœur n'était pas Calamity. Mais elle évoquait l'image du livre qu'Ed Porter avait envoyé quelques semaines plus tôt. Crinière de lion et minois de poupée, elle se nommait Annie Phoebe Oakley. Le film, trente-six secondes, s'achevait sur un carton écrit de sa main : « J'aimerais voir les femmes manier les armes aussi naturellement qu'elles manient les casseroles. »

Pagnes et grigris, le second film montrait des Indiens faisant la danse du bison. Cadrés serrés, ils paraissaient tourner en rond dans la cour d'une prison ou la cage d'un zoo. Le dernier film suivait la foule escortant la parade du Wild West Show. Défilé de cavaliers, de Peaux-Rouges emplumés, de diligences, de carrioles. Flot de badauds. Gamins excités, policemen, hommes à chapeaux melons, à cigarettes, à casquettes… Marceau se demanda où se cachaient les femmes. En passant, des types reluquaient la caméra plantée sur le parcours. Aimantés. L'envie bien nette d'être à l'image. Ils ne la verraient sans doute jamais, l'image. Mais ils y seraient. Ils le raconteraient. Ils feraient autorité. Importance. Ils avaient été filmés.

Sur le banc de son chariot, le cow-boy qui se détourne n'est pas de ceux que l'objectif fascine. On pourrait même croire qu'il ne l'a pas vu. Mais son mouvement de tête est trop soudain. C'est celui d'un homme qui refuse d'être filmé. L'attention de Marceau fléchissait, elle vient de redoubler. Un tressautement, sa main crispée sur l'accoudoir du fauteuil… Pathé s'en est aperçu. Quelque chose l'intrigue ? Non, on ne peut pas revenir en arrière. Demain, peut-être, de nouveaux projecteurs le permettront. Demain, le monde sera cinéma. En attendant, un rembobinage et la pellicule sera prête pour une nouvelle vision.

Wild West Show parade, deuxième ! Sur l'écran le défilé reprend. Mêmes cavaliers, mêmes badauds, les enfants, les policemen… le chariot bâché… Il va passer dans le champ. Voilà. L'homme sur le siège… Il tourne la tête. Pas le temps de distinguer son visage. À peine celui d'apercevoir les taches dessus. Le grain de la pellicule ? Non, Pathé est formel. Il ne croit pas davantage à un défaut sur la copie, elle est de qualité. Des ombres ? Les taches sont trop petites, trop nombreuses et la position du soleil place le cowboy hors de portée des ombres. On ne peut exclure une aberration chromatique faussant la perception des gris, mais qu'elle n'affecte qu'une si mince partie de la pellicule la rend peu probable. Des cicatrices ? Pourquoi Marceau parle-t-il de cicatrices ? Les taches évoquent plutôt ce pointillisme qui commence à être prisé par les peintres. Il faudrait que les cicatrices proviennent de brûlures, acide ou cigarettes. À moins qu'une maladie… Le charbon, la variole.

Le joueur du *Cripple Creek* et le cow-boy de la parade traînaient les shows forains. Ils refusaient de montrer leur visage… Marceau ruminait des ressemblances, remâchait des parentés. Un médecin aurait diagnostiqué une de ces idées fixes qu'on nommait depuis peu névroses obsessionnelles. Marceau n'aurait pas été le premier de la bande à tourner maboul. Allix, Gill, Vermersch, Verlaine… Les nuits plus blanches qu'un alcool fort et les rêves en quenouille vous usent les nerfs. Un mauvais jour, ils lâchent comme une corde râpée.

Dana disparu, Dana ressurgi de l'au-delà, Dana aux messages télépathes, Dana troubleur de songes, Dana gâche-sommeil, Dana suceur de moelle, Dana colleur aux basques, Dana brise-miches et casse-tête, Dana tu-commences-à-me-courir-sur-le-haricot.

« Le haricot ! »

Sur le pas de sa loge, la pipelette est pantoise. Marceau jase tout seul. Le geste excédé, moulinant le vide, les tics sautant comme des puces. Il traverse la cour, tout marmonnant. Un grommelot où flotte son « haricot ! ». La bignole était sortie l'avertir, il ne la voit pas. « Votre ami est revenu », voilà ce qu'elle voulait lui dire. Tant pis. De toute façon, Marceau finira mal. Ça n'aura pas été faute de mises en garde. De petits soins. Jamais un merci. Pas une étrenne. L'engeance des Marceau, c'est la mort du métier, la fin de la concierge.

Qu'il aille se faire pendre.

Une semaine plus tard, elle crut qu'il l'avait fait. À force de ne plus le voir, elle gambergeait. Une semaine. Si Marceau était sorti, elle l'aurait remarqué. Les locataires, elle pouvait faire la liste de leurs habitudes. Dire leurs allers, leurs venues, leurs visites et le genre des visiteurs. À l'oreille, elle en distinguait l'espèce. Le pas lourd de la veille connaissance. Le furtif de l'amant, précautionneux mais pressé de grimper au septième ciel. L'hésitant de celle qui vient céder, brûlante d'envie, mais qui tremble à l'idée de la faute et de ses conséquences. Elle a l'ouïe fine, Adélaïde Guyard, concierge de son état et pas chiche à la tâche.

Alors, tout de même, une semaine. Le Marceau, dans son cinquième, peut-être faudrait-il y jeter un œil. Elle le voit déjà pendu, olivâtre, la froideur du marbre, et cette raideur. Leur ultime plaisir, on raconte. La secousse, fulgurante, et leur blanc qui jaillit d'eux. Des morts obscènes, les pendus. En montant les étages, elle s'attarde sur l'idée. « Obscène », elle se répète. Le mot en bouche comme un fruit défendu. Au cinquième, son cœur joue du tambour. C'est quelque chose, un pendu, dans une vie de concierge. Elle s'apprête au cri qu'elle va étouffer, à sa redescente, quatre à quatre, aux portes qui s'ouvriront sur son passage. On lui demandera « Qu'y a-t-il, madame Guyard ? » Et elle, sans s'arrêter : « Un malheur, mon Dieu. Un malheur... » Elle sèmera, comme ça, des miettes de nouvelle à chaque étage. Elle dira que c'est terrible... « Ce pauvre M. Marceau », elle dira... Au rez-de-chaussée elle finira par lâcher : « Il s'est pendu ! » Dans la cage d'escalier, les têtes penchées pousseront des clameurs, elles moulineront des « Mon Dieu ! », elles aussi, ou « Ça devait arriver... » Adélaïde entendra d'autres portes s'ouvrir, d'autres pas sur les paliers, et les toc-toc tapés chez ceux qui n'ont pas montré leur nez, et on se demande bien comment ils s'arrangent pour ne rien entendre, la maison pourrait brûler ils ne bougeraient pas !

Voilà, elle est devant la porte, Adélaïde Guyard, le palpitant qui cogne et la main hésitante. Enfin, elle se résout à frapper. Pas de réponse... Elle s'en doutait. Au fond, elle n'en est pas mécontente. Un pendu, c'est vraiment quelque chose. Elle frappe plus fort. Plus fort encore.

« M. Marceau n'est pas là ? » La voisine est sortie sur le palier. Ça va commencer. Adélaïde Guyard s'est composé un visage inquiet. Elle a vu ça au théâtre, boulevard du Crime. Un drame, plein de fureur et de sentiments. Une main sur la bouche, prête au cri, elle tourne la poignée : « On ne sait jamais... » Dans un instant, elle enverra quérir le serrurier. À moins qu'elle demande à un des locataires – il faudra un costaud – d'enfoncer la porte.

« C'est ouvert... » La voisine a gâché son effet. La

poignée manœuvrée, Adélaïde voit bien que la porte n'est pas fermée à clé, mais c'était à elle de le dire. Agacée, elle fait signe à la commère de rester sur le palier. Elle ne se laissera pas voler son pendu.

« Envolé. C'est comme s'il s'était envolé… »

Il est contrarié, l'ami de Marceau. « Envolé… » Voilà vingt fois qu'Adélaïde lui serine et franchement ça ne le satisfait pas. Il ne lui a pas graissé la patte pour qu'elle laisse son locataire s'envoler. « Bignole de mes deux ! » Il s'en veut de l'avoir jugée maligne mais il ne peut s'en prendre qu'à lui et c'est ce qui l'insupporte.

« Je l'aurais entendu sortir tout de même… » elle se défend, sa dignité offensée, ses qualités mises en doute. Elle n'y peut rien si Marceau s'est volatilisé. L'autre ne l'écoute plus. Trop occupé à contenir l'envie de lui claquer le beignet. Le regard qu'il lance lui cloue le bec. Ses yeux sont si fixes… Adélaïde se demande quel genre d'ami il est. Il fait le tour de l'appartement comme un lion celui d'une cage. Plus du tout amène. Marceau n'a rien emporté. Ses vêtements dans l'armoire, son sac, tout est là. Non. Sur le mur, les photos ont disparu. Celles du coffre, dans la chambre, y sont toujours, mais il y en a tant. Trognes anonymes, têtes connues. Toute la Commune dort là, de son dernier sommeil. Quels survivants Marceau a-t-il réveillés ? Carjat, Vuillaume, Mazurka, Cluseret… Pas Cluseret. Il est hors du coup. Trop bouffeur de juifs pour tremper dedans… Mais les autres, nom de Dieu, il y en a bien d'autres. Ne pas savoir lesquels, c'est la tuile.

Il tournicote, mauvais, puis se plante devant la concierge. Sa voix est blanche de colère contenue. « Si Marceau revient, je veux vous voir rappliquer dans la minute. Ne merdez pas une nouvelle fois… »

Elle monterait bien sur ses grands chevaux, Adélaïde. On ne la mouche pas, à l'ordinaire. Elle a sa réputation dans la chicane mais l'homme la met mal à l'aise. Malgré ses kilos et sa mauvaise graisse, elle entrerait dans un trou de souris s'il s'en présentait, mais elle se contente de rengracier et de céder le passage. Gros rond de flan, elle écoute le pas rageur de l'homme dans l'escalier, la porte claquée au rez-de-chaussée, l'écho sur les pavés de la cour. Quand elle ne perçoit plus que la rumeur feutrée de la rue, elle se décide à bouger.

C'est un gardien du Père-Lachaise qui a prévenu. De prime abord, il ne s'est pas inquiété. Pourquoi l'aurait-il fait ? Il connaissait Marceau. Enfin, quand il dit connaître, c'est manière de causer. S'il fallait connaître tous les habitués du lieu. Surtout qu'il en vient de sévères. Le cimetière les aimante. Il faut voir. Lui, en vingt ans, il a eu le temps de les étudier. Il les a classés. « Trois catégories », il explique en faisant le chiffre avec ses doigts, « les trois "i" ». Bizarreries, lubies, fantaisies… L'air du temps aussi. « Dès qu'il souffle sur une tombe, la voilà à la mode… » Il montre le carré Kardec. « Le tombeau du mage… Celui qui faisait tourner les tables… L'inventeur du spiritisme… » On ne se figure pas les mabouls qu'il attire. « Des renommés parfois… » Il indique aussi le gisant de Victor Noir. « Le malheureux, toujours en érection… Je ne vous dis que ça… » Tant mieux. Parce que celui à qui le gardien en raconterait bien d'autres s'impatiente. Il ne cille pas mais il s'impatiente. Alors, bref. C'est au pied du mur des fédérés qu'il a trouvé Marceau. « Son pèlerinage familier c'était plutôt la tombe de Jules Vallès. Et celle d'une femme qui aurait posé pour des peintres. Là, devant le mur, il était comme endormi. Vu qu'on venait d'ouvrir, je me suis pensé qu'il avait passé la nuit dans le cimetière. On en trouve toujours un ou deux qui ont réussi à se faire enfermer et que l'aube surprend. D'habitude, c'est pas le mur qui les attire… » Soit ! Il abrège. Marceau était recroquevillé. « On ne s'endort pas au milieu d'une allée. Quand le coup de pompe arrive, on cherche un coin propice. » Les chapelles ardentes, il dit qu'elles sont prisées. Il pourrait en donner, des exemples. « Moult et moult », mais il ira à l'essentiel. Marceau inconscient, pas moyen de le réveiller. Rien sur lui qui indique un nom, une adresse. Seulement une ordonnance et une lettre pour un médecin. « Le docteur Blanche. Sa clinique est connue ici, c'est pas rare que nos bizarres y prennent pension. »

La clinique, l'homme qui suit les traces de Marceau la connaît de réputation. Elle a accueilli Nerval, jadis. Maupassant, récemment. Sur l'insistance de son beau-père, Verlaine avait manqué y entrer. Il s'était défilé pour rejoindre Rimbaud à Londres. Allée des Brouillards, à Montmartre, puis hôtel de Lamballe, à Passy, les agités du bocal trouvaient un havre de paix auprès d'Esprit Blanche et de son fils Émile. Verlaine n'était pas le seul rescapé de la Commune à l'avoir approchée, la clinique. Léon-Émile Allix, médecin d'Hugo et frère de Jules, y prodiguait ses soins.

Il reçut l'homme dans son cabinet. Meubles acajou et Empire. La clinique se méritait. Marceau ? Un cas intéressant. Il ne pouvait en dire davantage. Le secret professionnel, son interlocuteur le comprendrait. L'autre, bien sûr, comprenait. Il le montrait à sa façon d'opiner et son air homme du monde. Un parent de M. Marceau, sans doute ? Un ami ? Il pouvait se rassurer, l'état du patient n'était plus alarmant. Son état physique, du moins. La dénutrition était enrayée. Elle accompagne souvent les affections nerveuses. Les malades ne songent plus à s'alimenter tant leur fantasme les obsède. M. Marceau reprenait des forces. Il semblait goûter à la nourriture qu'on lui servait. Un bon signe. Il annonçait l'amélioration.

Le médecin avait ouvert le dossier de Marceau. Les toubibs ouvrent toujours des dossiers avant de n'en rien dire. Léon-Émile Allix ponctuait sa lecture de « bien sûr » et de « oui » murmurés pour lui-même. Il s'attardait sur une photo, le sourcil levé, comme si elle confirmait un diagnostic. Il semblait complexe, le cas Marceau. Et bien passionnant. Pas extraordinaire, pour autant. L'abus de laudanum, les obsessions, on en voyait d'autres. La phobie des mains, dont Marceau souffrait, était connue de longue date. Gênante si on songe au nombre de mains qui vous entourent, à raison de deux par individu. Mais ce que ne s'expliquait pas le docteur c'était la présence de ces photos sur Marceau. Une phobie prédispose à beaucoup de choses sauf, justement, à porter sur soi des images de ce qui la déclenche. L'aide du visiteur pouvait s'avérer précieuse. Avait-il une idée du pourquoi de ces mains ?

Les photos. Quand leur usage serait répandu et leur technique modernisée, on pourrait en voir qui en disent long. Elles montreraient Dana et Manon, enlacés aux Tuileries par une nuit de lanternes. On les verrait, chez Laveur, leurs regards échangés, soudés si fort qu'ils se pénètrent. On les verrait, boulevard Richard-Lenoir, picorer des frites en cornet. On les verrait place Voltaire enveloppés dans la fumée d'une guillotine en flammes dont les bois éclatent. On les verrait écouter, attentifs et troublés, les vers incandescents d'un gamin déguenillé. On les verrait chez Verlaine, Mathilde aurait les yeux embués, Manon la consolerait de mots qu'elles seules entendent. On les verrait, quai de l'Hôtel-de-Ville, sous un ciel gris de cendres, regarder, fascinés, la pluie rouge d'escarbilles tomber sur les pavés. On les verrait ainsi et chaque photo dévoilerait derrière eux une ombre qu'ils ignorent. Celle de Marceau accroché à leurs pas.

Sur d'autres photos, on verrait, une à une, s'effondrer les barricades, le sang des communards couler sur les drapeaux, les Versaillais se rendre maîtres des rues, les corps jonchant le sol, les chevaux affolés galopant sous le feu. On verrait une bousculade, Manon perdre Dana. Et lui, fou d'angoisse à la pensée de ne pas la retrouver, cavaler vers un square, rue Haxo, parce que le souvenir d'un baiser, leur premier, pouvait les réunir. On verrait Beaufort regarder, incrédule, la déchirure de son bel uniforme et le sang qui y perle. On le verrait traîné, caillassé, lynché par la foule. On verrait le convoi de la Monnaie, ses chevaux hennissant, se frayer un chemin. On verrait les otages escortés jusqu'au square, les poings brandis sur leur passage, les cris et les crachats. On verrait un garde hébété, assis sur une borne, son fusil à ses pieds qu'il regarde en pleurant. Les otages alignés, dos au mur, mis en joue. L'ordre donné et les fusils qui tirent. Les corps couchés dans l'herbe et le temps suspendu. On verrait Amédée la stupeur dans les yeux et le cri deviné qui jaillit de sa bouche. Le fusil qui le vise, la balle qui l'abat. Et les mains de celui qui tient l'arme. Des mains étrangères à celles de la photo développée par Carjat.

Marceau quitta la clinique dix jours après son admission. Les méthodes du docteur Blanche interdisaient qu'on retienne de force un patient. Les chaînes valaient pour les asiles d'aliénés, pas pour la psychiatrie qu'on pratiquait ici. Léon-Émile Allix hésita à signer le bon de sortie mais il ne pouvait s'opposer à la volonté du malade. Il secoua la tête en signe de regret. Marceau commençait à se libérer du laudanum, l'arrêt du traitement pouvait ruiner ses efforts. En lui rendant ses photographies, Allix l'observa sans déceler la moindre émotion. Marceau s'était plongé dans la contemplation du plumier sur le bureau. Le docteur le raccompagna à la porte. Il garda un instant sa main dans la sienne après l'avoir serrée. Peut-être songeait-il à son propre frère et à ses escargots télépathes. Jules avait sauvé sa vie mais n'avait pas eu la chance d'éviter Bicêtre.

Un infirmier déboucla les serrures et Marceau retrouva la rue. Allix le regarda s'éloigner. Les survivants de la Commune ne seraient bientôt plus que des ombres.

Marceau détestait Passy. Ses rues haussmanniennes, ses allées ombragées et ses coins de verdure dispensaient un ennui feutré comme un salon. Square de l'Assomption, des fiacres attendaient le client. Il grimpa dans le premier. La cabine sentait le lys et la poudre de riz. Il se prit à rêver à des sorties de bal, des retours d'Opéra. Le souvenir de Manon se ravivait. Il se fit déposer à Monceau et poursuivit à pied.

La concierge balayait quand il traversa la cour. Elle suspendit son geste, bouche bée. Elle cherchait quoi dire. Des mots d'importance, sûrement. Ils lui manquaient. « Monsieur Marceau ? » Elle finit par sortir ça, « Monsieur Marceau ? », de l'embrouillamini de questions qui se bousculaient.

Monsieur Marceau était déjà dans l'escalier qu'elle tenait toujours son balai au-dessus des pavés comme si elle nettoyait le vide.

Son balai, elle aurait voulu l'enfourcher pour voler par-dessus les toits. Elle se contenta de l'appuyer au mur et de cavaler sur ses grosses jambes. « La concierge revient de suite », elle avait tout de même pris le temps d'accrocher la pancarte à sa porte. Adélaïde Guyard était une bignole consciencieuse.

Ils sont venus cueillir Marceau à quinze heures. Deux, ils étaient deux. Un monté en graine trop vite pour trouver habit à ses mesures, l'autre massif et taciturne dans sa pelisse vieille taupe. Ils l'ont embarqué *manu militari*. Lui se laissait emmener. Un peu mouton. Étonné de l'affaire mais résigné à tout. Son absence de résistance les a surpris. Ils ne le voyaient pas l'arme au poing, bien sûr, ni filer par les toits. Il n'était plus assez gaillard pour faire le saute-muraille, plus assez ardent pour jouer à l'assiégé, l'âge avait gâté tout ça. Mais tout de même, elle n'était pas ordinaire sa passivité. Et son air ailleurs, comme si rien ne le concernait…

Quand ils sont passés devant la loge, la concierge s'est tortillée à la façon d'un gros chien qui a rapporté la balle. Bientôt, tout le quartier saurait. Elle avait de quoi raconter. Un plein panier d'histoires. Elle en glisserait une ou deux à elle qu'elle garderait pour la fin. Quand Marceau reviendrait, il aurait un costume neuf, et bien de saison, elle s'y entendait pour les tailler.

À l'heure où Adélaïde Guyard prépare sa mise en

bouche, la voiture de police entre à la préfecture. Les chevaux s'immobilisent, tapant du fer. On extirpe Marceau de la carriole. Encadré, il retrouve l'escalier, le dernier étage, le couloir défraîchi, le banc de bois lustré et, tout au bout, le bureau 132. Le flandrin toque à la porte, la voix, à l'intérieur, on la croirait enjouée. Voilà, Marceau est poussé dans la pièce. Richard congédie ses hommes et se carre face à lui. « Nom de Dieu, il soupire. Il a fallu que tu remettes ça… » Marceau voudrait savoir quoi mais Richard a levé la main. Il dit « Tais-toi ! » Il le renifle comme un mâtin qui ne sait pas encore s'il va vous sauter à la gueule ou vous laisser une chance. « Tais-toi ! » il répète, mais Marceau n'esquisse pas un geste et ça l'étonne.

Richard est retourné derrière son bureau. De la tête il ordonne à Marceau de s'asseoir et ses yeux disent « On n'est pas sortis, la nuit va être longue », ou une connerie du genre. Il marque un temps : « Carjat, Mazurka, Vuillaume… tu renoues des liens, Marceau. Vous repréparez le grand soir ? Ce sera quoi, cette fois, le déclencheur du bordel ? » La réponse ne vient pas. Richard ne l'attendait guère, il joue seulement son rôle. L'interrogatoire a son étiquette. Des questions bêtes, des phrases convenues, des blagues éculées. Marceau laisse venir. Il ne saisit pas mais il laisse venir. Il faut en user ainsi avec la police. Richard a repris. « Je vais te le dire, moi, le déclencheur… Il portait des galons avant qu'on les lui arrache. C'est un bon juif et un beau traître. Ça se précise ? » Marceau aimerait que oui mais son regard est vide. Richard sent sa rogne grimper. « Dreyfus ! Ça ne te dit rien, Dreyfus ? »

Ils sont enfermés depuis quatre heures. Marceau ne comprend toujours pas. La chaise qui lui meurtrit le dos, l'air confiné, le brouillard de tabac, les questions posées cent fois… Richard a dit « Dreyfus ». Soit, Dreyfus. La France entière parle de Dreyfus. Mais ici, maintenant, pourquoi Dreyfus ? Richard a dit « Zola ». Marceau ne l'a même jamais lu. Richard a dit « Lazare ». Qui ? « Ne fais pas l'idiot, on vous a vus ensemble. » Marceau a écarquillé les yeux. Richard a cogné la table. Son poing fermé, il brûlait d'envie de lui foutre dans la figure : « Je recommence ! Bernard Lazare. Fouille-merde, compère de Zola qu'il a embarqué dans la défense de Dreyfus. Lazare, journaliste à *L'Aurore*… *L'Aurore*, ça te revient ? » Non, ça ne lui revenait pas. Marceau haussait les épaules. Richard enfonçait le clou. Toujours son poing fermé. « Brasserie les Typographes, Lazare, Vuillaume et toi. Toujours rien ? Et le lendemain de votre petite réunion, à la une de *L'Aurore* : "J'accuse…" Tu ne vois toujours pas ? "J'accuse…" »

Richard lui a collé sous le nez la photo de Lazare.

Les lorgnons, la calvitie précoce, la rondeur. C'était lui avec Vuillaume, le jour des Typographes. Et puis quoi ? Est-ce qu'il savait, Marceau ? Quand bien même… L'affaire Dreyfus, il s'en foutait, lui. Mais soudain Richard explose. Il braille que de Zola, il s'en tamponne. Que de Dreyfus, il s'en tamponne, que des juifs, il s'en tamponne et que, pour que tout soit bien clair, il se tamponne aussi de l'armée. La grande muette et le péril judaïque, il les laisse aux crétins. « Taratatata ! » il fait en imitant le clairon. Les crétins en question peuvent défiler au cul des ligues et des cliques, c'est encore un truc dont il se tamponne. Ce qui le titille, lui, c'est de voir des anciens communards renouer des fils précisément en ce moment. Quand le pays est coupé en deux, qu'on se déchire, qu'on s'insulte à la Chambre et qu'on se crêpe le chignon dans les repas de famille. Les anciens communards, on en trouve de tous les bords, d'accord. Mais là, il flaire le mauvais coup. Il a du pif, il tapote le sien. Il chamboule son bureau, « Nom de Dieu, quel bordel ! », retrouve le papier qu'il cherchait. Il le brandit. Le rapport d'un indicateur. Il lit d'un trait, comme s'il le récitait par cœur : « Manque-t-il donc de pioches pour creuser des souterrains, de dynamite pour faire sauter Paris, de pétrole pour tout incendier ? » Marceau ignore cette chanson-là… Richard va lui rafraîchir la mémoire, les paroles sont de Louise Michel. « Louise Michel ! Tu ne l'as pas oubliée, au moins ? Elle a déclaré ça en meeting. À la Boule Noire. » Ils sont rencardés. Sur tout. Inutile de biaiser. La propagande par le fait, les attentats anarchistes… Émile Henry et sa bombe au café Terminus, Vaillant et la sienne à l'Assemblée, Ravachol, Caserio poignardant Sadi Carnot… Ça date ? Quatre ans à peine. Patience, ça va reprendre… Tout pareil. Pour l'ignorer, il faudrait débarquer du Pôle. Et encore.

Le Pôle. Marceau pense aux Esquimaux. Il sourit. Richard a les nerfs en pelote. « Je te fais rire ? » Marceau dit que non, il dit que c'est la fatigue, qu'ils sont là depuis quatre heures, qu'il ne pige rien à ce qu'on lui raconte. L'autre a la voix sourde de celui qui se contient. « Un, il récapitule, Lazare est anarchiste. Deux, il a témoigné au procès des trente. Tu n'as pas oublié, ça, les trente anars accusés de pousser aux attentats. Trois, *L'Aurore* est un repaire d'anciens communards. Quatre, Vuillaume, pendant son exil suisse, a publié des articles scientifiques sur les explosifs. Les ex-plo-sifs ! Il est diplômé de l'École des mines, Vuillaume ! Une pointure dans sa partie. Les Suisses lui ont même confié la direction de l'usine de dynamite chargée d'alimenter le percement d'un tunnel. Ils sont marrants, les Suisses, tu ne trouves pas ? » Comme Marceau ne trouve pas, Richard continue. Le tremblement de sa lèvre supérieure indique une montée de tension. « Je ne te demande pas si tu sais où est ce tunnel. On va gagner du temps, je vais te le dire, tu pourras faire semblant d'être surpris. Au Gothard, il est ! Au Gothard… » Qu'il soit là ou ailleurs laisse Marceau de marbre, mais il a sûrement tort. Richard a sorti une nouvelle feuille de papier. Cette fois, il lit comme on le ferait d'une dictée. « Sur la ligne droite des Ardennes en Suisse, voulant rejoindre, à Remiremont, la correspondance allemande à Wesserling, il m'a fallu passer les Vosges, d'abord en diligence puis à pied, aucune diligence ne pouvant circuler dans plus de cinquante centimètres de neige et par une tourmente signalée. Mais l'exploit prévu était le passage du Gothard qu'on ne monte plus en voiture à cette saison… »

Le Gothard, il répète, le Gothard ! Il tient l'index levé. Bien droit. « Et c'est signé… C'est signé… » Marceau n'en sait rien. Richard explose. « Arthur Rimbaud ! »

La nuit, dans sa cellule, Marceau a ressassé l'histoire. Des heures durant, hachées de sommeils brefs. Il a vu l'aube s'annoncer. Une aube mauvaise mine qui tirait la patte. C'était drôle pourtant, sortir de chez les fous et trouver pire.

Richard croyait dur comme fer à son complot. Le moment s'y prêtait, funeste. La France divisée, l'armée attaquée, la République chanstiquée, les ligues bouffant du juif à pleines plâtrées. Bien coupables, les juifs, de tout et de son contraire. Du noir comme du blanc. De la pâtée de 70, de la Commune et de son écrasement. Coupables d'avoir poussé les Français à s'entr'égorger après les avoir vendus aux Prussiens. Et pour quoi ? Bonne blague ! L'argent. Le veau d'or. La finance à leurs pieds, la banque à leur main. Doigts crochus. Cosmopolites pour mieux tisser leur toile. La chansonnette courait les rues, les journaux et la Chambre. Elle finirait mal. Lui, Richard, n'y pouvait rien. Trop haut, tout ça. Trop loin parti, mal embringué. Trop tard, en somme. Ce qu'il pouvait juste, c'était stopper un petit complot. Minuscule. Un qui s'ajouterait au trop-plein du bordel et le ferait déborder.

Voilà, le petit complot, il l'avait éventé. Marceau s'était retenu de lui dire qu'à deux lettres près éventé donnait inventé. Mais il avait appris une chose. Rimbaud était en Suisse quand Dana y était passé.

À midi, Marceau retrouva le bureau 132, Richard, la chaise bancale, les odeurs de fauve et de tabac froid. Richard voulait savoir s'il avait réfléchi. Marceau fit le même récit que la veille. Il invoqua le hasard et les coïncidences, toutes ces choses qui provoquent, dans un local de police, des soupirs excédés et des regards hargneux. Signes avant-coureurs de la mandale maison. En preuve de sa bonne foi, Marceau rappela qu'il était venu trouver Richard de lui-même pour s'enquérir de Rimbaud. Richard avait-il vu beaucoup de coupables se présenter avant de faire leur coup ? Richard rétorqua qu'on voyait de tout, et c'était vrai. Marceau répéta que, pour retrouver Dana, il lui fallait suivre toutes ses traces, tirer tous les fils. La gifle lui coupa le souffle. Il se demanda comment Richard se mouvait si vite, on ne voyait rien venir. Il sentit le sang couler de son nez. Il chercha son mouchoir. Planté devant la vitre sale que les pigeons pastiffaient de fiente, Richard contemplait la cour. « Elle ne tient pas debout ton histoire. Tu t'en rends compte ? Pourquoi n'en trouves-tu pas une meilleure ? Pourquoi me la sers-tu, à moi ? » Il soupira, demanda à Marceau de se moucher, il ne supportait pas les reniflements. Quand il se retourna, il vit le veston taché de sang et la petite fontaine rouge du nez. « Merde, Marceau. Tu vois où nous en sommes ? »

Marceau regagna sa cellule au dépôt. Isolé du tout-venant, il échappait à l'entassement, à la paille pisseuse, à la vermine, à la puanteur des corps affalés et aux gueules esquintées. Clochards, ivrognes, tire-laine en attente de transfert, chopés pour la vingt-cinquième fois la main dans le sac, reluqueurs de petites filles, gitons de vespasiennes, assassins qui partiraient le lendemain à la Roquette pour être jugés Dieu sait quand et embrasser la Veuve, blancs-becs tremblants de leur première nuit en enfer… Marceau avait droit au traitement de faveur. La cellule. Quatre murs suintant, griffés de virgules merdeuses et de graffitis. L'air confiné, une lumière chétive, écorchée par les barreaux d'un soupirail, et le grabat pour tout mobilier si on excepte le seau.

De quoi examiner sa vie, la retourner comme un gant et considérer tout ce qu'elle a de raté. De quoi sentir son sang se figer à l'idée d'être emmuré vif parce que le temps s'écoule sans repères, parce que la soupe ne vient pas, parce qu'aucun gardien n'a encore ouvert le judas, parce que le jour s'éteint comme une bougie et qu'on sera bientôt plongé dans le noir à écouter les fous qui hurlent à la lune, puis le silence épais quand ils se tairont.

D'après la lavasse rance et le demi-quignon qu'on lui passait par le guichet, Marceau estima qu'il avait moisi trois jours, et autant de nuits, quand il fut ramené à l'hôtel de police. Un peu plus décavé, un peu plus égaré.

Richard le reluquait comme on examine un malade ou pour se convaincre que Marceau l'était. Enfin, il soupira. « Charles Pathé se porte garant. Vuillaume ne t'avait jamais revu avant les Typographes. Carjat confirme que tu es allé chez lui pour une histoire de photos. Celles des mains de Dana… Bordel, Marceau, Dana… Ça ne tient pas en l'air… »

Richard était assis à son bureau. Les dossiers, empilés, les rapports, les notes, la poussière… « Vingt-sept ans ont passé, Marceau. Si Dana est encore en vie, pourquoi reviendrait-il ? Pour se venger ? Après vingt-sept ans ? »

Marceau regardait les chiures de pigeon sur la vitre. Il tourna la tête, étonné. Il demanda : « Se venger de quoi ? » Il demanda pourquoi Richard gardait le silence. Il demanda ce qu'il savait que lui, Marceau, ignorait.

Richard fronçait les sourcils. Dans sa main, le diagnostic du docteur Allix : névrose obsessionnelle. Allix… Richard revit Jules et ses escargots, Courbet, Gill au bon sourire. Il revit le Père Lamotte, et Laveur, et La Marmite d'Eugène Varlin. Il revit Manon, son chignon d'où une mèche s'échappe. Il revit Amédée, heureux d'être parmi eux, comme un écolier en vacances... Amédée. Richard le revit tomber, le front troué et la stupeur sur ses traits, l'illusion dissipée, le chagrin d'y avoir cru et le grand vide qui va lui succéder.

Richard n'aimait pas le regard de Marceau. Un regard de bête qui ne s'attend pas à être rossée. Doucement, il dit : « Les otages... » Marceau se redressa. Richard poursuivit : « Amédée. »

Marceau se cabra. Comme fouetté. Il s'agitait, volubile soudain. Il avait témoigné là-dessus. Il n'en était pas fier mais quoi, il y allait de sa peau. Dana était en fuite. Loin, trop loin pour être pris. Qu'aurait-on fait à sa place, à lui, Marceau, dans le bal de la mort qui battait son plein ? Il leur avait craché le morceau. Dana avait tué Amédée, lui ne paierait pas à sa place. Dana, le communard à faux nez ! Il avait bien manigancé son affaire. Pour un peu, il l'embarquait, l'argent de la Commune. Son seul but. Depuis longtemps... Dana. Un truqueur, un maquilleur de brèmes, un brouilleur de cervelle... Dana avait abattu Amédée sans mollir. Parce qu'Amédée avait compris, brave gros pigeon égaré pour son malheur.

Livide, narines pincées, pupilles rétrécies, Marceau reprenait son souffle.

Richard secoua la tête. « Le toubib a raison, Marceau. Tu es malade. Un grand malade si tu as vraiment tout oublié. Et je crois que tu as oublié. Tu as refait l'histoire pour la supporter ? C'est ça ? Tu l'as trafiquée comme Appert ses photos ? Jusqu'à te convaincre toi-même ? Nom de Dieu, Marceau. Dana n'est pour rien dans la mort d'Amédée. Tu le sais. Marceau... Tu l'as abattu, Amédée. Toi. »

Quand Marceau a bondi, Richard l'a cueilli au menton.

Marceau s'est affaissé. Sur le carrelage il ressemblait à une chiffe oubliée. En le relevant, Richard s'étonna de sa légèreté. Vingt-sept ans pouvaient vous vider ainsi ?

« Tu l'as abattu, square Haxo, parce qu'il te faisait honte. Tu venais de tirer sur les otages. Les nerfs à vif, la Commune en lambeaux, les Versaillais dans Paris… Les plus enragés d'être pris au piège voulaient le faire payer. Tu les as suivis, Marceau, quand ils ont embarqué les otages. Dans le square, tu as tiré. Comme les autres, avec eux. La folie dans le regard. Mais la fumée sitôt dispersée, l'horreur du geste. Et Amédée, bon bougre, qui ouvre son bec pour crier son dégoût d'avoir vu ça. De t'avoir vu. Toi, parmi les autres. C'est ta propre honte que tu as fait taire. Aussi vite que tu as pu. Au jugé. Tu ne l'as pas loupé, Amédée. »

Richard ignorait que des yeux se cernent si vite,

que le sang reflue d'un visage comme une vague se retire et que la peau blanchit dans l'instant.

« Tu t'en es bien tiré, Marceau. Dana a porté le chapeau, toi la médaille. Tu as décroché le gros lot avec le petit Charles. Héros du jour, héros toujours. Brave parmi les braves. Je dois être le seul à savoir. Dans ce capharnaüm, qui pouvait prêter attention à une balle ? »

Crayeux, pétrifié, Marceau ressemblait à une de ces statues de cire que Grévin bricolait. De ses dossiers, Richard sortit un feuillet tamponné. « Et ça, tu l'as oublié aussi ? »

Marceau ne bougeait plus. Richard lui flanqua la feuille sur le visage sans déclencher le moindre réflexe. « C'est un rapport de police établi sur la foi d'un mouchard. Il accuse Dana d'avoir participé à l'exécution des otages. L'homme se présente comme un témoin et déclare avoir vu Dana abattre un passant qui s'indignait du massacre. »

Le regard de Marceau est vide.

« Le rapport est à l'origine de la condamnation à mort de Dana par contumace. On recense 3 313 condamnations à des peines diverses par contumace, mais pour celle-ci, le faux témoin qui accuse, c'est toi, Marceau. Toi ! »

Le regard de Marceau est vide.

Richard connaît ce vide. Il l'a vu dans les yeux d'un soldat pris au piège de Sedan. L'homme s'était laissé choir sur le bord de la route, à même la boue. Un sergent lui ordonnait de se lever, le soldat ne bougeait pas. Le sergeot braillait, menaçait du motif, du peloton, de tout ce dont il pouvait menacer. Il gueulait plus fort que la canonnade. Le type ne l'entendait pas. À l'arrière d'un troupeau de troufions harassés, Richard essayait de rallier ce qui restait du régiment. Il s'était retourné. Le soldat, dans sa boue, ne bougeait toujours pas. Le sergent l'avait mis en joue. Un tourbillon de fumée les enveloppa. Quand il se dissipa, la route les masquait. Richard ne sut jamais ce qu'il était advenu du soldat. Mais le vide dans ses yeux… Marceau a le même.

Richard essaie de retrouver sur ses traits un peu du Marceau de jadis puis il se lève et ouvre la porte.

« Va-t'en, Marceau. Tu es fou. Assez fou pour avoir inventé ton histoire de fourgon et y avoir cru. Il n'y a jamais eu de fourgon attaqué. Et aucun projet de le faire… Dana… Mon pauvre Marceau… Dana… Pourquoi pas Gill ou Vallès ? Mais eux ne couchaient pas avec Manon, pas vrai ? »

ACTE IV

PARIS 1905

« Ô que ma quille éclate ! Ô que j'aille à la mer ! »

ARTHUR RIMBAUD, *Le Bateau ivre*

Depuis trois mois, Marceau n'a plus reçu de rapport de l'agence Pinkerton. Peut-être devait-il suggérer à Pathé d'interrompre ses virements. Qu'il y songe réjouirait Allix. Le docteur y verrait confirmation que la santé de son patient s'améliore.

Lors du second internement de Marceau, il s'était résolu à satisfaire sa lubie : lancer un détective sur les traces de Dana. L'échec prévisible des recherches aiderait Marceau à saisir la vacuité des siennes. Le pari était incertain mais l'idée de recourir aux services d'un privé obsédait Marceau. Un refus l'aurait conduit à la pensée maladive qu'on lui cachait quelque chose. Alors que Marceau s'en libérait lentement, la chimère qu'il avait créée pour fuir la réalité s'en trouverait ravivée. Le processus entraînerait un déséquilibre paranoïaque ajoutant une névrose à une autre.

En écoutant Allix, Pathé n'aurait pas juré avoir suivi son raisonnement mais les méthodes héritées du docteur Blanche avaient montré leur efficacité jusque dans des cas que les aliénistes reléguaient à la camisole et aux fers. Quelques jours après leur entretien, un courrier de Pathé voguait vers l'Amérique. À son arrivée à New York, un wagon de la Wells Fargo l'emportait à Orange, New Jersey, où un employé de l'US Postal prenait le relais pour le déposer aux studios Black Maria.

Excepté les échanges commerciaux de firme à firme, la lettre de Charles Pathé était la première que Thomas Edison recevait de son concurrent français depuis quatre ans.

Le cachet de la poste parisienne le plongea dans une chromo où tournaient les ailes de moulins rouges et des couples valsant un 14-Juillet. Ces foutus frenchies savaient y faire. Un œil sur la lettre, Edison tendait la main vers sa boîte à cigares, il suspendit son geste. Pathé cherchait un détective ! L'anglais scolaire du Français donnait à ses explications une tournure alambiquée. Elles suggéraient une affaire « particulière », concernant « un ami cher » et une personne ayant pu émigrer aux États-Unis trente ans plus tôt. Edison sourit, « *Bloody Pathé. A friend, he writes... What a joke! How do these parisian guys usualy say?* "Cherchez la femme"... » Edison se ravisa. On ne cherche plus celles qui ont disparu depuis trente ans... Du reste, la lettre parlait d'un homme. Il alluma un cigare et sonna sa secrétaire.

Elle entamait un sandwich au concombre. Son déjeuner attendrait. Lèvres pincées, elle engagea une feuille dans le rouleau de sa machine à écrire. Le pli, dicté, était adressé à l'agence de police privée Pinkerton. Robert et William Pinkerton, successeurs de leur père Allan, fondateur de la maison dont les agents étaient réputés ne jamais dormir, auraient à cœur de satisfaire celui que leur recommandait Thomas Edison. Comme d'autres patrons de firmes américaines grandissantes, l'inventeur-businessman était un bon client. Depuis que les desperados se raréfiaient, les frères Pinkerton avaient accru leurs services aux entreprises. On ne comptait plus les grèves que leurs gros bras avaient brisées, les syndicalistes qu'ils avaient estropiés ni les locaux ouvriers qu'ils avaient dévastés. Parmi les dix mille employés de l'agence, Matthew J. Velmont faisait figure d'ancien. Recruté par Pinkerton père, il avait contribué à faire échouer la tentative d'assassinat d'Abraham Lincoln à Baltimore. À la mort accidentelle du vieux Pinkerton, il était devenu une figure légendaire de l'agence. Il n'en appréciait pas les nouvelles orientations mais on ne touche pas à une légende, aussi encombrante soit-elle. Velmont l'était. À la traque des syndicalistes, il préférait celle des pistoleros et des Indiens rebelles. Il n'y avait plus guère de pistoleros et encore moins d'Indiens rebelles. Sitting Bull finissait ses jours sur une piste de cirque et Geronimo, capturé après une longue errance, croupissait dans sa réserve.

Robert Pinkerton, que les manières de Velmont exaspéraient, fit d'une pierre deux coups. Il débarrassait son plancher du vieux privé envoyé sur la piste de Dana, et donnait à la requête d'Edison une chance d'être satisfaite. Caractère de chien, horripilant, vestige d'un temps révolu, Velmont était un limier comme on n'en faisait plus. Qu'il flaire une fois les traces d'un fuyard, il ne les lâchait pas. Quand bien même elles conduisaient à une poignée d'os blanchis au vent sec d'une sierra ou à une tombe anonyme dans le cimetière oublié d'un village fantôme, Velmont trouvait. Les années avaient durci son ouïe, ses cartilages et la peau de ses fesses, elles n'avaient pas entamé ce qui faisait de lui le plus coriace des *private investigators* de l'agence Pinkerton.

Interné, Marceau recouvrait un semblant de raison quand les premiers rapports de Velmont étaient arrivés. Il paraissait admettre les faits que Richard lui avait assenés. Du moins, il ne les repoussait plus. À la longue prostration, consécutive au choc, avait succédé une phase qu'Allix qualifiait de dépressive. Retranché du monde extérieur, Marceau ruminait un passé qui l'amenait à mi-chemin de la réalité. Il progressait dans un entre-deux fragile. L'illusion qu'il s'était créée se délavait comme une de ces peintures à l'eau dont les voleurs recouvrent les toiles de maître pour les dissimuler. Nettoyés, des pans de sa mémoire apparaissaient. Des chapitres de leur vie, dont le souvenir déformé l'avait troublé, retrouvaient une cohérence.

Au début, Pathé confiait à Allix les courriers qu'il avait reçus de Velmont. Après les avoir lus, le docteur les remettait à son patient lors de séances durant lesquelles ils servaient de fils conducteurs. Aidé par le médecin, Marceau les suivait. Lorsque les traces de Dana le ramenaient à son passé, il sondait les fragments qu'elles avaient exhumés.

Au bout de quelques mois, Allix fit adresser les rapports à Marceau lui-même. Il le laissait les ouvrir seul, puis demandait de les lui lire en décrivant ce qu'ils évoquaient. Les images engendrées et le sens qu'il leur donnait ramenaient Marceau tantôt à son histoire, telle qu'il l'avait recréée, tantôt à des visions dont l'absence de logique le déconcertait. Il s'efforçait de les décrypter, comme il l'avait fait pour les gestes du joueur de cartes au Cripple Creek, en essayant de les relier aux révélations de Richard.

Il cheminait, clopinant, un pied dans les pas de Dana, aux Amériques, l'autre dans l'empreinte des siens, trente ans plus tôt.

Peu à peu, l'idée qu'il avait tué Amédée lui parut envisageable. Il accepta aussi, et cela se révéla plus pénible, d'avoir accusé un innocent. Concevoir qu'il avait vécu dans une fiction était le plus difficile. Il comprenait les explications d'Allix, il admettait l'existence des dénis de réalité dont parlait le médecin. Mais il lui était insupportable d'avoir pu en forger un. Il lui semblait que, pendant toutes ces années, sa vie n'avait été qu'une illusion, privée de toute consistance.

Il en venait à se demander s'il ne rêvait pas le présent. Si Allix et le monde clos de la clinique ne se dissiperaient pas dans la réalité d'un réveil. Les rapports de Velmont, avec leurs détails et l'objectivité formelle qui leur convenait, l'empêchèrent de basculer. En suivant les traces de Dana – il en avait trouvé –, le détective réordonnait celles de Marceau.

Ses souvenirs n'étaient pas tous fantasmés puisqu'ils servaient d'indices. À des milliers de kilomètres, Velmont les raccordait.

Peu à peu, la fuite de Dana apparut dans sa véracité. Les signes que Marceau avait vus se multiplier n'avaient rien de surnaturel. Créations mentales nées du remords, ils titillaient une vérité qu'il refusait. Comme Buguet truquait ses photos, il avait arrangé ses souvenirs, mais, des coins sombres où il les avait relégués, les vrais le taraudaient toujours.

Un matin, alors que le soleil jouait dans les allées du parc, Marceau comprit qu'il espérait le retour de Dana. Sa peur l'avait quitté. Il lui fallait témoigner de sa culpabilité.

L'été s'installait. Allix permit à Marceau de sortir. Pathé l'attendait au jardin. Ils franchirent les grilles dans l'odeur neuve d'un chèvrefeuille en fleur. Les rues étaient ombrelles et caracos. Des fiacres avaient décapoté. Les passants prenaient des allures d'estivants. Une marchande ambulante vendait du coco frais. Assise sur un banc, à l'ombre d'un marronnier, une petite bonne d'enfant berçait un nourrisson dans son landau. Marceau retrouvait des détails oubliés, un cerceau d'enfant, la cage d'un oiseau à la fenêtre, des senteurs de linge propre.

Son pas, hésitant, s'était raffermi. Ils s'arrêtèrent à une fontaine Wallace. Dans le gobelet pendu à sa chaîne, l'eau avait un goût léger d'étain. Il rappelait celui des quarts dont se servent les chemineaux et les soldats. Marceau songea aux routes poudreuses, à des chemins creux, aux haltes après les marches. Il fut soulagé d'avoir évoqué des images paisibles.

Lorsqu'ils longèrent la vitrine d'un apothicaire, la pensée du laudanum ne le travailla pas. Il avait pris le bras de Pathé comme un convalescent heureux de se promener. Ils grimpèrent dans un cab, le cheval faisait tinter ses fers à un rythme apaisant. L'antérieur gauche sonnait plus légèrement. Marceau se prit à suivre mentalement la cadence en comptant ses temps. La mesure occupait toute sa pensée lorsqu'ils approchèrent du Luxembourg. Il ne se souvenait pas avoir demandé au cocher de les y conduire. Il songea qu'il avait dû le faire. À moins que Pathé… Il n'osa pas le lui demander. Le cab se rangea le long des grilles. Pathé régla la course. Le cocher toucha son chapeau pour les saluer. Ébloui par le soleil, il plissa les paupières en dévisageant Marceau. Quand ils s'éloignèrent, il les suivit des yeux. Un enfant, sur un cheval à roulettes, leur passa entre les jambes, échappant à sa nurse. La joie de désobéir colorait ses joues d'un rouge tomate. Amusé, Marceau se retourna. Le cocher avait quitté son cab et s'entretenait avec un confrère. Tous les deux semblaient regarder dans leur direction.

Dans le kiosque à musique, un orphéon s'installait. Les cuivres accrochaient les rayons du soleil. Le chef d'orchestre salua le public clairsemé et leva sa baguette. Dès les premières notes, un homme au dernier rang ferma les yeux. Il suivait la musique en l'accompagnant de la tête avec le balancement d'un python charmé par un montreur de serpents. Marceau s'était arrêté. Pathé lui demanda s'il souhaitait profiter du concert. Comme il ne répondait pas, Pathé installa deux chaises. L'orphéon jouait une valse lente. L'homme du dernier rang continuait son balancement mais Marceau ne le voyait plus. Il ne voyait plus les éclats de soleil renvoyés par les cuivres, ni l'ombre des feuillages danser sur l'uniforme des musiciens. Près du kiosque, Manon et Dana valsaient.

Il entendit à peine Pathé chuchoter le titre du morceau : *Heure exquise*.

Sous la lumière tombée des arbres, Dana et Manon avaient l'imprécision d'une esquisse. Ils tournaient, enlacés, comme chez le Père Lamotte ou aux jardins des Tuileries par les nuits de lampions et les soirs bleus d'été.

« Vous aimez ? » Pathé avait posé la main sur son avant-bras. Il fredonnait « Heure exquise, qui vous grise lentement… »

Marceau regardait valser les amoureux. Le bras de Dana enserrant la taille souple de Manon. Et son sourire à elle, pour lui seul.

Mai 1871. Un autre orphéon. Celui d'un régiment versaillais. Pour couvrir les salves des exécutions, il joue *Heure exquise*.

À son retour à la clinique, Marceau ne cacha rien de ses impressions. Elles ne semblèrent pas inquiéter Allix mais, devant l'humeur de son patient, le médecin préféra différer la prochaine permission.

Le jour venu, Pathé l'attendait comme la première fois. Dans la file des fiacres, square de l'Assomption, Marceau crut reconnaître le cab et son cocher. Il invoqua la brise pour choisir une voiture fermée.

Ils gagnèrent les quais. La Seine miroitait, des pêcheurs taquinaient la friture. Place de l'Hôtel-de-Ville, Marceau se pencha à la portière. L'horloge marquait onze heures. Depuis longtemps ses aiguilles avaient repris leur cours. La pensée d'Amédée dispenserait bientôt la langueur d'un drame ancien. L'accepter parut à Marceau la seule chose possible. Devant une brasserie, l'envie d'un bock de bière lui fit mollement honte. Heureux qu'il exprime un désir, Pathé fit stopper le fiacre. Lorsqu'ils furent installés en terrasse, il commanda leurs bières mais Marceau déclara préférer un vin de Tokay. Puis il changea pour une absinthe.

Sur la rive opposée, la Conciergerie se découpait comme l'image en relief d'un livre pour enfants. Bureau 132, Richard venait-il à bout de ses dossiers ? Marceau pensa que la Commune menait à tout. Puis il se dit que le seul maître du jeu était le temps. Ses méandres pouvaient chambouler une destinée en un instant ou la modifier au rythme des saisons.

Le garçon servit leur commande. Marceau sacrifia au cérémonial de la fée verte. Le sucre disposé dans la cuillère percée, il y versa lentement l'eau fraîche et la regarda diluer le vert épais de l'absinthe. Il se lança dans une péroraison sur les rapports qu'entretiendraient la peinture et les boissons. Il affirmait que l'alcool généreux de Courbet avait guidé son choix de tons chauds où dominaient les roux tandis que l'absinthe de Van Gogh l'avait poussé à user de couleurs brûlantes. Marceau devenait bavard. Le verbe haut, il évoquait Verlaine. « L'absinthe, lui aussi ! » Marceau affirmait que, mêlée aux vins trop doux, elle l'avait rendu velléitaire. Que ses poèmes balançaient entre alcools forts et liqueurs. Selon lui, Verlaine n'avait jamais rien fait que balancer. Jusqu'à la chute. Marceau lui en voulait de sa fin misérable. Il y voyait le reflet de leurs illusions. Verlaine avait rejoint les ombres par une aube froide de décembre. Son corps nu, glacé, étendu sur le carrelage humide d'un gourbi, rue Descartes. Marceau avait récupéré son porte-plume. Un de ceux qu'Eugénie Mouton, radasse ivrogne, ultime compagne du poète, achetait par paquet de douze pour les fourguer deux sous pièce, comme l'authentique et ultime porte-plume du maître.

Pathé s'inquiétait de la tournure qu'avaient prise les propos de son ami. Mais Marceau s'était tu pour regarder un chaland sur la Seine. En sortant de sa rêverie, il semblait apaisé : « L'or fond et coule à flots et le marbre éclate. » Devant l'air soucieux de Pathé, Marceau sourit. « *Crimen amoris*, c'est de Verlaine. J'y ai cru à l'or fondu. Fallait-il que je le sois moi-même. »

Marceau quitta la clinique en juin, quatre ans après y être entré. Lors de ses dernières permissions, Pathé l'avait conduit à son logis. Il l'avait retrouvé avec l'impression de découvrir un lieu que certains détails rendent familier. Il éprouvait ce sentiment de déjà-vu qui accompagne des instants, pourtant ordinaires, comme s'ils avaient été vécus précédemment. Il avait fini par se faire à l'idée d'un chez-lui qu'il ne reconnaissait pas entièrement.

En posant sa valise, quand Pathé se fut retiré, il explora l'appartement, effleurant les meubles de la main. À l'empreinte de ses doigts dans la poussière, il réalisa qu'il s'était absenté longtemps. Les pièces sentaient le renfermé. Le bois de la fenêtre avait joué. Il dut forcer pour en venir à bout. Le soleil entra et avec lui une bouffée de chaleur. Dans la cour, la concierge jasait avec un homme que Marceau ne remit pas. Il lui sembla qu'ils avaient baissé brusquement la tête.

Marceau déballa ses affaires, épousseta l'intérieur de l'armoire et y rangea ses vêtements. Il sortit de sa valise la chemise contenant les rapports de Velmont. Le dernier datait de trois mois. Le détective montait vers le nord sur les traces d'un chasseur d'élans. L'homme voyageait avec une squaw comanche en direction des lacs. Les rapports de Velmont devenaient fantasques. À peine entrevu, Dana s'éloignait comme un mirage. Velmont lui attribuait tous les boulots d'un trimardeur qui possède dix doigts habiles, la peau dure et l'instinct d'un oiseau migrateur. Mais cet oiseau-là voyageait en solitaire, sans autre logique que celle des saisons. Elle le faisait rejoindre les hommes à l'approche du dégel et hiberner aux premiers flocons.

Marceau l'avait suivi au fil des courriers de Velmont sans se préoccuper de la poudre aux yeux qu'ils contenaient. Le Pinkerton pouvait allonger la sauce de ses récits, Marceau savait qu'il ne lâcherait pas sa proie. Peu importaient les chemins qu'il empruntait pour s'en rapprocher, ses détours, ses haltes et le bon temps qu'il prenait sous la couette duveteuse d'un hôtel de passage ou le corps laiteux d'une fille de saloon. Velmont filait Dana. Qu'il fasse durer si cela lui chantait. Peut-être y trouvait-il un moyen de prolonger sa dernière traque. L'époque ne serait plus jamais celle de Velmont. Elle n'était plus davantage celle de Marceau. Il ne demanderait pas à Pathé d'interrompre ses versements.

Le soleil réchauffait l'appartement. Marceau rangea le dossier de Velmont. En attendant que l'odeur de renfermé se dissipe, il descendit respirer l'air de la rue. Devant la loge, il frappa au carreau. Personne ne répondit. En sortant, il n'eut pas besoin de se retourner pour savoir que la bignole le lorgnait derrière son rideau.

Quinze heures sonnaient quand il franchit le Pont-au-Change. La Seine charriait des éclats de miroirs et des poissons d'argent. La Conciergerie plantait sa tour dans un ciel azur.

Dès qu'on entrait dans le bâtiment, la lumière du jour s'estompait. Un vitrail la changeait en ombres violines comme il en vient aux soirs d'orage. Marceau s'engagea dans l'escalier. À mi-hauteur, il fut saisi par une odeur écœurante. Elle se fit de plus en plus forte à mesure qu'il montait. Sous les combles, le couloir empestait l'asile de nuit. Marceau pensa qu'on avait interrogé quelques-uns de ces traîne-misère raflés au hasard quand un crime a eu lieu. Sur le banc, un chiffon souillé avait servi de bandage. Une tache sombre maculait le sol.

Marceau frappa au bureau 132 sans obtenir de réponse. Il poussa la porte. La pièce était vide. Il ressortit, croyant s'être trompé. Un homme le héla, soupçonneux, et l'étourdit de questions, voulant savoir qui il était, ce qu'il cherchait, qui lui avait permis de s'introduire dans son bureau. Son bureau ? Marceau dit qu'il pensait y trouver l'inspecteur Richard. L'homme le fixait avec une insistance qui le mit mal à l'aise. Il prétendit ne pas connaître d'inspecteur Richard.

Marceau examina le couloir, croyant à une méprise, l'hôtel de police était un dédale. Puis il réalisa qu'il ne pouvait exister plusieurs bureaux 132. Il insista. L'homme persistait, il affirmait n'avoir jamais rencontré Richard. Insensible à l'odeur du couloir, il se montrait de plus en plus suspicieux. Marceau envisagea que Richard avait pu être un nom d'emprunt. Ceux qui infiltraient les rangs des communards en usaient. Il le décrivit, sans plus de succès. Depuis six mois que l'homme occupait le bureau, il n'avait jamais croisé quiconque correspondant au portrait. Il somma Marceau de décliner son identité. Il la nota dans un carnet qu'il devait porter sur lui bien que Marceau ne l'ait pas vu le sortir. Le carnet ressemblait à un de ces gros portefeuilles de cuir qu'on nomme crapauds. Il paraissait avoir beaucoup servi.

L'odeur devenait insupportable. Marceau bredouilla de vagues excuses, hasarda qu'il avait confondu deux ailes de l'édifice et tourna les talons.

La lumière du jour l'aveugla. Il retrouvait l'air libre.

La rue sentait les tilleuls. Marceau prit par le marché aux fleurs. Un oiseleur exhibait un couple d'inséparables. Ils se tenaient à ses pieds sans s'éloigner. Le marchand expliquait que leur dressage exigeait une grande patience. Il fallait se substituer à leurs parents. Nuit et jour. Si on le faisait dès leur naissance, les oisillons vous prenaient pour leur mère et ne vous quittaient plus.

Marceau remonta vers Notre-Dame. L'idée que tout n'est qu'illusion lui causait des bouffées d'angoisse. Pour les calmer, il échafaudait des raisonnements qu'il voulait rationnels. Il lui vint à l'esprit que le bureau 132 avait servi de décor. Il avait lu, jadis, le récit d'une aventure advenue à un marshal américain. Profitant de son absence, des pilleurs de banque avaient prétendu être ses remplaçants et utilisaient son office pour agir au grand jour.

Marceau était parvenu à la hauteur du Vert-Galant. Des flâneurs prenaient le soleil. Un peintre du dimanche barbouillait une croûte. Des enfants jouaient à la corde. L'île lui parut propice à la réflexion. Il l'aborda et s'assit sur un banc.

Il passa en revue les semaines qui avaient précédé son internement. Elles étaient brouillées, constellées de trous noirs. Leur chronologie incertaine leur donnait un arrière-goût de laudanum et de sommeils pâteux. Marceau ne parvenait pas à les ordonner, mais une chose s'imposait. Il était venu trouver Richard de lui-même. Cette certitude anéantissait l'idée du faux bureau. Dans le désir de reprendre pied, Marceau ne s'interrogeait pas sur les raisons qui auraient pu guider Richard. Son hypothèse ébranlée, il s'empressait d'en forger une qui la confortait. S'il avait su sans la moindre hésitation dénicher Richard, c'est qu'il connaissait le bureau 132. Bien sûr ! Il y était déjà venu… Quand ? Marceau s'efforçait de rabouter ses souvenirs.

Aussi bien, et cela expliquait le bureau vide : l'âge venu, Richard avait dételé. Marceau se le figurait, pêcheur solitaire sur un bras de Seine, un bord de Marne. Ou penché sur ses dossiers, au soir tombant, se délectant des destins qu'il gardait en main. À moins encore que, la maladie progressant, la dalle d'un caveau… Quel nom figurait sur sa tombe ?

Marceau chassa la vision fugitive d'un bureau 132 qu'il aurait secrètement fréquenté quand la Commune battait son plein. L'évocation de rencontres clandestines et de rapports qu'il aurait rendus, l'éventualité d'un double jeu qu'il aurait mené étaient inconcevables.

« Inconcevable ! » Sur son banc, Marceau a crié. À ses pieds, un enfant l'observe. Depuis quand ? Le gamin a lâché sa corde pour mieux le regarder. Le regard des enfants porte trop loin, jusque dans l'invisible. Celui-là ne le quitte pas des yeux. Il a ce sérieux, dérangeant, qu'ont parfois les petits malades. Il est seul. Se promène-t-on seul à son âge ? Il tient un papier à la main.

Les heures ont dû tourner. Les ombres s'allongent. Les flâneurs sont rentrés. Le peintre a plié son chevalet. Marceau s'est levé. L'enfant tend son papier. « C'est un dessin ? Tu me donnes un dessin ? » La voix de Marceau se voudrait aimable. Elle est sèche. Le gamin ne répond pas. Marceau suggère qu'il a peut-être avalé sa langue. Ou un autre de ces lieux communs qu'on réserve aux enfants. Le gamin a haussé les épaules. Son air résume le sort qu'il réserve aux lieux communs. Son bras tendu a un à-coup d'impatience. Marceau prend le papier, le déplie. Aussitôt il relève la tête. L'enfant a disparu. Sur le sol, la corde à sauter. Sur le papier, une réclame : « Le Wild West Show du grand Buffalo Bill Cody arrive à Paris ! »

Le voyage avait commencé. Amarres larguées dans le mugissement des sirènes et les cris de la foule sur les quais, une flotte de seize navires battant pavillon des États-Unis d'Amérique prenait le large. Elle emportait dans ses flancs le gigantesque, l'incroyable, l'extraordinaire Wild West Show ! Huit cents hommes, cinq cents chevaux, cent cinquante mulets, mules et ânes, douze bisons, des serpents, des aigles royaux, des vautours et des chiens du désert. Cinquante wagons aménagés en roulottes, en loges, dortoirs-couchettes, cuisines, bars, restaurants, salons privés, salles de jeu et de cinématographe, infirmerie, ménagerie. Des tonnes de vivres, de fourrage, de planches, de mélasse, d'armes et de poudre, d'eau douce, de whiskey, de totems, de fanions, d'instruments de musique, de costumes, de décors, d'outils. Quatre mille mâts, trente mille mètres de cordage, vingt-trois mille mètres de toile, huit mille sièges. Des centaines de milliers d'articles publicitaires : brochures, tracts, affiches, cartes postales, photographies dédicacées, ballons gonflables, figurines, jouets d'enfants et tout ce que l'industrie du spectacle inventée par le grand William Cody nécessitait pour bâtir sa gloire, forger la légende, réécrire l'Histoire et s'en mettre plein les poches.

Vingt jours de mer, pas toujours d'huile. Les bêtes à soigner, les litières à nettoyer, les hommes à occuper. Des cow-boys dans les coursives, les Indiens sur le pont scrutant le grand lac salé, l'ennui à tromper, le grain à veiller. Et comme si ça ne suffisait pas, valdinguant de bâbord à tribord, le mal de mer. Dans les cabines, dans la cale, les escaliers, partout où l'on se répand en priant les saints, le bon Dieu et le Grand Esprit que le roulis cesse et que la houle se calme.

C'est le sorcier sioux qui vit la terre le premier. Depuis qu'elle lui était apparue en rêve, trois jours auparavant, il restait au bastingage. Deux heures du matin, seul à veiller. Il tend le doigt vers la brume. Dans l'épaisseur du noir et la purée de pois on distingue à peine les lanternes de la proue. Le sorcier, lui, a vu. Il hoche la tête, remercie le Grand Sachem d'avoir donné un rivage au lac des Blancs. Puis il s'enroule dans sa couverture et s'allonge sur le pont.

Trois heures plus tard, quand l'homme de quart prévint le capitaine que la terre était proche, le sorcier ronflait comme un sonneur.

Marceau s'est éveillé en sursaut. Dana est en route. Il ne s'agit pas d'une certitude, c'est autre chose. Une certitude est subjective. Elle est croyance, absolue, excluant le doute, mais croyance. Réfutable. Or, que Dana soit en route n'est pas contestable. C'est un fait. Il est en route. Ce savoir a tiré Marceau du sommeil. Il l'en a rejeté pour lui faire comprendre qu'il ne rêvait pas. Qu'il n'avait pas rêvé. Qu'il n'était pas davantage traversé par une de ces pensées confuses venant quand le cerveau sort des limbes et se connecte à la raison. Dana est en route. Marceau le sait. Son esprit est clair. Lucide. Sous la lampe qu'il allume, sa montre marque deux heures du matin. Marceau n'éprouve plus aucun besoin de repos. Le sommeil s'est retiré de lui comme un drap brusquement ôté.

La flamme de la lampe ne porte pas plus loin qu'un cercle mouvant. Le lit est un canot dans la nuit. Étendu, Marceau navigue au fanal. Jusqu'à l'aube, il a regardé l'ombre danser autour de lui, puis s'éclaircir et dévoiler peu à peu la pièce. Pétrole consumé, quand la flamme s'est éteinte, la nuit avait blanchi. Marceau a attendu que le jour soit suffisamment levé puis il est sorti du lit.

Le Wild West Show avait pris la mer vingt jours plus tôt. Il devait accoster au Havre. Marceau peinait à imaginer ses seize navires dans le chenal. Certains devaient avoir jeté l'ancre au large en attendant la marée suivante. À moins qu'ils ne remontent directement la Seine jusqu'à Rouen. Combien de temps faudrait-il pour décharger leur cargaison ? Combien de passerelles, de poulies, de grues, de carrioles et de dockers pour en venir à bout ? Combien de curieux, ébahis, combien de policiers pour les tenir à distance ? Combien de journalistes pour relater l'évènement, et de photographes pour l'immortaliser ? Combien d'employés, enfin, dans les bureaux des douanes et de la capitainerie, pour contrôler, vérifier, tamponner les dizaines de papiers, formulaires et certificats nécessaires au débarquement d'un peuple étrange et bigarré qui faisait souffler le vent de l'aventure ?

Une fois la dernière caisse à terre, les ultimes pointages effectués, une fois les figurants du 20e de cavalerie récupérés dans les bistrots du port, les Indiens délivrés des grappes d'enfants épatés et des notables avides de poser à leurs côtés, une fois les cow-boys rassemblés et les filles de saloon reprises à la marine. Une fois les animaux calmés. Une fois que tout serait regroupé, en ordre de marche, resterait à mettre les cinquante wagons sur les rails, les accrocher aux locomotives françaises qui allaient les tirer et entasser l'Ouest sauvage dans les trois trains spéciaux ainsi formés qui l'emporteraient vers Paris avant de sillonner le pays.

Dans lequel voyagerait Dana ? Par quelle fenêtre regarderait-il défiler le paysage ? Le train, le fleuve, le bocage normand, la gare Saint-Lazare lui rappelleraient-ils ces peintres qu'ils avaient aimés ? Se souvenait-il de Boudin, de Monet, de Pissarro ou n'avait-il en mémoire que l'atelier de Courbet et le corps de Manon couché sur la toile ?

À sept heures, l'envie d'un café le jeta dehors. En sortant, il leva son chapeau pour saluer la concierge qui devait le lorgner de sa loge. Il n'y mit nulle intention d'ironie. Il était sincèrement désireux de saluer Adélaïde Guyard.

Rue des Dames, des repasseuses faisaient le coin, attendant l'embauche. Le jour apportait des odeurs d'amidon. Marceau respirait à pleins poumons. Il entra au Lapin Blanc, commanda un moka et s'assit. Une serveuse écrivait le menu du jour sur l'ardoise du comptoir. À midi, l'endroit sentirait le hareng pommes à l'huile et le civet. Marceau avait faim, il demanda des tartines. Devant le lapin dessiné reproduisant l'enseigne sur le mur, il songea à celui que Gill avait peint pour le Cabaret des Assassins, rue des Saules. Pauvre Gill, son lapin s'échappant de la casserole, comme lui-même avait échappé aux Versaillais, avait effacé son nom. Le cabaret rebaptisé, le *Lapin à Gill* était devenu *agile*.

L'évocation du rêveur aux crayons emplit Marceau de tendresse. Ses tartines avaient le goût des déjeuners qu'ils prenaient au petit jour, le monde bien refait. Il se fit apporter le journal qui traînait au comptoir. *Le Petit Parisien* annonçait l'installation du Wild West Show sur le Champ-de-Mars. Une illustration montrait William Cody, paradant, chevelure au vent. La première représentation aurait lieu le surlendemain. L'article insistait sur la reconstitution d'épisodes fameux de la conquête de l'Ouest. Les guerres indiennes, la chasse au bison, l'attaque d'une diligence, l'assassinat de Jesse James et celui de Wild Bill Hickok, l'amour tragique de Calamity Jane. Une photographie, légendée, montrait la scène. Un homme pointe son six-coups dans le dos de Hickok à sa table de poker. Le tueur affiche un rictus de haine. De celui qui figure Hickok, on ne voit que le dos, les cheveux tombant sur les épaules et les mains tenant les cartes.

Les mêmes mains qu'au Cripple Creek Bar et sur les retirages de Carjat.

Pour la première fois depuis longtemps, Marceau sourit. Dana était de retour. Avec lui revenaient Vallès, Courbet, Gill, Manon, Verlaine, Louise, Amédée riant avec eux de son rire sans malice. Et le cerisier du Père Lamotte, La Marmite de Varlin, la pension Laveur, les ateliers d'artistes et ceux des imprimeurs. Les jardins aux lampions, les soirs bleus, les nuits claires et les jours naissants. Le soleil sur Paris des hauteurs de Montmartre, le vin doux partagé, les semelles percées, le cœur en bandoulière… Marceau a fermé les yeux. « L'amour infini me montera dans l'âme. » Qui avait écrit ça ? Rimbaud, bien sûr. Leur jeunesse revenait avec Dana. Peu importait sa vengeance. Du plus loin qu'il était, il ramenait le temps des cerises.

La veille du spectacle, Marceau se rendit au Champ-de-Mars. Place de l'Alma, il fut pris dans la foule. Sur les piliers du pont, les biffins sculptés de la guerre de Crimée préféraient regarder la Seine. Pour éviter la cohue, Marceau prit par les quais. Des cordons d'agents à pèlerine tentaient de canaliser le flot des curieux. Par-dessus les képis, on apercevait le faîte des barnums et leurs oriflammes. Le Far West campait sur le Champ-de-Mars. On frémissait d'excitation à l'idée de s'y perdre et de tout voir. Stands de tir, canassons hennissants, barbecues géants, bœufs à la broche, fontaines à sodas, tours de lasso et marquage des veaux, bivouacs, villes de planches, saloons, entraîneuses d'opérette, washboards, banjos, violons, *bluegrass* et *square dance*, silhouettes de carton, pistoleros et photographes ambulants… Les yeux au ciel, des Indiens reluquaient la tour Eiffel perplexes devant le dieu que pouvait honorer ce totem géant. Dans leur enclos improvisé, des bisons broutaient l'herbe parisienne en se foutant pas mal de la Ville lumière.

Des chariots bâchés faisaient cercle. Des pancartes et des hommes-sandwichs annonçaient Annie Oakley, la tireuse la plus rapide de l'Ouest, le chef sioux Nez Percé, Wallace Bony Bear, chasseur d'ours aux cent blessures, et pas moins d'une centaine d'autres fantastiques numéros, curiosités et merveilles du monde américain. Près d'un wigwam, trois cameramen, un coq Pathé peint sur leur estrade, filmaient la danse du scalp. Marceau tenta de repérer Charles. Les années folioscope avaient tiré l'échelle mais les parfums forains ne s'étaient pas éventés. Le gamin qui s'en grisait devant les baraques et les soleils de papier avait grandi. M. Pathé portait beau, possédait usines et propriétés, mais il gardait le goût des pralines et des fusils à amorces.

Dans la foule de plus en plus dense, Marceau essayait de deviner par où Dana surgirait. Peu importait. Ils seraient bientôt face à face. Entre un coche du Pony Express et la toile peinte qu'installait un géant tatoué, une affiche annonçait « La main du mort ». Wild Bill Hickok était au programme du lendemain.

Avant de se rendre sur le pré, certains duellistes connaissent un calme parfait. Vidés de toute émotion comme sous l'effet d'un anesthésique, sûrs d'eux ou aspirant au repos de la mort, ils atteignent cette vacuité que cherchent les adeptes du zen. Marceau fut de ceux-là. Sa boucle s'achevait. Qu'il meure demain n'avait pas d'importance. Qu'il vive n'en présentait pas davantage. Sa vie avait passé. Son ultime rencontre avec Dana en fermait le cercle.

Sur le chemin du retour, il avait imaginé sa mort. Dana, cessant de jouer Bill Hickok, le visait de la piste, Marceau expirait avant que les spectateurs comprennent. Le guettant devant le barnum illuminé, Dana le revolvérisait à la sortie du public. Il pouvait aussi s'en remettre au hasard et parier que Marceau viendrait le rejoindre dans le wagon-loge. Si Marceau franchissait le seuil, il l'abattait, s'il n'entrait pas, le destin aurait décidé de sa vie. Marceau n'aimait pas cette variante. Le destin n'avait que trop joué avec lui. Toutes ces perspectives finirent par l'ennuyer comme les chapitres d'un mauvais livre.

Rentré chez lui, il ouvrit une dernière fois le coffre aux photos. Les souvenirs qu'il contenait ne semblaient plus les siens. Les visages étaient lointains. Ceux des amis avaient la douceur de l'oubli. Parmi les affiches et les journaux jaunis, il fut attiré par une page du *Patriote*. Après la condamnation de Courbet à la prison, Leconte de Lisle y crachait son fiel : « L'infect barbouilleur ainsi que l'ignoble bande de peintres qui l'avaient suivi ne seront point passés par les armes, ce qui est navrant. Il mériterait non seulement d'être fusillé mais qu'on détruisît les sales peintures qu'il a vendues, dans le temps, à l'État. » Marceau referma le coffre.

Il fut tenté d'écrire à Pathé mais ne trouva pas les mots. Il posa en évidence la médaille que lui avait value son faux sauvetage trente-quatre ans plus tôt. Attribuée « pour acte de courage et de dévouement », son avers montrait un homme, la main droite posée sur la crinière d'un lion. Une femme, représentant l'Humanité, tenait de sa main gauche celle d'un enfant. De leur main restée libre, l'homme et la femme couronnaient de lauriers l'ovale central de la décoration où figurait le nom du récipiendaire.

Ayant fait tout cela, Marceau attendit le jour. Il lut et relut *Le Bateau ivre* de ce Rimbaud dont il ne saurait jamais grand-chose. Après l'avoir reposé, il s'en répéta les derniers vers. Puis il souffla la bougie.

L'heure venue, Marceau se rendit seul au Champ-de-Mars. Il avait décliné l'invitation de Pathé. Ce qui allait advenir ne concernait que lui. Il s'était vêtu en habit. Le miroir lui renvoya l'image d'un homme qu'il n'était pas certain de reconnaître.

En traversant la cour, il cueillit un œillet dans une jardinière et le ficha à sa boutonnière. Dana disposerait d'une meilleure cible.

Place de Clichy, les fiacres ne l'avaient pas attendu. Paris se pressait vers l'Ouest sauvage. Marceau prit à pied par la rue d'Amsterdam. Devant le 77, il marqua l'arrêt comme s'il s'attendait à voir sortir Manet. Le peintre, que Courbet avait fait entrer à la commission des artistes de la Commune, avait vécu là. Depuis longtemps, il avait rejoint les ombres.

Gare Saint-Lazare les fiacres étaient pris d'assaut. L'omnibus hippomobile refusait du monde. Marceau poussa vers l'Opéra. Un tilbury rentrait à vide. Il le héla. Le cocher finissait sa journée, il se fit prier pour accepter la course. Au pont de l'Alma, prétextant que son cheval n'aimait pas la foule, il refusa d'aller plus loin.

Marceau se laissa porter par la marée humaine. Au Champ-de-Mars, il dut jouer des coudes pour accéder au chapiteau central. Lorsqu'il y pénétra, il fut saisi par le grondement d'océan des huit mille spectateurs. Sa place l'attendait au troisième rang. Dans l'arène, une rangée de garçons de piste ratissait le sable. Assis en tailleur, quatre Indiens fumaient un calumet, l'air absent. Quand les gradins furent pleins, l'orchestre prit place au balcon, la lumière diminua et les Indiens replièrent leur couverture.

Le silence s'était emparé du barnum, il fut rompu par le hurlement d'un coyote. Buffalo Bill Cody savait y faire. Le silence, à nouveau, lourd de l'attente des spectateurs. Et soudain, la déferlante. Tambours cheyennes, grelots, chants de guerre, coups de feu, odeur de poudre et charge de cavalerie. Une diligence déboulait à bride abattue. Sur le siège conducteur, le *shotgun* défouraillait sur un ennemi invisible. Un tour de piste et l'entrée des Indiens, hurlant, sur leurs mustangs au galop secoua la salle, la cavalerie dans leur sillage. Pétarade, chevaux cabrés, cavaliers roulant au sol. Tours de piste. Encore. Rapides, de plus en plus. Le sable qui vole sous les sabots des chevaux, les acrobaties sur leur dos, casse-cou, cascadeurs. Souffle coupé dans les gradins, exclamations. *Yepee ya ho !* Pas le temps de respirer, attelage, Indiens et cavalerie filaient vers les coulisses comme une flèche gigantesque et sifflante.

Cody, royal, sur un pur-sang blanc. Seul, au centre de la piste. Le cheval, paturon en avant, salue, tête baissée. Stetson à la main, crinière blanche, moustaches assorties, Cody s'incline sous les bravos. Tout à fait mousquetaire.

Marceau ne suivait rien du spectacle. Il remarqua à peine Annie Oakley dans son numéro. La petite femme au tir sûr avait le geste rodé et le sourire réclame. Calamity était loin. Un instant, Marceau l'imagina tanguant sur la piste comme un rafiot en détresse, Dana, en coulisse, veillant au grain.

Dana… Malgré lui, Marceau détaillait les figurants, les pistards, les musiciens. Il passa en revue les spectateurs des premiers rangs et ceux des loges. Puis il réalisa l'inanité de son entreprise. Dana viendrait à son heure au rendez-vous qu'il avait fixé. L'entracte sonna sans qu'il apparaisse. Marceau ne quitta pas sa place. À la reprise, la danse des Esprits lui pinça le cœur. Les Indiens évoluaient, mécaniques, au rythme des tambours. Leurs gestes étaient lourds, leurs corps fatigués. Ils levaient la tête vers le ciel mais leurs yeux ne reflétaient qu'une toile de foire et des cordages. Marceau comprit qu'ils avaient bu. Le Wild West Show était un cache-misère. Marceau se prit à espérer qu'il fasse illusion. Ce que livrait Cody était trop sinistre. Un monde mort. Une mauvaise copie de l'original. Courbet lui avait appris que les peintres appellent « repentir » la peinture dont ils recouvrent parfois une autre. Marceau se demanda quel repentir laisserait Cody. Et lui, quel avait pu être le sien ?

Des machinistes changeaient le décor. Dans sa demi-rêverie, Marceau les vit installer un plancher, un piano, un billard, un comptoir, sa rangée de bouteilles et son immense miroir vissé sur un faux mur de bois. Au milieu de la scène, on agençait des chaises western et des tables rondes. L'une d'elles supportait un tapis de jeu.

Marceau se redressa. Il lui semblait que son cœur battait trop lentement. À grands coups sourds. Il cognait comme sur la peau tendue du tambour de guerre.

Des cow-boys et de faux bourgeois avaient pris place aux tables. Le barman, chemise blanche et gilet bariolé, essuyait son comptoir. Accoudé, un shérif, chapeau sur les yeux, sifflait son verre. Monsieur Loyal, accent des Rocheuses à trancher au poignard, annonça : « La mort de Wild Bill Hickok ! » Marceau lui en voulut pour son mensonge. C'est sa mort à lui qui allait se jouer. Puis il se dit qu'ayant vécu en trompe-l'œil, il fallait que sa fin en soit un.

Pour laisser passer un retardataire, deux spectateurs s'étaient levés, masquant l'entrée de Dana. Quand ils se rassirent, Marceau le vit. À la table de poker, il lui tournait le dos comme Hickok l'avait fait à son assassin.

Marceau fixait les mains qui l'avaient tant fasciné. Elles battaient les cartes avec la même grâce qu'autrefois. Elles les coupaient, les rebattaient. Elles en faisaient des demi-lunes suspendues, des cascades, des éventails. Quand elles eurent bien ébloui le public, Dana distribua les cartes à la volée. Ses partenaires n'avaient pas le temps de s'en saisir qu'il en donnait d'autres. Un joueur au teint de brique, gilet tendu sur l'estomac, réclama deux cartes. Un autre, au profil de lame, se dit servi. Silence et regards perçants. Dana annonça qu'il ne changerait qu'une carte. Le gros joueur s'épongeait le front, mimant la nervosité de celui qui s'attend à être plumé. Dana agença les cartes dans sa main droite. Marceau n'avait pas besoin de les regarder pour savoir lesquelles il avait tirées. Il redressa l'œillet à sa boutonnière et ouvrit sa veste. Le blanc de la chemise, la fleur rouge. En voltant, Dana tirerait au cœur. Marceau n'entendrait pas la détonation. Affaissé sur son siège il serait mort.

Soudain, le coup de feu partit. Une odeur de poudre chatouilla le nez des spectateurs. Marceau porta la main à sa poitrine. Stupéfaits, les joueurs à la table de poker n'avaient pas bougé. Marceau se leva, chancelant.

Dana était allongé sur la piste.

Dans son dos, l'assassin, hagard, tenait son colt fumant.

Marceau prétendit ne se souvenir de rien d'autre. L'œillet sur sa chemise, le coup de revolver et Dana, sur le sol, se relevant pour recueillir les bravos. Il continua longtemps de nommer ainsi l'homme du cirque, même après avoir accepté qu'il n'était pas Dana et qu'un air de famille ne fait pas à lui seul une ressemblance. Marceau comprenait cela, il ne le contestait pas, mais aucun des médecins qui suivirent son troisième internement ne fut en mesure d'affirmer qu'il le pensait réellement. Lorsqu'il évoquait les mains de l'homme du Wild West, il employait les mêmes images que celles avec lesquelles il avait décrit les mains de son ancien ami.

Le docteur Allix quitta la clinique quelques semaines après l'admission de Marceau. Celui-ci ne parut pas s'en émouvoir.

Charles Pathé espaça ses visites, son activité cinématographique l'absorbait. Il venait d'engager un jeune acteur-réalisateur de talent, Max Linder. Lorsqu'il en montra le premier film à Marceau, son indifférence gâta leur amitié sans qu'il puisse expliquer pourquoi.

Un an plus tard, Marceau reçut un paquet posté à Ornans, Doubs. La lettre à en-tête notarial qui l'accompagnait faisait part du décès de Charles Richard. Le défunt avait souhaité que plusieurs dossiers dont il avait eu la charge soient rendus à ceux qu'ils concernaient. Marceau n'ouvrit jamais le paquet mais contempla souvent les timbres qui l'ornaient. L'un d'eux reproduisait un tableau de Courbet. Un étrange visage de femme que l'artiste avait baptisée « la Somnambule ». Surpris par la fascination qu'il exerçait sur son patient, le successeur d'Allix tenta d'en connaître la raison. Marceau n'en fournit aucune.

Marceau ne reçut plus aucun rapport de Matthew J. Velmont. Le médecin soupçonna le détective de les avoir forgés de toutes pièces.

Lorsque Charles Péguy édita les *Cahiers rouges* de Maxime Vuillaume, Pathé en apporta un exemplaire à Marceau. Ce dernier le reçut avec la même indifférence que le film de Max Linder. Pathé sentit que leur amitié appartenait désormais au passé.

Le médecin parcourut le livre de Vuillaume. Il s'étonna de n'y trouver aucune mention de Dana. Il suggéra que son patient avait vécu toutes ces années dans un imaginaire délirant, forgeant son propre monde avec une telle force que nul n'avait pu le détecter. Le cas n'était pas inédit. On se rangea à son avis et Marceau n'évoquant plus Dana, on oublia jusqu'à son nom.

Épilogue

Il est des signes indiens circulaires comme le monde. Les chamans y voient la terre, l'herbe qui la couvre, les bêtes qui y paissent, les guerriers qui les chassent et le Grand Esprit qui veille sur toute chose, fait battre le cœur des braves et souffle sur leurs cendres à l'heure de les disperser. Leur âme flottant au-dessus des eaux, leur corps retournera à Mère Nature dans le lent mouvement qui la rend pleine et ronde. Un visage pâle évoquerait un serpent qui se mord la queue. Mais les visages pâles ne verront jamais l'invisible qui s'enroule dans le cycle du temps. Les blâmer est inutile, ils sont l'œuvre du Grand Esprit comme le bison qui donne la viande, le mustang au galop de vent et l'enfant qui doit tout apprendre. La raison pour laquelle le Grand Esprit les a dotés de la puissance du bison et du cerveau de l'enfant demeure mystérieuse. Mais les Indiens s'en moquent. Ceux du Wild West s'entretiendront pendant quelques lunes du Pinkerton Velmont qu'ils ont vu s'agiter jusqu'à mousser comme l'eau gazeuse d'un siphon sans qu'il pense à les interroger. Ils en concluront que leur monde ne sera jamais le même.

Ils ont vu les noires cités de l'Est cracher la fumée, le cheval de fer transporter leurs tipis, la mer les conduire vers un autre soleil. Ils ont vu des flèches de pierre et des javelots d'acier s'élever jusqu'au ciel, la tour de Londres trouer la brume et celle d'Eiffel percer les nuages. Ils ont vu la grande Lagune aux canoës gondoles, des diligences brocardées, des palais de cristal, des reines sur des prairies de verre, des rois vêtus de martre et des sachems à queue-de-pie. Tout disparaîtra avant que s'éteignent leurs pipes à herbe. Les Pinkerton passeront, Long Scalp Cody passera. Ses wigwams gigantesques réduits en cendres, ils écouteront, longtemps encore, l'étrange instrument dulcimer, apporté par leur sœur, conter l'histoire des rossignols en fête et des cerises d'amour tombées en gouttes de sang.

Courbevoie, mai 2013 -
Caudebec-en-Caux, avril 2015.

DU MÊME AUTEUR

Aux Éditions Gallimard

UNE PLAIE OUVERTE, 2015, Folio Policier n° 834.

LA SAGA DES BROUILLARDS, Trilogie parisienne : Les brouillards de la Butte, Belleville-Barcelone, Boulevard des Branques, 2014, Folio Policier n° 744.

PETIT ÉLOGE DES COINS DE RUE, 2012, Folio 2 € n° 5468.

L'HOMME À LA CARABINE, 2011, Folio n° 5483.

TRANCHECAILLE, 2008, Folio Policier n° 581.

SOLEIL NOIR, 2007, Folio Policier n° 553.

BOULEVARD DES BRANQUES, 2005, Folio Policier n° 531.

BELLEVILLE-BARCELONE, 2003, Folio Policier n° 489.

LES BROUILLARDS DE LA BUTTE, (Grand Prix de littérature policière 2002), 2001, Folio Policier n° 405.

TERMINUS NUIT, 1999.

TIURAÏ, 1996, Folio Policier n° 379.

Chez d'autres éditeurs

L'AFFAIRE JULES BATHIAS, collection Souris Noire, Syros, 2006.

LE VOYAGE DE PHIL, collection Souris Noire, Syros, 2005.

COLLECTIF : PARIS NOIR, Asphalte Éditions, 2010, Folio Policier n° 655.

Avec Jeff Pourquié

VAGUE À LAME, Casterman, 2003.

CIAO PÉKIN, Casterman, 2001.

DES MÉDUSES PLEIN LA TÊTE, Casterman, 2000.

Composition : APS-Chromostyle
Impression Grafica Veneta
à Trebaseleghe, le 25 mai 2017
Dépôt légal : mai 2017

ISBN : 978-2-07-273048-1./Imprimé en Italie

318401